こわされた少年

D・M・ディヴァイン

イアン・プラットは16歳の高校生。霧の濃い水曜の午後、自転車で学校を出たのを最後に消息を絶った。はじめは単なる家出かと思われたが、姉アイリーンの依頼で赴任して間もないニコルソン警部の指揮のもと警察が捜索を開始する。かつて優等生だったイアンはある時期から不良の仲間入りをし、不自然に金回りがよくなっていた。捜査の過程で家庭の事情や轢き逃げ事件へ関与した疑いなどが明らかになるが、行方はいっこうにつかめない。いったい少年に何が起きたのか？犯人当ての名手ディヴァインが読者の盲点を鮮やかに突く、傑作本格ミステリ！

登場人物

イアン・プラット……高校生
アイリーン・プラット……イアンの姉、体育教師
アンガス・プラット……イアンの父
マーガレット・プラット……イアンの母
エドワード・ハドルストン……シルブリッジ高校の校長
トム・キング……体育教師
ダグラス・トループ……美術教師
ブラッドレー……文学教師
トム（レニー）・ファーガソン……
ノラ・シップストーン……｝高校生
ジョー・ギャマンズ……不良のボス
ルシア・フィンゲッティ……轢き殺された女性
エドワード・コールマン……保険代理業者

マーガレット……………………………コールマンの同居人
ジャネット・マクドナルド…………パブの女主人
マーンズ………………………………主任警部
アラン・キャメロン…………………部長刑事
キュービット…………………………巡査部長
ウッド…………………………………刑事
モーリス・ニコルソン………………警部

こわされた少年

D・M・ディヴァイン
野 中 千 恵 子 訳

創元推理文庫

HIS OWN APPOINTED DAY

by

D. M. Devine

1965

こわされた少年

プロローグ

少　年

金髪の少年は、教室の後ろの方の席でなにか書いていた。机の上にあるウェルギリウスの『アエネーイス』で書いているものを半分隠し、左手で残りの半分を何気なく覆っていた。いつもどおりの一一月の午後だった。いつもよりちょっと寒いかもしれない。そして少し暗かった。今夜はまた霧が出るだろう。

マグレガーの声はだらだらと続き、うんざりするような逐語訳《ちくごやく》をやって詩を台なしにしていた。ブラッドレーは口をはさむこともなく、ほとんど聞いていないように見えた。ブラッドレーの風邪は今日はひどくなっていた。顔はやつれて引きつり、乾いた短い咳《せき》を激しくした。

金髪の少年は、ほかの三二人の生徒がめくるページの音に合わせて自動的に自分のウェルギリウスのページを繰った。彼は書きつづけた。「……力を感じ、気分は高揚する。あと数時間だ。母はどうするだろう。母なんかくそくらえだ！　だれもかれもくそくらえ！　けがらわしい、腐りきった……」

「プラット！　プラット、聞いてるか？」

「はい？」少年はすばやく日記を閉じると『アエネーイス』をずらして上に置いた。

「どうだね、プラット、マグレガーのその行の訳にきみは同意するかね？」

「いいえ、先生。間違ってます。どの行でしたっけ、先生？」

クラスじゅうがどっと笑った。ブラッドレーの顔は曇った。机の列の間をゆっくりと歩いて少年の席に近寄った。

「傲慢《ごうまん》な態度にも限度があるぞ、こういう──」その声は発作的なくしゃみでとぎれた。少年はポケットからハンカチを取り出すと、自分の袖をていねいにぬぐった。教室に神経質な忍び笑いが起こった。

少年はやり過ぎた。ブラッドレーの手が伸びると机上の『アエネーイス』を放り出し、下にあるものをつかんだ。

「ここにあるのはなんだ？」それを掲げて言った。「ははあ、日記か！」彼は腕を降ろすとページをパラパラとめくりはじめた。「たぶんこの貴重なもののなかには、われわれ皆にとって得るものがあるんだろう。この若い友人は──」

少年は立ち上がっていた。彼の目は燃えていた。「プライベートなものです、先生。それに触る権利はないはずです」ブラッドレーを止めなければならない。こんなことを引き起こすとはなんてばかだったんだろう。

しかし教師はもう戻りかけていた。手は日記を広げ、目はページを追っていた。

少年は乱暴に前に出ると、行く手を阻《はば》んで彼と向かい合った。「返してください」激しく言った。

一瞬彼らは黙って立ったまま、怒りを込めて互いににらみ合った。それからブラッドレーは咳をした。痛みが痙攣《けいれん》となって顔を走った。彼は肩を落とすとうんざりしたように日記をプラットの手に押しこんだ。「おまえの汚いけちな秘密を持ってるがいい」彼は言った。

ため息がさざ波のようにクラスに広がった。緊張から解き放たれたため息、安堵《あんど》のため息でもあり、落胆のため息でもあった。

机に戻った金髪の少年は額をぬぐった。なんてばかをやったもんだ！　それは虚栄心だった。虚栄心。老ブラッドレーをやり込めたいというけちな欲望。

今度はメアリ・ライリーが訳していた。拭き込んだ小さなめがねの奥の彼女の目は不安そうだった。彼女の訳はマグレガーよりなめらかだが無神経なところは同じだ。その後ろの席では例によってアンダーソンがスカートをちょっと上げ、教室の向こうをちらと見て、ジム・マーキンの目に止まったかどうかたしかめていた。案《あん》の定《じょう》ジムは見ていた。

プラットは、勤勉そうにかがみ込んでいる回りの頭を軽蔑を込めて見回した。順応を学んでいる人形たち。うそや宣伝を与えられるがままに真に受けているやつら。リンゴ・エドワーズときたら、改宗した異端者さながらに、歯をつつきながら集中して眉を寄せていた。ひとりの少女が顔を上げて彼の目をとらえ、ほほえんだ。プラットは表情を崩さずに見つめ返し、とうとう彼女は顔を赤くして目をそらした。彼は一瞬罪の意識を感じた。ノラが表しているのは、彼が捨てた規範、彼が背を向けた暮らし方だった。それでも……それでも……。

学校の時計塔が一五分きざみのチャイムを鳴らした。あと一五分だ。プラットにとっては学校生活最後の一五分だ。しかもだれもそれを知らない、こう思うと彼は冷笑した。たとえ知っても彼らは気にするだろうか? ノラは気にするだろう。彼女は悲しむかもしれない。でもほかのやつらはそんなことはない。ぼくは彼らの仲間ではなかったから。

いく筋かの霧が漂い、天井の明かりを横切った。ブラッドレーはまた咳をした。

「各人には彼自身の日が立っており……」

「ああ! なんてことだ!」ブラッドレーはつぶやき、それから声を上げていった。「しかしそれはどういう意味なのかね、シアラー?」

「わかりません、先生」

「『スタート・スア・クゥイークェ・ディエース』だれかこの友達に教えてやれないか?」

プラットはその箇所を見つけていた。「だれにもそれぞれ、定めの日がある」彼は訳した。「人生は短く、やり直しはできない、しかし――」

「ありがとう、プラット。適切な解釈だった。続けて、シアラー」だがそのとき、教師はプラットに目を据えてこうつけ加えた。「この意味をわれわれはよく考えたほうがいい」
ふたたびあの痛み——なんだろう、後悔か？　彼はかつてブラッドレーのお気に入り、先生のいちばんの生徒だった。だがそれがなんだというんだ！　あれ以来、いろんなことがあったんだから。

更衣室で、かがみ込んで自転車用のズボン・クリップを締めていると、だれかに尻を蹴られて前に這いつくばった。彼は怒って起き直った。

「気をつけろよ、この——」言いはじめたが、すぐに語調を変えた。「なんだ、きみか」ちくしょう！　今夜レニーと出くわすなんて。

「そうさ。おれだよ。蹴りやすい的《まと》を見て我慢できなくてね……おい、たばこを一本貸してくれるか？」

プラットは二〇本入りを取り出して三本を抜き、相手の少年に渡した。少年はそれをブレザーのポケットに入れた。プラットは自分も一本取ると口にくわえてマッチをすった。

「あきれたな、イアン、気でも狂ったのか？　ここで吸ってるのを見つかったら……」

プラットは肩をすくめた。「わかった。行こう」彼はマッチを投げ捨ててたばこを耳にはさんだ。

二人は職員用の駐車場を横切って自転車置き場へ行った。霧はしだいに濃くなり、舗装した広場を歩く二人の足音がこもって聞こえた。

「そろそろ一服してもいいだろう」レニーは言い、二人は火をつけた。回りでは少年たちが自転車をラックから持ち上げ、ライトをつけ、漕《こ》ぎ出していった。薄暗がりのなかで、あちらこちらでたばこの火が赤く光った。

「今夜〈カフ〉で会えるか?」レニーが訊《き》いた。彼の声は穏やかで、のんびりしていて、頭の弱い人の声のようだった。彼に「レニー」というあだ名がついたのはそのためで――それに加えて体が大きく、力があるからだった。スタインベックの『二十日鼠《はつかねずみ》と人間』の映画をだれかが見たその日から、トム・ファーガソンは「レニー」になった。けれども彼は、どんな意味においても頭は弱くなかった。うすらばかの外見の裏には、抜け目なく計算高い頭脳があった。プラットは彼を恐れていた。

「なんとも言えないな」プラットは答えた。「遅くなってから覗《のぞ》くかもしれない」

レニーはにやっと笑った。「おまえがいつも水曜の夜どこへ行くか、おれが知らないと思うか?」

なんだって! まさか! プラットの心臓は痛いほど高鳴った。

「そうさ」穏やかな声はのんびりと続いた。「この前の水曜におれはおまえをつけたんだ」

彼ははったりをかけている。はったりに違いない。プラットはなにも言わずにいた。

「いかす女の子じゃないか、あの子は。無理もないよ」

彼はほっとして涙が出そうになった。とはいえ、本当のことをなんで恥じて隠しているのか、自分でもわからなかった。

「そう、あの子は悪くない」プラットは陽気に言った。「気分転換になるよ。でもマイラには言わないでくれ」

「まかせとけ」しかしレニーの目は彼から離れず、彼を推し測っていた。プラットはまた不安になった。

　プラットは最後の一口を吸うとたばこを落とし、セメントの床にかかとでこすりつけた。

「もう行かないと」彼は自転車をラックからそっと降ろし、輝く車体をいとおしむようになでた。

「それ、いいな」彼をじっと見つめながらレニーは言った。

「ああ」

「おやじさんから一、二ポンドせしめたか、え？」

　プラットはライトの上にかがみ込んでいた。「ああ」彼は顔を上げずに言った。

「それじゃあ、あとで会おう」レニーは言った。

「あとで？」

「〈カフ〉でだよ」

「ああ、そうだね。会えるかも。じゃあな、レニー」

　彼は自転車を漕いで出た。駐車場を横切るとき振り返った。自転車置き場はほとんど霧に呑《の》み込まれていた。それでもレニーのたばこの火がぼんやりと見えた。レニーは動かずにいた。

　プラットはペダルに立ち上がり、漕がずに静かに門まで転がした。レニーと出会ったことで彼は醒《さ》めた気分になっていた。初めて、ことはうまくいかないのではないかと思った。

奇妙なことに、レニーを見ると彼はぞくっとした。好きになっていいはずなのに。ほかの連中は、マイラでさえも、レニーを好いていた。

彼が門を出たとき、スクールバスの最終が出ていった。フォグランプを点《つ》け、運転手はフロントガラスの向こうから透かし見るように目をこらしていた。道路にはもうほとんど人けはなく、帰り遅れた数人が家路に向かっていた。駐車場では職員たちが帰る準備をしていて、エンジンが息を吹き返していた。

校門の外の明かりの下に女が一人でだれかを待っていた。プラットは通り過ぎてからだれだか気づいた。姉のアイリーンだった。アイリーンは彼を見なかった。彼はそのまま道路を漕いでいった。

五〇ヤード行ってから彼は戻った。アイリーンに話さなくては。なにも言わずに突然姉と別れることはできなかった。

しかし遅かった。人影が彼女に寄り添っていた。男だ。アイリーンは彼の腕に手を入れ、二人はいそいそと霧のなかに消えた。

プラットは悪態をついた。ふたたび自転車の向きを変え、やみくもに道を漕いでいった。ドラムチャペル・ストリートの角では、目の前にぼんやりと現われた小さな子供を避けるために慌《あわ》てて大きく曲がらなければならなかった。

「このうすのろ！」彼はおびえる子供に向かって声を上げた。

パートI　警部

1

ニコルソンの見当では、女の年は二三くらいだった。二三か二四だ。短く切った、黒に近い髪、いい顔色、まっすぐな鼻、広く豊かな口もと。レモン色のレインコートを着ている。

「ミス・プラットがあなたと話したいそうです」キューピット巡査部長はこう告げてから出ていき、ドアを閉めた。

ニコルソンは椅子をすすめたが女は聞いていないようだった。彼女は遠慮なく部屋を見回していた。飾りのない、水性塗料を塗った壁、栗色のファイリング・キャビネットがいくつか、二つのデスクにはそれぞれ電話とインクスタンドが載っていて、紙くずが散らかっている。二着のコートと二つの帽子が隅のスタンドにかかっていた。

「キャメロンさんと同室なの?」茶色のオーバーコートを見て彼女は言った。その声は低音で気持ちのいい響きがあり、スコットランド高地の軽快な調子があった。

「ええ」彼は声に感情を出さないようにしながら答えた。

しかし気持ちは出てしまったようだ。素早くこちらを見た明敏なまなざしは、彼女がそのニュアンスをとらえたことを語っていた。

女は説明する必要を感じたようだ。「彼の奥さんはわたしの友達なの……それにもちろん、この前来たとき彼には会ったわ」

「前にもここに来たことがある?」

「ええ」彼女はそれ以上の質問を許さないといった口調で言った。

それから彼のデスクまで来ると、腰を下ろした。

「弟のことで来たんです、警部」てきぱきと始めた。「行方不明なんです」

「いつから?」

「水曜日に学校を出てから」

「水曜日?　しかしそれは二日も前だ」

娘はさっと赤くなった。「母は——つまり、わたしたちは——あの、わたしたち、彼の行く先はわかってると思ってたんです」

「それが違った?」

彼女は冷静にうなずいた。「ええ、わたしたち、間違ってました」

ニコルソンは彼女を見つめた。まるで自転車の紛失を届け出ているようだった。

「わかりました」彼はようやくこう言った。「はじめから話したらどうでしょう」

彼女の名前はアイリーン・プラットで、ヒューエンデン・ロードに住んでいた。シルブリッジ高校の体育の教師だという。

姉が一人いるが結婚してイングランドに住んでいる。そして弟のイアンは一六歳で同じ高校の第六学年にいた。水曜日にイアンはいつものように学校に行き、四時半に校門を自転車で出たところを見られている。そのあと、彼は消えてしまった。

「水曜は霧の濃い日でしたね？」ニコルソンは口をはさんだ。

娘はうなずいた。

「病院を当たってみましたか？」

「事故があったとは思ってません」

「なぜです？」

「彼は学校から戻るとスーツケースに荷造りして、それを持って出ていったの」

「でもあなたの話では――」

「だれも見てはいないんです。わたしたちみんな出てましたから。でもスーツケースがなくなってるんです、彼の服もほとんど」

「言い換えれば、彼は家出した？」

「ええ」

「思い当たる理由は？」

彼女は答えなかった。

「しかし」彼は考えながらことばを続けた。「男の子が逃げ出すには、なにかわけがあるんじゃないでしょうか？」

「ニコルソンさん、あなたはここにいらしたばかりね？」

「ええ」

「あのね、イアンは——」彼女は言いよどんだ。「つまり——キャメロンさんはイアンを知ってるの」

「キャメロン部長刑事が？……ああ！　わかりました。弟さんは検挙されたことがある？」

「弟は保護観察中なの……」それから彼女は怒ったようにつけ加えた。「フィンゲッティのカフェでいっしょにうろついてるあの連中のせいなのよ——ギャマンズやレニー・ファーガソンのような。女の子もいるのよ……」

「名前をお願いします」

「え？　いえ、あの連中は弟がどこへいったか知らないわ」

「かまいません。彼らと話すことになるかもしれませんから」

彼女は六人ほどの名前を上げた。

「そして女の子は？」

「マイラよ。名前のほうしか知らないわ」

ニコルソンはメモ帳に名前を書き込んでいたが、ここで目を上げた。娘はおもしろがっているようなゆとりをもって彼を見つめていた。

「ミス・プラット」彼は鋭く言った。「あなたはわれわれに弟さんを見つけてほしいんでしょう?」

「そうでもないの。彼が出ていく勇気を持ってたとは嬉しいわ」

「それじゃあなぜここに来たんです?」

「母に言われたからよ。母は彼がなにか危害に遭《あ》ったんじゃないかと心配してるんです」

「あなたは?」

彼女は答えるのに時間をかけ、ようやくこう言った。「わたしのことはほっといてください。ここに来たのは、母が具合が悪くて自分で出られないからなの。わたしはこれには加わりたくないわ」

「彼の行く先はどこだと思ったんですか?」ニコルソンは問いかけた。「つまり、最初の話です。あなたが言ったのは――」

「リヴァプールの姉のところよ。でも母が今朝電話したら、来ていないって」

「今朝ですか? 息子さんがいなくなって三六時間もたってからあなたがたは――」

彼女は眉をひそめた。「母とアネットは仲が良くないんです。母はプライドを抑えてやっと電話したんです」

幸せな家族か、ニコルソンは考えていた。この娘と母親の関係にもひずみがあるな、と彼は感じ取った。

「弟さんはなにを着てましたか、それと、なにを持ち出してますか？　全部のリストが要ります……それにもちろん写真も。お願いでき……」

「服装については母が言えるでしょう。写真は持ってきました」娘は手袋を脱ぐとハンドバッグを開け、封筒を取り出した。くすり指でダイヤモンドがきらりと光るのを彼は見た。

写真はパスポート大のスナップで、姉の黒に近い髪に対して金髪の、十代の少年が写っていた。顔は細長く、大きな賢そうな目と感受性の強そうな口をしていた。

ミス・プラットは机をまわって警部のそばに来た。

「彼そのままだわ」彼女は言った。「ただ――」

「ただ？」

「そうね、彼は丈夫な子よ。健康で。これだと死にかけたアヒルみたいに見えるわ」

「ご家族の共通なところはあまりないんですね」ニコルソンは言ってみた。「つまり、あなたの弟さんとはとても思えない」

「そうかしら？」こう言って彼女は彼を無表情で見た。

娘が犯罪捜査部の部屋から出てきてスイングドアを抜けていっても、キュービット巡査部長は目を上げなかった。彼は報告書をタイプしていた。とはいえ彼のそばの書類の山からウェスタン小説の黄色いカバーが顔を出しているのをニコルソンは見逃さなかった。

ニコルソンは机に近寄っていった。

「巡査部長、プラット家について教えてほしい」彼は言った。

キュービットは見上げた。五〇歳くらいの赤ら顔の男で、禿《は》げかかっている。退役軍人の彼は古参兵の特徴を備えていた。つまり、相手の階級に応じて態度を微妙に変えたり、仕事をしないですます才があった。

キュービットにだまされる者はいなかった。彼のごまかしは見え見えだったからだ。しかし総じて署としては彼を大目に見ていた。常日頃厳しい要求をする主任警部のマーンズでさえ、だれもがあえて求める勇気もないような自由をキュービットには許していた。

ニコルソンだけは影響されなかった。追従《ついしょう》と怠惰は彼の好むところではなかった。

「プラット家ですか？」キュービットは言った。こういうのは彼の本領だった。軍隊にいた数年を除けば、彼はずっとシルブリッジに住んでいた。スキャンダルを嗅ぎつける鼻と記憶力のおかげで、彼は多くの住民についてのすぐれた資料一式ともいえるものを身につけていた。それは署の仕事に彼が唯一貢献する独自のものだった。「あの一家は一五年ほど前にシルブリッジに来ました。ヒューエンデン・ロードに住んでます。父親は職業安定所の事務員です。母親は――」

「父親がまだ生きてるのか？」ニコルソンは少し驚いた。娘は父親のことを一言も話さなかった。

キュービットはにやっと笑った。「そうなんです――こう言えばわかるでしょうが、ズボンをはいてるのは母親で」

「家族は？　娘二人と男の子、だね？」

「そうです。上の娘は結婚してイングランドのどこかに――」

「リヴァプールだ」ニコルソンは口をはさんだ。

「リヴァプールですか？　そうだと思います。もう一人の娘はアイリーンで――あなたが今日会ったほうです――彼女も男をみつけてます。高校の教師と婚約中で。とびきりの脚でしょう？」ニコルソンが反応しないので彼は慌《あわ》ててつづけた。「それからもちろん男の子がいます」

「知りたいのはその子だ」

「はい、賢い子ですが、弱いと言えるでしょう。すぐに引きずられる」

「前科があるそうだが？」

「はい。でもたいしたことじゃありません。ダンスホールでけんかして、六か月の保護観察です。アラン・キャメロンがその件を担当しました。彼なら――」

「その子が行方不明だ。家出した」

「こりゃ驚いた、そうか！」目を過度に見開いたキュービットの驚きぶりは本当とは思えなかった。おそらくアイリーン・プラットは、まず当直のデスクで心の重荷を下ろしたのだろう。

電話が鳴ってキュービットが受話器を取った。

「シルブリッジ警察署……ああ！　はい」彼は姿勢を正した。「わかりました……五時頃で？……では、わたくしから伝えておきます。

マーンズさんでした」キュービットは言わでものことを言った。

「グラスゴーで引き止められているのか?」

「はい、あなたに話しておくようにと——」

しかしニコルソンは聞いていなかった。スイングドアが押し開けられてキャメロン部長刑事のがっしりした姿が大股で入ってきて、犯罪捜査部の部屋に行こうとしていた。

「アラン!」呼びかけると、キャメロンは立ち止まって振り向いた。

「はい?」彼は無表情で返事をした。

ニコルソンはため息をついた。ここに来てから六週間、いまだに慇懃《いんぎん》な敵対意識の障壁を越えられなかった。

キャメロンは身長六フィート二インチ、重さは一五ストーン(約九五キロ)近くある筋肉質の大男だ。三〇代半ばで、ニコルソンより三歳ほど若かった。既婚で、二人の小さな子供がいた。聡明で良心的な優れた警官であることは彼の記録を見れば明らかだった。署のなかでは犯罪捜査部の同僚にも制服の警官にもとても人気があった。ただ彼はニコルソンからは冷たく遠ざかっていた。

ニコルソンは彼にアイリーン・プラットの訪問のことを話した。

「母親を訪ねてみようと思ってる」と彼は話を結んだ。「来るか?」

キャメロンは手にしたホルダーをちらと見た。

「記録保管所から戻ったところで」と彼は言った。「マーンズさんのためにこの資料を掘り出してたんです。これから作成を——」

「彼は五時まで戻らないはずだ」

キャメロンはためらった。「わかりました」彼は言った。刑事部屋のドアを開けると、自分の机にフォルダーを放り投げ、掛け釘からコートと帽子を取った。

ニコルソンはすでにキューピット巡査部長に出かけると告げていた。

2

「プラットのことを話してくれ」ハイ・ストリートの方向へ車をゆっくりと走らせながらニコルソンは言った。午後一時になろうとしていて、人びとの流れは造船所に戻りつつあった。

「あの子に必要なのはいい隠れ場所です」

「彼がやったのはまさにそれだね？」

「つき合ってる仲間が問題なんです。ジョー・ギャマンズと彼の一味、ビリヤードにカフェにダンスホール。いいですか、高校生ですよ、学年で一番できると言われてる」

「彼はなんで訴えられたんだ？」

「〈エンプレス〉でけんかを始めたんです。少年院送りにならなかったのがラッキーというもんですよ。もし校長が彼のために口添えしなかったら……」

キャメロンの口調は苦々しかった。

「これまでずっとそんなだったのか?」ニコルソンは訊《き》いた。

「ここを左です。あの信号を右に曲がって……いえ、昨年来です」

「なんでおかしくなったんだ?」

「いや、ある子供が彼になにか言ったんです。彼はそれを我慢できなかった」

「なにかを言った?」

「ええ、彼の気持ちを傷つけるようなこと、だったそうで」キャメロンはうんざりだという調子でぴしゃりと言った。それからこうつけ加えた。「バシッと一発くらわせたほうが彼のためになるだろうに」


道はずっと上り坂だった。病院と、建ったばかりのカトリック教会を過ぎ、墓地を迂回《うかい》して丘を上がっていった。そこはここ一〇年のあいだに羊に取って代わって郊外住宅地が広がっていた。

ヒューエンデン・ロードは最も高い地点のひとつにあった。そこからは墓地の木々の向こうに、川とアーガイルシャーの丘が望めた。この高さからだと造船所のクレーンは組み立て玩具・メカーノの完成品のようだし、ゆっくりと上流に向かう黄色い煙突の汽船は湖にうかべたおもちゃのボートになぞらえることもできた。

ニコルソンは一八番地の外で車を止めた。そこは赤屋根に白ペンキ塗りの二戸建て住宅だった。使い古したモリスが、家に隣接したコンクリートのガレージと門をつなぐ短い通路に置いてあった。前庭はローンボウリングのグリーンのようになめらかに手入れされた芝生が敷きつめてあった。「芝生を見て庭師を判断せよ」とニコルソンは以前読んだことがあるが……。

ベルを鳴らすと中で犬が狂ったように吠えはじめた。それを叱る男の声が聞こえ、ドアが開いた。

彼はシャツにチョッキ姿だった。背の高い男で、白髪は乱れ、青白いむくんだ顔をしていた。左手で雑種の大きな犬の首輪をつかんでいたが、犬はうなって前に出ようとしていた。

キャメロン刑事は手を差し出した。犬は匂いを嗅ぎ、しだいに落ち着いて尻尾を振りはじめた。主人が手を離すと、犬はそっと家のなかに入っていった。

「ほんとはおとなしいやつなんですよ」男は言った。「知らない人を疑う、それだけなんです」

アイリーン・プラットがその声にウエストハイランドの快い音を受け継いだのは父親からだった。ただし父親の場合は、アクセントは生《き》のままだった。

「お入りください」ニコルソンが自己紹介すると、彼は言った。「妻がお待ちしてました」

居間に案内された。そこは川を見渡す大きな窓があって、気持ちのいい部屋になるはずなのに、小テーブルやランプや装飾品など、小物がごたごたと詰め込んであって、良さが損なわれていた。

プラット夫人はひじ掛け椅子にいて足台に脚を乗せていた。彼女は立たないことを謝った。

「心臓ですの」彼女は心気症患者の穏やかな悲哀を込めて説明した。「わたくしには興奮がいけませんの」

彼女の声は夫に向かうと鋭くなった。「時間を見てよ、アンガス！　行ってお昼を済ませたらどう」プラットはなにも言わずに出ていった。「どうしてあの人が食べられるのか、わかりませんわ」彼女はすねたようにニコルソンに言い足した。「まるでなにごともなかったようだわ」

プラット夫人は、娘をひと回り小さくしてもっと弱々しくしたような人だった。澄んだ顔色、整った顔だちは娘と同じだが、濃い色の髪には白髪が交じり、口の端は不満げにたれていた。

「ではアイリーンはイアンのことをお話ししたんですね？」彼女は言った。

「ええ……でもあなたからじかに話を聞かせていただきたいのです」

プラット夫人は水曜の午後はブリッジをしに出かけていた。六時ごろ家に戻るとイアンの姿はなかった。夫人は驚かなかった。なぜならブリッジの日には彼はよく家で軽食を食べてからまた出かけ、遅くまで外にいるからだ。

「家にはほかにだれもいなかったんですか？」ニコルソンは訊いた。

「ええ。アイリーンはフィアンセとお茶に行ってたし、アンガスは水曜はよく〈キャッスル〉に寄るんです。わたくしが六時までは戻らないことを知っててね」

イアンが真夜中になっても戻らないので、母親は心配になった。しかしそのとき、夫が屋根裏に通じる跳《は》ね上げ戸が開いているのに気づいた。調べてみると大型のスーツケースがなくなっていた。夫妻がイアンの寝室を見たところ、彼の衣服のほとんどが、洋服だんすとチェストからなくなっていた。

「衣服のほかにはなにか？」ニコルソンは訊いた。

「あの子の持ち物がいくつか――カメラ、一、二冊の本、日記帳などです」

「彼はなんの書き置きも残さないで？」

「ええ」

「奥さん、なぜ二日近くも待ってから娘さんに電話したんですか？」

「息子から連絡があるものだと思ってたんです。電話を予想してましたわ、この前のように。あるいは絵はがきでも来るかと。あの子が決してしそうもないのは――」

「この前？　前にもこういうことがあったんですか？」

一か月ほど前に、と夫人は認めた。ある土曜の朝、イアンはなにも言わずにいなくなり、その夜リヴァプールから電話があった。彼は月曜に戻ってきた。

「その時にも衣類の荷造りをしましたか？」

「いいえ。歯ブラシとパジャマしか持っていきませんでしたわ」

「それじゃあ、今回は週末だけじゃないですね？　彼がこれっきり戻らないかもしれないとは思いませんでしたか？」

「いいえ！」夫人は激しく言った。「イアンはそんなことはしません」

「娘さんはそう信じてますよ」

彼女の頬に怒りの斑点が現われた。「アイリーンは――」言いはじめたが、自分を抑えた。

「いいですか、警部さん。うちでは昨年来ごたごたがありまして――こちらのキャメロンさんがそれについてはご存じですけど――」とキャメロン刑事にちらと笑顔を見せた。「――イアンが扱いにくかったことはわたくしも否定しません。でもあの子とわたくしはとても親密でしたから、わたくしに対してそんなことはしませんわ」

「逃げ出したりしないと？」

「ええ」彼女はためらっていたがこうつけ加えた。「それにもしそうだとしても、わたくしには連絡するでしょう。どんなに心配するかわかってますから。なにかがあの子に起きたんです、警部さん。それを骨身に感じますの」涙が頰にこぼれた。

ニコルソンは本能的にプラット夫人を嫌った。息子を所有物のように語り、夫への軽蔑を隠そうともしない彼女を嫌った。しかし夫人の心配は本物だった――それは彼女の目を見ればわかった。ニコルソンは漠然とした不安を感じた。同時にキャメロンに対していら立ちを覚えた。キャメロンの、あざけりではないにしても無言の非難をニコルソンは感じ取った。

彼は立ち上がって唐突に言った。「ご主人をお出かけまえにつかまえなければ」

プラット夫人は傷ついたようだった。「アンガスに？　でも夫はなにも知らない――」

ニコルソンはさえぎった。「息子さんの着ていたもの、持っていったものを正確にキャメロン刑事にお話しいただけますか」そして席を立った。

家の奥のほうでプラットが動きまわっている音が聞こえた。居間から見て玄関ホールの向こうにドアが開いていた。ニコルソンは覗《のぞ》いた。小さなベッドルーム、というよりも勉強部屋兼ベッドルームで、ベッドのほかに安物の木の机があり、本が並んだ棚があった。教科書だった。イアンの部屋にちがいない。

ニコルソンはためらったが入っていった。ベッド脇の敷物に犬がからだを伸ばしていた。犬は彼を受け入れたらしく、眠そうな片目を開くと弱々しく尻尾をパタリと振り、また眠りはじめた。

部屋は簡素なしつらえで、明るい色のオーク材の洋服だんすと収納用チェスト、ソファーベッド、机と椅子があった。ベニヤ板の本棚がベッドの上の壁いっぱいを占めていた。グリーンのカーペットはところどころ薄くなっている。ベッド脇の敷物はたぶんすり切れた箇所を隠しているのだろう。

ニコルソンは洋服だんすを開けた。そこにはグリーンの高校のブレザーと古い汚れたレインコートが掛かり、下にはフットボール用の靴が置いてあるだけだった。

チェストの上には額に入った写真が二枚並んでいた。ひとつはアイリーンの写真で、もうひとつはテニス用のショートパンツの少女だった。ニコルソンは最初これもアイリーンだと思ったが、彼女より顔が細く、口も小さかった。もうひとりの姉、アネットだろう。

上の棚の本で、イアン・プラットが学校でやっている科目がわかった。ギリシア語とラテン語の教科書と文法書、代数と幾何、微積分入門、仏英辞典とフランス語の小説が数冊。下の棚は少年個人の蔵書だった。スコット、ディケンズ、トロロープ、ジェーン・オースティンの小説――おそらく学校でもらった賞品だろう。ニコルソンは任意に一冊を取り出してみた――『高慢と偏見』。やはりそうだ。扉の内側に書き込みがあった。「ジョハニス（イアンの正式名称）・プラット、文学クラス、ギリシア語……」これらの本がみな賞品だとしたら、ジョハニス・プラットはなまけ者どころではなかった。しかし『高慢と偏見』は、数ページがまだ切ってないところを見ると、読了されていなかった。

この棚の一方の端にある本は違った。ここには少年の本当の関心の対象があった。現代小説と戯曲のペーパーバック、写真と美術についての手引書が一、二冊、チェスの本、それに詩の本が数冊。

ニコルソンはパルグレーヴの詞華集『ゴールデン・トレジャリー』を取り出した。それは手ずれしていて、あちらこちらの欄外に注が書き込んであった。パラパラとめくっていると、一枚の紙がはらりと床に落ちた。拾い上げようとかがんだ彼は、背後からの声に驚かされた。

「詩が好きでね、イアンは。詩を書いたりもしたんですよ」

ニコルソンはからだを立てた。

「すみません」彼は言った。「お許しを得るべきでした――」

「あなたも仕事ですから」

プラットは今は上着を着ていた。それはからだに合っていなくて、彼の猫背と全体的なだらしなさを際立たせていた。

「書いたりもした？」ニコルソンは気づいて言った。「あなたは過去のことのように言いますね？」

「なんのことです？　ああ！　わかった。たしかに、わたしは彼を過去形で考えてる。イアンをここで見ることは二度とないでしょうから」

「彼が帰ってくるとは思わない？」

プラットはニコルソンを驚いたように見た。「もちろん思いません。あのスーツケースがなくなっているのを見たときから、わたしにはわかりましたよ」

「なぜ？」

「そうですね、あれはとても大きなものなんですよ。週末用に持っていくようなものじゃありません」

「あなたのスーツケースでしょう？」

「そうです。でもわたしは使っていなかったし、ここ二年は見てもいなかった」

「どんなものか、教えてくれますか？」ニコルソンはメモ帳を取り出した。

「そう、グリーンの模造革で、錠前《じょうまえ》がこわれてる。家でいちばん大きいスーツケースです。彼は自分のものをほとんど持ってったからね」

「なんの予告もなく？　書き置きを残さなかった？」

「書き置きはなかった。しかし予告といえるものはたくさんあった。ここ数か月、彼は家を出ると脅《おど》していた。マーガレットが話しませんでしたか？」

「いいえ」

プラットはチェストの上の鏡を覗いてネクタイを直した。

「ああ、なるほど、そういうわけか」彼は言った。「ほかの家族は、こうなることはわかってました。でもマーガレットにはわからない。あれにには、息子が母親の自分を憎んでるってことが信じられないんだ」

「憎んでる？」

プラットは彼に向き直った。「そうですよ」彼は穏やかに言った。「だから出ていったんです」

「息子さんが母親を憎むとは、いったいなぜです？」

プラットは肩をすくめた。「部下の刑事さんに聞いてごらんなさい。彼が知ってます」

プラットは机に歩いていった。彼の歩き方は重々しくこわばっていて、腰痛でもあるようだった。「ここを見ましたか？」彼は訊いた。

ニコルソンは首を振った。プラットは机のふたを開けた。

「イアンはいつもここに鍵をかけてた。日記を隠していたからね。わたしはゆうべ錠《じょう》をこわしてみたが、日記はなくなっていた。でも――」彼は机のなかの紙をかきまわしていた。「ああ！　これだ。これをどう思います？」

彼が取り出したのは一枚の画用紙だった。上の左隅には白い十字架があり、残りの画面一面にはのたうつ黒い蠕虫《ぜんちゅう》が描かれていた。それには「絶望」と題がつけてあった。

「ああ！　でもそれよりいいのがあります」プラットは言った。差し出した画用紙はすっかり黒で塗りたくられ、ただ下の隅に「死」という白い文字があった。

「一六歳の少年にしては不健全な主題ですね」ニコルソンは感想を述べた。

「たしかに、たしかに。しかし彼はかつてはじゅうぶん幸せだったんですよ。ただあれ以来……」

「なに以来ですって?」

「ああ、そうか、マーガレットに訊いたほうがいいですよ……それとも部下の刑事さんから。彼は知ってます……わたしが内の秘密を外に漏らすべきじゃない」彼は机のふたを閉めて腕時計を見た。「しまった！　これでは遅れてしまうぞ――」

「プラットさん、息子さんはどこへ行ったと思いますか?」

プラットは肩をすくめた。「ロンドン、かな。大都会では捜すのは容易じゃない」彼は関心がないように言った。

ニコルソンはいら立ちを覚えた。「息子さんが家出したというのに、あなたは心配じゃないんですか?」

彼は笑顔で言った。「あの子がいなくて寂しくなりますよ。一緒にチェスをやってましたから。あれ以来、――つまり彼が母親とけんかして以来、わたしたちのあいだはうまくいくようになったのに。でも正直言って、悲嘆に暮れてはいませんね……もちろん」――とドアに向かいながら引き際のせりふを肩越しに投げかけた――「もちろん、彼が本当の息子ならべつでしょうけどね」

彼は出ていき、しばらくして玄関ドアがばたんと閉まった。ニコルソンは、モリスが道路にバックで出て走り去るのを窓から眺めた。

ニコルソンは怒っていた。すべてのことに、激しく腹を立てていた。怒りは痛烈だったのでほとんど快感さえ感じた。彼はたばこに火をつけ、そのクールな刺激を喉《のど》と肺で味わった。

彼は本棚に戻った。これだ。下の棚のC・P・スノーの二冊の小説の間に、場違いのように薄い黒い冊子が押し込んであった。さっきも見たのだが意識して認めていなかった。『養子縁組と法律』

キャメロンは運転席の警部の隣に乗り込んできた。「家で降ろしてくれますか？」彼は言った。ニコルソンは返事をせずにエンジンをかけ、黙ったまま町まで走った。キャメロンのアパートがあるバース・ロウの赤い砂岩の建物の外に車を止めた。

しかしキャメロンが降りようとすると、彼は止めた。

「まだだ」彼は荒々しく言った。

キャメロンは無表情で座席に戻った。

「きみはわたしを好きではない、そうだね？」ニコルソンは言った。キャメロンは答えなかった。「よろしい。だがわれわれが一緒に仕事をするときには、自分の好き嫌いをすっかり忘れるんだ、わかったか？」

「すみませんが、なんのことかわかりません」キャメロンの声は静かだった。

「いや、わかってるとも。今朝のようにだ。プラットについてわたしがまず知る必要があったこと、それをきみはわたしに教えなかった」

「なんのことか――」

「彼が養子だということだ。言う価値もないことだったのか？」

「知ってると思ってました」キャメロンは本当に驚いたようだった。「キューピットは言わなかったんですか?」

「彼は言わなかった」

白いタートルネックのセーターを着た赤毛の女が二階の窓にいて、車を見下ろしていた。キャメロンの妻だろうか。赤毛だと聞いたことがある。思ったより若かった。感じのいい顔だ……。

理由もなく腹立ちがつのった。

「それともうひとつ」彼は乱暴な口調で言った。「わたしはきみに、プラットはなぜおかしくなったのかと尋ねた。『ある子供が彼になにか言った』だと――あの答え方はなんだ? いったいその子供はなんと言ったんだ?」

「子供は彼に、彼は養子にもらわれたと言いました。プラットはそのときまで知りませんでした」

「わかった。そういうことを全部、わたしが推察すべきなのだね」

今度の非難は相手にこたえた。キャメロンは赤面した。

「すみませんでした」彼はむすっとした顔で言った。

「それで、なんで言わなかった?」

彼は口ごもった。「プラットのような子供には、みなが寛大になるんです。でもわたしは彼を知ってます、いいですか? 彼は悪いやつです。わたしが心配したのは、あなたもきっと

「わたしのどこが心配だったんだ？」

――」

キャメロンは返事をしなかった。

「では警告する。こういうことが再度あったら、きみの不都合を上申する。わたしはきみのために今朝あそこで赤恥をかいた」

「すみませんでした」キャメロンは無表情に繰り返した。

ニコルソンはため息をついた。彼の怒りはとつぜん消えていた。怒気を発散させたことで得たものはなにもなかった。彼は、これまでもたびたび考えたことだが、なぜキャメロンが彼を嫌うのか知りたいと思った。まさか嫉妬ではないだろう。とはいっても、グリーン警部が本署に転任になったとき、キャメロン刑事は自分の昇進を望んだのかもしれない。しかしキャメロンだって、自分がはずれたのはニコルソンのせいでないことはわかるだろうに。彼の敵意にはほかに理由があるはずだ……。

「少年と母親の関係はこじれてるようだな」ニコルソンは言った。

キャメロンはうなるように言った。「でもプラット夫人のせいじゃないです。夫人はできるかぎりのことをしました」

「それならなぜ――」

「少年は母親を責めています。つまり、自分がもらい子だったことを知らされていなかったと言って」

「知らせないというのは常に過ちのもとだ」

「はい、そうかもしれません」納得していないような言い方だった。

ニコルソンはあきらめた。「昼飯をとるがいい」彼は疲れたように言った。

キャメロンは車のドアを開けた。

「少年の保護観察官はだれだね？」ニコルソンは思いついたように訊いた。

キャメロンは動きを止めた。「ソーンダーズです」まだ鬱屈《うつくつ》した言い方だった。

「午後彼に会おう」ニコルソンは言った。ソーンダーズには会ったことがあり、好ましい印象を受けていた。「それに学校にも寄ってみよう。きみは署のほうを受け持ってくれるか？ キューピットもう仕事をしているころだろう」

「わかりました」キャメロンは言った。彼が車から出ると、窓際の女は姿を消した。彼の妻にちがいない、ニコルソンは思った。

3

カーターズ・グリルルームで昼食をとるのは今週三度目だった。ミートパイとポテトのフライ、ポット入り紅茶。壁の時計は二時三五分を指し、客は彼一人だった。

こういうことをやってると四〇で潰瘍《かいよう》になる、と彼は考えていた。不規則な時間に急いで済ます食事。パブやスナックバーや駅のビュッフェでの食事。彼は既婚者をうらやんだ。キャメロンを、世話してくれる魅力的な赤毛と将来を賭《か》けられる二人の子供がいるキャメロンをうらやんだ。

ニコルソンはルースがいればいいのにと思った。彼女がいないのを寂しく思う気持ちがこれほどになるとは思わなかった。いや、もっと正確にいえば、ルースその人を思っているのではない。あれは終わったことだ。時計を逆戻りさせることはできない。そうではなくて、彼が求めるのは彼女が象徴していたものだった。

ニコルソンは、たばこの包みとともにポケットから引き出した一枚の紙に目をやった。手紙のようだ。開いてみるとたしかに手紙だった。あて先はなく、日付けは「木曜日」だけ。ちいさな女文字が並んでいた。

イアンへ（と書いてある）

わたしに詩を書いてくれるなんて、優しいのね。文句なく最高のプレゼントよ、たとえ全部はわからなくてもね。（「影の影によらず」ってどういうこと？）

一五歳！　すごく年取った気分――実際、中年だわ。時を運ぶ有翼の二輪馬車《チャリオット》はジェット推進式なのね。

明日会いましょう。そしてもちろん日曜も。晴れてたらピクニックに行けるわ。

じゃあね、ノラ

もう思い出していた。『ゴールデン・トレジャリー』から落ちた紙だ。プラットが彼を驚かしたときにポケットに突っ込んだのだろう。

「ノラ」か。アイリーン・プラットが言った、弟が会っていた女の子の名前だっけ？　いや、あれはマイラだった……。

なかなか無邪気でかわいらしい手紙だ、と彼は思った。それにその手紙はイアン・プラットをかいま見せ、ますます興味をそそられた。おもしろい少年だ。彼は会ってみたいと思った。キャメロン刑事は「悪いやつ」と決めつけたが、ともかく、知らなくてはならない。

ニコルソンはたばこをもみ消すと立ち上がり、コートに手をのばした。椅子の音で、カウンターの後ろにいたブルネットがデイリーミラーからものうく目を上げて形だけの笑顔を見せた。きれいな女だが石のように冷たい顔だ。シルブリッジに来て六週間になるが、ルースに匹敵する女性をまだ見たことがなかった。あえて言えば今朝の娘、アイリーン・プラットか。彼女には興味を引かれた。しかしそうはいってもあの娘は婚約していた……。

保護観察官たちは州裁判所の裏にあるウサギ穴のような小さな部屋のいくつかを占領していた。

ニコルソンが訪れたときソーンダーズは報告書をタイプしていた。年はニコルソンと同じくらいだが小柄で太った男で、顔色はピンクと白、縁なしめがねの向こうで目が輝いていた。

「事務処理ですよ」彼はタイプライターに向かって大げさな身ぶりをしてみせながら言った。「やっかいな時代だ。役に立つことに一〇分をかけると、そのあと一時間はその報告を三部作るのに使わなきゃならない。

疲れてるようですね」彼はつけ加えた。めがねの奥の目は旺盛な関心をもってニコルソンを観察していた。

「たぶん睡眠不足でしょう」

「鉄道の件で？　今朝の新聞で見ましたが――」

「ええ、昨夜一味のうちの三人は捕まえました。残りもわかってます」

「よかった」

ソーンダーズはたばこ入れを開けて机の向こうから押してよこした。

「イアン・プラットのことで来たんです」たばこを取りながらニコルソンは言った。

ソーンダーズの目は細くなった。「ああ、なるほど？」彼の声ははっきりした態度を表していなかった。「彼がなにをしました？」

ニコルソンは彼に話した。

話し終わると、ソーンダーズは言った。「正直言って、わたしは驚きませんね」

「彼の家出を予期してた？」

ソーンダーズは直接には答えなかった。「プラットの件はわたしの成功例ではありません」彼はゆっくり言った。「わたしは彼の波長に乗れないんです。実に残念だ」彼は悲しげな笑顔で言いたした。「というのは、あんな素材に取り組めることはめったにありませんからね」

「頭のいい子でしょう?」

「それは控えめな言い方です。もちろんわたしはすぐに感銘をうけました。なぜならわたしが普段相手にするのは資質に恵まれているとは言えない人たちだからです。でもプラットの教師たちと話してごらんなさい——サマーズでも老ブラッドレーでも、同じことを言うでしょう。ブラッドレーなんか、学問にとっての損失だと泣かんばかりで……」

「それじゃあ、なにがまずかったんです? なぜ彼はひねくれたんです?」

ソーンダーズは肩をすくめた。「彼の性格上の欠陥です。致命的な欠陥です。われわれにはみな、それがあるそうですが、ただ、ほとんどの人の場合は幸運にもそれは現われません」

「ではプラットの場合は?」

彼はためらった。「それを理解するには彼の経歴を知る必要があります。話を聞く時間はありますか?」


イアンの父親のアンガス・プラットはロスシャー出身の農園労働者の息子だった。アンガスは村の学校でかなり有望なところを見せたので、教育に対してスコットランド人特有の尊敬の念を持っていた彼の父は、いくばくかの金を犠牲にして息子をまずインヴァネス・アカデミーに、つぎにグラスゴー大学に送った。

アンガスは一九三七年に経済学で首尾よく二級学位を得て、グラスゴーの株式仲買業の会社に入った。そのときにはもう結婚していた。彼は大学三年のときにマーガレット・バーに出会ったのだ。彼女は医学部の二年生で、前の年にはチャリティー・クイーンの次点者だった。世慣れない、反応の鈍い、むっつりした高地人に好奇心をそそられた彼女は、一途《いちず》に心を決めて彼を追いかけた。最初は冗談のつもりがやがて彼のとりこになり、彼女はなりふりかまわず本気になった。彼女が落ちたのは彼の声のせいだった。あの深い、快い響きの声を聞くと胸がどきどきするの、と彼女はよく友達に話した。

アンガスはといえば、いつものように自分の考えを明かさなかった。しかし一九三七年のイースターに両家の反対を押し切って結婚することで、ともかくも自発的に配偶者になった。マーガレットは即座に勉学をやめた。

最初の子供のアネットは一九三八年の三月に生まれた。二年後にアイリーンが生まれたときには父親は軍隊にいた。彼はアフリカとイタリアで兵役を務め、一九四五年に少佐の階級をつけて無傷で退役した。

マーガレットは戦争中のほとんどを、子供たちを母親に預けて非常勤の看護婦として働いた。彼女が蓄えたものとアンガスの除隊賜金《しきん》で、彼らはギャロウェイに養鶏場を買った。アンガスは町でのデスクワークに戻ることにはなんの魅力も感じなかった。彼の血のなかにある、おそらく父親から受け継いだものに駆り立てられて、彼は土地に将来を求めた。

しかしこの投機事業はたいした成功を収めなかった。三年もたたないうちに——一九四八年の春に——彼はそれを売り払った。アンガスは財政の苦境を打ち明けるような夫ではなかったが、負債を払い終えたら彼の財産はほんの数ポンドだったということは推察された。それにもちろん、職も失っていた。

おまけに彼は病弱な妻を抱えていた。マーガレットは続けざまの流産のあと鬱《うつ》状態になり、精神科の治療を要した。専門医は、息子を切望しているからだと診断を下し、処方として養子をすすめた。アンガスは気が進まないながらもそれに従い、一九四八年五月に、生後六週間のイアンが家族に加わった。

この処方は功を奏した。この好結果はあるいは、一家が同じ年の夏にシルブリッジに越したせいかもしれなかった。これまで孤立した農場暮らしに適応できなかったマーガレットは都会のにぎやかさのなかでふたたび花開いた。アンガスはシルブリッジの郵便局に事務員の職を見つけた。のちに彼は労働局に移った。

いつも口数の少ないアンガスは、人生が彼に与えた打撃の苦痛を表面に見せることはほとんどなかった。以前より酒の量がすこし多くなり、家族への心づかいが少なくなった、それだけだった。しかし気づかないうちに夫と妻の役割は逆転していた。はじめの頃、重要な決定はすべて夫に任せていたマーガレットは、しだいに手綱を引き継ぎ、支配的な伴侶になっていった。アンガスはただの給料稼ぎの地位に後退した。金の供給役ということでも、彼だけの役割ではなくなった。というのは、一九六〇年にマーガレットの父が死ぬと、その金でヒューエンデン・ロードの家の支払いを済ませたからだ。

マーガレットは子供たちを溺愛《できあい》した。子供たちみんなを等しく愛してる、とよく言っていた。

それについてアネットが「なかには等しい以上の子もいるわ」とつぶやくのを聞くと、そういうませた中傷をするからアネットはむずかしい子なのよ、と言った。イアンはいちばん年下なんだから、当然ほかの二人より手をかけなければならなかった。でも母親はみなを同じように愛していた。

ニコルソンは口をはさんだ。

「あなたは皮肉な言い方で反対のことを言っているんですね?」

ソーンダーズはにやっとした。「そうです。プラット夫人はひどい母親でした。彼女の愛情はすべて男の子に注がれて、ほかの二人には残りませんでした。実際、二人が成長するにつれて夫人は女の子たちを積極的に嫌いました。彼女は嫉妬したんです」

「嫉妬? 自分の娘に?」

ソーンダーズはうなずいた。「珍しいことではないですよ。娘たちはとてもきれいになりましたからね」

「それで男の子のほうは? 彼の反応はどうだったんです?」

ソーンダーズは彼を探るように見た。「そうだな、もちろんわたしはイアンを知って数か月だから、以前のことはほかの人の言うことに頼らなければなりません。それに人の話は、悪くなる前の彼はこんなに良かったと誇張しがちです。それにしても、彼が並みはずれていい性格の子供だったことは疑いありません。アネットもアイリーンも彼をとても好いていました。彼が母親のお気に入りだったことを考えると、それは大いに意味のあることです。学校ではとても賢くて、毎度決まったように賞をさらっていました。でもただのガリ勉ではなく、スポーツ競技もまずまずできて、一五のときには異性に健康な関心を持ちました。というか、ある女の子にね」

「ノラ?」ニコルソンは訊《き》いた。

「彼女を知ってるんですか?」

「いや、べつに。その子が書いた手紙を見たことがあるだけです」

「なるほど。そうなんです、名前はノラ・シップストーン。同じ学年の子です。かわいい小さな子で。二人は日曜日に手をつないで散歩したりしてました。無邪気なものです」

「それからだれかが、彼は養子だと教えた?」

ソーンダーズはため息をついた。「そうです。だれかが彼に、養子だと教えたんです」

プラット夫妻は多くの養父母が犯す過ち、すなわち、子供に教えないでおくという過ちを犯した。それはプラット夫人が決めたことだった。夫人はイアンが実の息子でないことをだれにも知られたくなかった。実際、自分でその事実を思い出すのもいやだった。イアンの誕生についてだんだんと考え出した作り話を、彼女自身がほとんど信じてしまうこともあった。だから、彼がなんでも聞きたがる年齢になると、彼女はうそをそのまま話すだけでは満足できなくなり、状況に合わせて細かく飾らずにはいられなかった。そこでイアンは、自分が生まれたのはギャロウェイの養鶏場で、三月の嵐の夜、電話線が切れて父親が四マイル歩いて産婆をつれてこなければならなかったと信じて育った。

プラット夫人が最初から有利だった点は、イアンが赤ん坊のときに一家が顔見知りのいない町に越してきたことだった。そうであっても真実はどうしても漏れた。ある日、イアンの一六歳の誕生日のちょっとまえ、クラスメートが腹を立てた拍子に彼のことをこの野郎《バスタード》と呼ばわり、これは正確な意味（バスタードには私生児の意味がある）で言ったんだと明言した。イアンはばかではなかった。彼は、まわりの少年たちの気まずい沈黙から、これが本気で受け取るべきことだとわかった。

母親の反応は予測できた。彼女は憤然として、とんでもない言いがかりだと否定した。しかしイアンは屈せずに、出生証明書を見たいと言った。そのときプラット夫人は彼を失うのが怖さに最大の失策をした。彼女は養子縁組を認めたが、イアンの生みの親を口汚く罵《ののし》って怒りをぶちまけ、父親をペテン師、母親を飲んだくれの売女《ばいた》と呼んだ。

二週間後イアンはエディンバラで父親を突きとめ、母親が死んだのを知った。


「彼らはどんな人です？」

「両親ですか？　父親の名はコールマン。エディンバラで保険代理店をやってますが、若い頃はいろんなことをやってました。いつも法すれすれのところにいる、抜け目のないやつですよ。プラット夫人がペテン師と呼んだのもそう間違いじゃありません。でも実際に捕まったことは一度もありません。とても人当たりのいい、口のうまい男です」

「会ったことは？」

「一度。二、三か月前にあなたの同僚のアラン・キャメロンといっしょに会いにいきました。成果はなかったが」

「キャメロンと？　なぜ彼が行ったんです？」

ソーンダーズはためらった。「彼はあの子を気の毒に思って」

「今では同情しているとは思えませんが」ニコルソンはそっけなく言った。

「だれかを助けようとして骨折ったのに、ひどい目にあえば態度も変わるってものですよ」

ソーンダーズの声にはとげがあり、彼の笑顔は冷たかった。ニコルソンは、ソーンダーズとキャメロンが友達なのを思い出した。

「母親はどうです？」彼は訊いた。


母親はまったく異なる環境の出だった。年とった両親の一人娘の彼女は並みはずれた知能を備えた少女だった。彼女はアバディーン大学の言語学で一番を取ったあと、研究奨学金を得てソルボンヌに行った。コールマンに会ったのはパリでだった。コールマンは当時旅行社でガイドをしていた。

ナンシー・ライアルは魅力的な娘だが、学問をする女の愚直さを持ち合わせていた。厳しく育てられ、ほとんど勉強ばかりしていたので、最初から垂らし込もうと決めた攻撃には無防備だった。とくにコールマンのような口達者で経験を積んだ魅力的な男には弱かった。彼女は最初の障害で落馬した。

情事は一九四七年の初夏から二か月間続いた。やがてコールマンは職を失い、スコットランドへ帰っていった。まもなくナンシーは妊娠に気づいた。コールマンは彼女と結婚する気はなかった。ナンシーも今は目が覚めて、どのみち彼を望まなかった。しかし子供を欲しがったので、養子に出すのを同意させるまで両親は強く迫らなければならなかった。

彼女は研究に戻らずにイングランドの私立学校で教職についた。一〇年後、彼女は白血病で死んだ。

これはソーンダーズが独自の情報源からつかんだ事実だった。不幸なことに、イアン・プラットが自分の誕生と養子縁組の事情について最初の証言を得たのは、父親のエドワード・コールマンからだった。

「コールマンがどんなおとぎ話を作って聞かせたかはわからない」ソーンダーズは言った。「彼は口のうまい悪党だから。そのうえイアンは、見つけたばかりの父親が話すことならなんでも信じ込んだだろう。ともかくもその結果、性格のいい少年は気難しい反抗的人物に変わってしまった……そして彼は法廷に出るはめになった」

「大げんかを始めたんだって？」

ソーンダーズはめがねをはずすとハンカチでみがいた。めがねなしの彼の顔は近視の人特有のたよりない表情を浮かべていた。彼のワイシャツの袖口はすりきれ、着ている茶色のスーツはすれて光っているのにニコルソンは気づいた。こういう人たちに給料は充分支払われていなかった。それは牧師の職のようなもので、天職の意識を持たなければやっていけなかった。

「ええ、取っ組み合いをしてました」ソーンダーズは答えた。「彼が真っ先に始めた、と彼らは言いましたが、わたしとしては疑ってますね。あの子は暴力に訴えるタイプじゃない」

「少年がはめられたとあなたは言いたい？」

「それを言ったのはイアン自身です……そして大体においてわたしは彼を信じる気になっています。だからといってわたしの仕事がやり易くなった訳ではないのは、ご想像のとおりです。少年にとってそれは、社会の不正と抑圧を示すもう一つの証拠なんですからね」

「イアンはあなたにはどんな態度ですか？」

「わたしを非難はしませんがね。でも彼との間はほとんど進んでいませんよ。礼儀正しく受け流す、それだけです。個人的なことに触れようとすると冷笑するだけです。ほんのたまにですが、彼の関心を引くことがあって、彼が生気を見せたこともあります。そういうときに彼の優れた理性の片鱗《へんりん》を見たんです。でもたいていはわたしたちは通じ合いません。わたしはよく、彼のつき合ってる仲間のことを警告するんですが、彼は笑うだけでなにも言いません」

ソーンダーズは無意識にたばこの箱に手を伸ばし、はっと気づいて客に箱を差し出した。

「そうだな」彼は考えながらつけ加えた。「わたしもしばらくは望みをもってましたよ。障壁を削り取ってると思ってました。でも先月になって……」彼はことばを止めた。

「え？」ニコルソンは促《うなが》した。

ソーンダーズはたばこに火をつけていた。「なんだかおかしくなったんです」彼は煙を吐きながら言った。「彼はやましい思いを持つようになった」

「当然でしょう、彼のふるまいを考えれば」

ソーンダーズは大きく首を振った。「いや、これは違います。なにか新しい……それと、もうひとつある。彼は金をまき散らしています。数週間前に新しい自転車を買いました。どう見ても二五ポンドはするやつです。きれいな車体で」

「両親が――」

「いや。プラット夫人に訊いてみました。両親からもらったものじゃありません……服もです。先週オーバーコートを買いました」ソーンダーズはちょっと笑った。「わたしもあんないいのを買えたらと思いますよ」

「それにリヴァプールへの旅行」

「なんです？　ああ、そうだ。リヴァプールへの旅行ね……それと、彼の態度が変わりました。悩んでいて不安そうなのはわかるんですが、興奮してもいるんです――そうとしか言いようがない。まるでなにかが起こるのを待っているような……」

4

シルブリッジ・ハイスクールが建造されたのは二つの大戦のあいだだった。シンメトリーをなす四つの棟は真ん中に中庭《コートヤード》――大学風に中庭《クアドラングル》と呼べるほどのものではなかった――があって、全体として四角形をなしていた。建築上の長所として簡素さと機能性を備え、ある種の堅実な威厳を見せていた。

けれどもこの建物は建て増しがきかなかった。戦後の人口急増の波が初等学校に波紋を起こしていたとき、教育当局はこの高校の建て増し計画を何件も討議しては却下を繰り返していた。結局、もとの建物にはさわらずに、英国国有鉄道から取得した隣接の土地に仮小屋の校舎が建った。

この木造小屋のひとかたまりはイボタノキの生け垣で本校舎の構内からは一部分覆い隠されていた。生け垣の本校舎側は二〇フィート幅の細長い敷地が延びていて、よく耕された畝《うね》には夏場はダリアとキンギョソウが咲き誇った。今は一一月なので、地面は裸だった。ニコルソンが正門を入ると、学校の右手後方で庭師が土を掘り返しているのが見えた。

ニコルソンはアーチをくぐり、階段を上がって二階に行き、「音楽、美術、工作。校長および秘書」と表示板の掛かっている左手のドアを入った。グリーンのタイル張りの廊下を歩いて、並んだ教室を過ぎていくと、ヴァイオリンの細いひょうひょうとした音が旋盤《せんばん》のうなる音と競い合っているのが聞こえた。

管理部門のオフィスが集まっているのは建物の角で、そこで廊下は九〇度曲がって体育館に通じていた。ニコルソンが近づくと、「校長」と書かれたドアから一人の少年が出てきた。六フィート近くありそうな大きな子で、粗野で不健康な顔をして、身体は重量級のレスラーのようだった。制服のグリーンのブレザーがグロテスクに彼を包んでいた。少年は頭を下げたまま廊下をのろのろと歩いてきたので、ニコルソンは彼を通すために脇に退いた。

校長は歓迎の笑顔でニコルソンを迎えた。笑顔は校長の商売道具のひとつだった。ある人たちはハドルストン博士を食わせ者だと考えていた。彼のように笑顔をふりまく人が誠実であるわけがない、と彼らは言った。しかしおそらく、広報活動をするには誠実よりも人あたりの良さのほうが重要だったのではないだろうか。学校になにか特別なもの――物理の実験室用の高価な装置とか、ホッケー競技場の再整備とか――が必要になったとき、シェリーを飲みながらどの耳にささやけばいいかをハドルストンは知っていた。つぎの教育委員会の会合で資金供給は滞《とどこお》りなく議決されるのだった。さらに、不満をとなえる親たちをなだめる役となると、彼の右に出るものはいなかった。

職員たちは大体において彼を、まあまあの、だが可もなく不可もない校長だと評価していた。彼がめったに授業には口出しせず、各科の主任にすっかりまかせているのをありがたいと思っていた。グラスゴー大学での彼の成績は並みだったし、博士号を取ったのはアメリカの名もないカレッジでだった。

「プラットですか?」ニコルソンが来たわけを話すと、ハドルストンは言った。「さてと、これは偶然ですな。今さっき出ていった子を見たでしょう?」

「大きな、武骨な少年ですか?」

「武骨ね。ふむ、そう。そうです、たしかに。ファーガソンを言い表してます。トム・ファーガソンといいますが、レニーという名で知られているそうです。プラットの友達で、われわれの知るかぎりでは、プラットを最後に見た生徒です。ちょうど今、彼に再度問いただしていたところなんですよ」

「プラットのことをですか？」

「そうです。あのですね、警部」――彼は咳払《せき》いで謙遜《けんそん》を表した――「自分で言うのもなんですが、わたしはときどき、あなたの職業で成功してたんじゃないかと思うんです。わたしは子供が――人が、うそをついているのを見分けられます。そういう勘があるんです」

うぬぼれの強い男だ。外観にも見栄を張っている、とニコルソンは感じた。彼は身づくろいに気を使いすぎていた。文句ないハンサムだが、口のあたりに軟弱さが出ている。

「すると、ファーガソンはうそを言ってたんですか？」ニコルソンは訊《き》いた。

「まったくのうそというより、真実の隠蔽《サプレシオ・ヴエリ》ですな。プラットの姉が昨日話したところでは――」

「きのう？」

「ええ。弟が水曜に家に戻らなかったと報告にきたんです。われわれは当然ファーガソンに尋ねました。彼は――」

「なぜ『当然』なんですか？」ニコルソンはさえぎって言った。

「彼はプラットの友達です。プラットがもっていたほとんど唯一の友達です。ファーガソンによれば、彼は放課後自転車置き場でプラットと話した」校長は例のはでな笑顔を見せた。「ということは、彼らはたばこを吸ったんですな。自転車置き場は非公認の喫煙室ですから」

「それを許しておられるんですか？」

ハドルストンは肩をすくめた。「ときには急襲しますが、撲滅《ぼくめつ》はできませんよ……ところが、ファーガソンの態度でわかったんです。わたしには彼がなにか隠してることがわかりました。そこで今日の午後彼をここに呼んだのです」言葉を止めた。彼はこの瞬間を楽しんで味わっていた。「わたしは彼から、プラットが水曜にロイヤルホテルでディナーを食べたという情報を引き出しましたよ」

「だれと？」

「一人でです」

「学校の生徒には高価な場所ですね」

「今どきの子がどんなに金を持ってるか、驚きますよ。上級の第六学年には車を持ってる子がいますからね……とはいっても、わたしはファーガソンが話したことを繰り返しているだけです。プラットは七時五分前にホテルに入り、一時間後に出てきました」

「ファーガソンがどうしてそこまで知ってるんです？」

「彼はプラットを追っていた。専門用語では『尾行した』ですか」

「しかしなぜ？」

校長はマニキュアの行き届いた手を広げた。「好奇心ですよ」彼は言った。「どうやらわれわれの若い友人は、毎週水曜の夜を秘密めかして過ごしていたようです。ファーガソンはその秘密を見抜きたいと思った。しかし残念ながら、霧に阻《はば》まれた」

「プラットを見失ったんですか?」

彼はうなずいた。「彼がロイヤルホテルを出るとすぐにね……しかし、ファーガソンにご自分で話したらどうです?」

「そうします……いや、どうか、今ではなく」ハドルストンが机の上のベルを押そうとしたので、彼は急いで言った。「まずプラットのことを聞きたいのです」

校長は立ち上がり、窓際に歩いていった。「いったいなにを知りたいんですか?」ニコルソンに背を向けたまま彼は言った。

「教えていただけることはなんでも。どんな人物なのか、勉強はどうなのか」

ベルが鳴った。音は長く続いた。

「あれは四時のベルです」ハドルストンは窓の外を見たままで言った。「ファーガソンに会いたいのなら――」

「それはまた別のときにします。プラットのことを話してくださるんでしょう、先生」

遠くでいくつものドアが開かれる籠《こも》った音がした。彼らの頭上からは、足を引きずる音、机をバタンと閉める音が聞こえた。かん高い声が外から流れ込んできた。最初のクラスが解放されて外に出たのだ。

ハドルストンはゆっくりと振り向いた。今は顔に笑いはなかった。

「わたしはあの子を弁護した」彼は言った。「裁判所まで出かけていって、彼のために嘆願した。感謝を期待するのではないが――」彼はことばを止めた。

「彼は感謝を示さなかった?」ニコルソンは言ってみた。

「彼は恩をあだで返した。飼い主の手を嚙《か》んだ」

ハドルストンの口調には、すげなく拒絶されたうぬぼれ男の恨みが現われていた。

「でも、できる子なんでしょう?」ニコルソンは訊いた。

「たしかに、できる」ハドルストンはふたたび笑顔を作った。「きわめてよくできる、その気になればね。しかしもしプラットの勉強に興味があるのなら……」

彼はベルを押した。ドアが開いて若い女が入ってきた。

「マクレーさん、ブラッドレー先生を帰るまえにつかまえられますか。警部が――」

「ブラッドレー先生は今日はお休みです、ハドルストン博士」

「そうか。ああ、彼は病気なんだ、そうだね? それではサマーズ博士に来るように言ってください。あるいはトループ先生でもいい」

やって来たのはトループだった。背の高い、ほっそりした若い男で、濃い色の髪、青白い陰気な顔で、赤い蝶ネクタイをしていた。かすかに足を引いて歩いた。ハドルストンは彼を美術の教師だと紹介した。

「ニコルソン警部はプラットについてきみと話したいそうだ」ハドルストンは説明した。

トループは心配そうな顔を見せた。「まだ行方不明なんですね?」

トループにはなにか、ニコルソンの記憶に引っかかるものがあった。声だろうか? 母音をものうく引き伸ばし、S音をかすかに舌たらずに発音する。

「トループ、ニコルソンさんを職員室におつれしたらどうだろう」ハドルストンはニコルソンのほうを向いた。「警部、わたしは失礼しますよ。手紙を出さないと……」彼は机のほうにあいまいな身振りをしてから、手を差し出した。「お会いできて嬉しかった。なにかニュースがあったら知らせてください」ふたたび笑顔が役目を果たしていた。

「カルヴァートン」とトループは言った。二人で舗装道路を校門の方へ向かっているときだ。彼はニコルソンを、自分のアパートでお茶でも、と誘っていた。

「失礼、なんです？」

「カルヴァートン校であなたを知ってましたよ。でもあなたはぼくを覚えてないでしょうけど。あなたは一、二年上だった」

そうだった。その黒い髪と青白いバイロン風の顔を、彼は今思い出した。そうだ、それにその気取った声。トループはクリケット選手で、異例の若さでイレブンに入っていた。しかし当時は足を引いていなかった。

トループについてはほかにもなにか、知っていたことがあった。あまり名誉にはならないことを。彼は記憶の奥を探ったがそれを捉えられなかった。

トループはグリーン・ロードのたばこ屋の二階に家具付きの部屋を借りていて、それは学校の真向かいともいえる場所にあった。

「ぼくは自炊してるんです」部屋に入りながら彼は言った。「下宿のおばさんというのに我慢できなくて」

ニコルソンが招かれた部屋はアトリエと居間を兼ねていた。トループがキッチンでお茶を入れるあいだ、ニコルソンには眺め回す時間があった。

広い部屋で、北向きの大きな窓からグリーン・ロード越しに高校が見えていた。質のいい家具が一つか二つあった。ひじ掛け椅子がいくつか、今風のデザインのベッド兼用のソファー。クルミ材の本箱には美術の本とペーパーバックが半々に入っていた。暖炉の上の壁にはベン・メイルの版画が二枚。反対側の壁には、深紅と黄色を大胆に叩きつけた大きな油絵が一枚掛かっていた。

その部屋で目立っているのは窓際のイーゼルと、側にある、パレット、絵の具、絵筆を置いたテーブルだった。

本箱の脇の壁には二、三枚のカンバスが裏を向けて立てかけてあった。ニコルソンはなにげなく一枚を表に返した。それはソファーに寄りかかったヌードの絵だった。ただのソファーではない、明らかにこの部屋にあるベッド兼用のソファーだった。それに、ただのヌードではない、その顔はアイリーン・プラットだった。

ニコルソンがまだそれを見ているうちに、トループがお茶とサンドイッチのトレーを持って入ってきた。

「ああ、彼女だとわかりましたか?」彼は言った。「アイリーンはぼくのフィアンセなんですよ」

ニコルソンは返事をしなかった。

「ショックを受けたんじゃないでしょうね？」トループはにやにやしながら言った。

「そんなことはない」所詮、彼にはかかわりのないことだ。

トループはお茶をついだ。「砂糖は？」

「ありがとう……彼女の弟のことはよく知ってますか？」

「普通よりはよく、というくらいですね。彼は悩みはじめたとき、ある人たちが宗教に救いを求めるように美術に頼りました。それも本物の美術に。絵画に一種の浄化作用を見出した、と一度ぼくに言ったことがあります」トループは笑った。「彼はよく家で描いたデッサンや油絵を持ってきましたよ。抽象的なやつでね。どれにも『後悔』とか『屈辱』とか、そんな題がついてる」

「わたしも二枚ほど見ました」

「ひどいものでしょう？　あの子は目指すものについてのおぼろげな概念はもってるんだが、それを線や色に置き換えるには至っていない。才能はありませんよ」彼はまた笑った。

「でもあなたは彼を奨励していたんでしょう？」ニコルソンはトループの態度に腹立たしさを感じはじめていた。

「ここだけの話ですが、先輩、それはぼくが彼の姉と婚約しているからですよ。アイリーンはあの子に甘いから、ぼくは同情しているように見せなければならなかったんです」

「彼が家出したと聞いて、あなたは驚きましたか？」

「予期してはいなかったな、もし質問の意味がそういうことなら。しかし——いや、ぼくはぜんぜん驚いてません。面倒な子供でね。とても内省的で。家出は彼がやりそうな小児的意思表示ですよ」

「どこに行ったか心当たりはありませんか？」

「そうだな、彼はよくロンドンについて話してたな。そこでひと財産作れると信じてたんですよ。伝説の人物ディック・ホイッティントンのような金持ちにね。道路に金《きん》が敷きつめられてる、ってもんで」

ドアのベルが鳴って、トループが出ていった。玄関ホールで低い話し声がしてから、「きみたちはもう会ってると思うから」とトループはアイリーン・プラットを案内して入ってきた。

彼女はニコルソンに笑顔を見せてから彼の背後に目をやった。そして顔を真っ赤にした。

「ダグラス」彼女は怒って言った。「あのひどい絵を隠すように言ったでしょう」ヌードの絵はカーペットの上に上向きに寝かせてあった。

「ああ、そうか、きみ」トループはおもしろがっている口調だった。「この方は警官なんだよ。絵をひっくり返し、顕微鏡で調べる、それが仕事なんだ……さあ、座って、たのむから落ち着いて、ダーリン。きみはまるで復讐の女神みたいに見えるよ」彼はカンバスを取り上げて、もとのように壁に立てかけた。「そら、これでいいだろう？　すっかり元どおり、上品で礼儀正しくなった。ポットにはまだお茶があるよ」

「長居はしません、ダグラス」彼女はそっけなく言った。「明日のデートは延期だと言いに来ただけなの。あなたを学校でつかまえようとしたんだけど――」

「なぜだ？」

「行くところが――わたし、用があって出かけるの」

その後に続いた沈黙に含まれる意味合いをニコルソンは感じ取った。

「行かなければ」彼はすばやく言った。「お茶をありがとう」

「いっしょに行きます」女が言った。

トループは不機嫌になった。「席は予約済なのに――」

彼女の顔は優しくなった。「ごめんなさい、ダーリン、ほんとうに。でも仕方ないの――」

「彼はそこにいやしないよ」トループの声はまだすねていた。

ニコルソンは、彼女がフィアンセに投げかけた警告の一瞥《いちべつ》をとらえた。

「いそがなきゃ」彼女は言った。「でないとバスに乗り遅れるわ。行きますか、ニコルソンさん？」

彼女はトループの頬に慌《あわただ》しくキスを置くと、背を向けて出ていった。ニコルソンは後を追った。

彼女は車で家まで送るという彼の申し入れを断わったが、ドラムチャペル・ストリートのバス停まで送るのは許してくれた。

着いても彼女は車から出ようとしなかった。「五分あるわ」彼女は言った。

ニコルソンは女のそばにいることを強く意識した。香水のかすかな香り、同じ香水だ。目を閉じればとなりにいるのはルースだと思えた……。

彼女はニコルソンの沈黙を間違って解釈した。

「わたしのこと、驚いたのね、警部、そうでしょう?」

「絵のことを言ってるんですか?」

「どうぞ間違えないように、ダグラスは画家です——わたしがあんなポーズをとっても、それでどうってことはないんです」

ニコルソンは返事をしなかった。

「あなたに間違った結論を引き出してもらいたくないんです。それだけ」彼女はつづけた。

「ご安心ください、ミス・プラット。わたしはなんの結論も引き出しません。わたしには関係のないことです」

「言いたいのは、わたしはダグラスと寝てはいないということなの」

彼女はからだをぴんと立てて座っていた。もう暗くて顔は見えなかったが、赤面しているのがわかった。彼女を午前中に感じたよりも好ましく思った。あのとき見たよりも世慣れていなくて、いっそうあぶなっかしかった。

「心配することはありません」彼は慰めるように言った。彼女が彼の非難を恐れるとは、じつに皮肉なことだった。彼女がもしルースのことを知ったら……。

「あのバスよ」彼女は言った。バスは角を曲がって現われ、彼らの方に重そうな音をたてて進んできた。

ニコルソンは彼女と一緒に道を横切ってバス停に行った。

「明日はだれを訪ねるんです？」彼は唐突に尋ねた。

娘は驚いて見上げた。そのときバスが停車場に入ってきたので、口早に言った。「警部、ダグラスには言わないでくださる？」

彼は首を振って、言わない、と知らせた。

「それなら」と彼女は声を低めてささやき声で言った。「じつはね、わたし明日結婚するの。ハドルストン博士と」

すばやくバスのステップに飛び乗ると、動き出すバスから彼に手を振った。彼女の顔はいたずらを楽しむ笑顔で輝いていた。

あれほどの娘が、ダグラス・トループをどう思っているのだろう、彼は知りたいと思った。

5

受付のデスクにはキューピットに代わってマックローリー巡査部長がいた。新米の若いグレイ巡査は労働者風の帽子をかぶった男を相手に、いなくなった犬の特徴を苦労しながら書き取っていた。

ニコルソンが入っていくと、マックローリーは主任警部の部屋を身ぶりで示した。

「会いたいそうです」彼は言った。

「それじゃあ、戻ったんだね?」

「はい、三〇分前に。キャメロンさんがいっしょです」

マーンズ主任警部はお気に入りの姿勢をとっていた。椅子を後ろに傾け、チョッキに親指を突っ込み、パイプをしっかり噛みしめていた。彼の机の向かいにはキャメロンが大きな体でじっと座っていた。

「いったいどこへ行ってたんだ?」ニコルソンが入っていくとマーンズは怒った声でいった。

「ある少年が家からいなくなりました。わたしは――」

「それは聞いてる。だがきみはなにをしてた?」

「彼を知る人たちと話してました」

「そうか、今後は連絡を密にするように、わかったか? わたしはその点変わっているのかもしれないが、ともかく知っていたいんだ」

「すみませんでした」

マーンズは笑った。「忘れてくれ、モーリス」たちまちおもねるように言った。

マーンズは、人を扱う自信に欠けていた。ほめたりけなしたり、気まぐれで定見がなかった。彼には親しい友達がいなかったが、それは彼が人といるとくつろいだ自然な態度がとれなかったからだ。彼は回りが自分のことをどう思うかを気にしすぎた。

人間関係に欠点があるために、彼の出世には限界があることはたしかだった。今五〇歳だがこれ以上の昇進はないだろう。それでも彼は、州の有能な警官のなかに数えられていたし、事実もっとも頭の切れる人たちの一人だった。

彼は実際の五フィート一一インチの身長よりも高く見えた。やつれていると言えるほど細かったからだ。鉄灰色の剛毛、もじゃもじゃの眉毛、わし鼻とくぼんだ頰で、彼の顔は近づき難い苦行者のおもむきがあった。ただ、落ち着きのない目が弱さと優柔不断を表していた。

マーンズは口からパイプをとると、くすぶる灰をたたき出した。

「それで、プラットについて使えそうなことを手に入れたのか?」たばこ入れを取り出しながら彼は訊《き》いた。

「背景の材料だけです。どれもあなたやアランがすでに知っているものだと思います」

マーンズはうなずいた。「最近金を持ってたのは知ってるか?」

「それも聞きました」

「どこで手に入れたのか知りたいものだ」

そのときキャメロンが口を開いた。「わたしは今でもシャピロの一件だと考えてます」

マーンズは断固として首を振った。「ドノヴァンがあんな子供を引き入れるはずがない」

ハイ・ストリートにある宝石商シャピロの店はひと月前に押し込みにあった。犯行の手口は間違いなくラリー・ドノヴァンを指していたが、警察には彼を引っ張る十分な証拠がなかった。

「ともかくも」とマーンズは言った。「子供は金に困ってない、どこでそれを手に入れたにしてもだ。もうスコットランドの境界を越えたんじゃないかな。おそらくはロンドンだろう」

「あなたの想定では、もうここシルブリッジにはいないんですね」ニコルソンは言った。

「わたしはなにも想定してないぞ」マーンズはぴしゃりと言った。それから即座に弁解がましい笑顔を見せた。「悪かった、モーリス。きみが知らないのを忘れてた。アラン、話してやれ」

午後のうちにシルブリッジの駅、船着き場、バス停で聞き込みが行なわれた。セント・グレゴリー駅の出札係が、プラットが水曜の夕方グラスゴー行きの一人用座席券を買ったのを覚えていた。

このしらせが入ると、キャメロンはみずから駅に行って出札係を尋問した。

「観察眼のあるやつで」と彼は言った。「少年のスカーフの色まで教えてくれました。それとグリーンのスーツケース。それについても詳しく言いました」

「何時のことだったのかな?」ニコルソンは言った。

「六時半ごろです。列車が発ったのは六時四〇分です。本来は五時五八分発なんですが、あの晩は霧のために時刻表が押せ押せになって」

「彼が列車に乗るところをだれか見たのか?」

キャメロンはためらった。「それが、見てません、しかし――」

「いいか、わたしの得た情報では、プラットはそれよりずっと後までシルブリッジにいた。彼は八時にロイヤルホテルから出てきた」彼は校長の話を繰り返し話して聞かせた。

マーンズはかっとなった。「まずいじゃないか、キャメロン。プラットはその列車で発ったときみは請け合ったぞ」

「わたしは確認をとっているところだと言いました……でも彼は切符を買ってプラットホームの方へ歩いていったんです。それ以外になにが考えられます？」

「ちくしょう」——マーンズはまだ怒っていた——「トイレに行ったかもしれない、キオスクに新聞を買いにいったかもしれない、あるいは——」

ニコルソンは口をはさんだ。「手荷物預り所に行ったかもしれない」

マーンズは彼を鋭くちらと見た。「それだ」と彼は言った。「アラン、そこに行ってみたか？」

キャメロンはぶすっとしていた。「まだです。時間がなくて……」

主任警部はいつものように自責の念を感じはじめた。「悪かった、アラン、そのとおりだ。たしかに、まだ終えていないときみは言ってた……。ともかくもたいした問題じゃない。スーツケースを預けて食事にいき、戻って遅い列車に乗ったことは十分考えられる」彼はあくびをした。「やれやれ疲れた。まだやることがこれだけあるんだ」机の上の書類の山を指した。

二人が立ち上がると、マーンズは言い足した。「この件にあまり時間をかけないでくれ。子供が自分の意思でシルブリッジを出たのなら、われわれが心配することはない。彼の人相書きはもう出してあるし、これ以上われわれにできることはない……ただほしいのは、彼が出ていったという証拠だけだ」

「わたしも同じです」ニコルソンは言った。

マーンズは彼を見上げた。「出ていかなかったと疑う理由があるのかね？」

「いいえ」ニコルソンはゆっくりと言った。疑う理由はなかった。

「アラン、一杯やろう」

キャメロンはためらった。「セント・グレゴリー駅に戻りたいんですが」

ニコルソンはいら立ちを抑えて、できるだけ穏やかに言った。「それでも、ちょっと一杯飲もう。きみの助言がいるんだ」

二人は道を渡って酒類販売店《ボデーガ》に入った。バーは満員だった。ほとんどが、帰りがけに一杯やりに寄った勤め人だった。キュービット巡査部長がウイスキーを手に、格子《こうし》縞《じま》のスーツの男と話していたが、彼らを見るとさっと笑顔になってグラスを上げた。ニコルソンが見たところ、キュービットに対するキャメロンの返礼は彼自身のあいさつと同じように冷たかった。

ニコルソンはラガーを二杯買ってキャメロンの立っているところに運んだ。

「乾杯！」と機械的に言ってから彼は訊いた。「きみはファーガソンという子を知ってるね？」

「レニー・ファーガソンですか？　会ったことはあります」

「今夜彼と話そうと思う。フィンゲッティの店でね、もし彼がそこにいたら」

「ああ、そうですか」キャメロンの口調は熱がこもらなかった。

ニコルソンはまた言ってみた。「どうだろう——その、きみが非番なのはわかってるが、いっしょに来てくれないだろうか。きみはファーガソンを知っているし、プラットのほかの仲間も知っている。わたしは知らないんだ」

なぜおれは彼に来いと命令しないんだろう、ニコルソンは自問していた。これが最後だ。もし彼が断わったら……。

「わかりました」キャメロンは言った。「何時です？」

「八時では？」

キャメロンはうなずいた。「そこに行ってます」

「もうひとつあるんだ、アラン。プラットが持っていったもののリストを持ってるか？」

キャメロンは財布から謄写版刷りの紙を出して彼に渡した。ニコルソンが今朝見た写真の複写が添付されていた。

ニコルソンはリストをざっと見た。シャツ、靴下、ネクタイ、セーター、下着、靴が三足、ジーンズ、アノラック、茶色のスーツ、オーバーコート……。

「大きなスーツケースなんだな」彼はつぶやいた。

……カメラ、ポケット版チェスセット、『アンダー・ミルクウッド（ディラン・トマスの戯曲）』『クイアー・フェロウ（IRAの活動家で劇作家のブレンダン・ビーアンの作品）』……。

「無人島に持っていく本としてこういうものを選ぶ一六歳の少年がいったい何人いるだろうね」ニコルソンは感想を述べたが、キャメロンは答えなかった。

……日記帳、自転車……。

「自転車がなくなってるのか？」

「ええ」

「彼はそれを駅に持っていった?」

「出札係は見てません」キャメロンは防御の姿勢をとった。

「するとプラットは自転車用の切符は買わなかったんだな?」

「ええ」キャメロンは最後のビールを飲み下した。「でもわたしはあそこの調べを終えてません。できれば——」

「わかった、行きたまえ。八時に会おう」


ロイヤルホテルは客室は二〇室しかなかったが、ダイニングルームは一二〇人を収容でき、しばしば満席になった。そこはシルブリッジで食事をする場合のおしゃれな場所であり、唯一の場所という人もいて、経費で落とすランチと富裕な人たちの結婚披露宴で繁盛していた。ダイニングルームは、ニコルソンが七時に入っていったときには、まだほとんど客はいなかった。彼はこれまでロイヤルに来たことがなかった。彼には高すぎたからだ。


給仕頭が寄ってきて、笑顔を見せながら壁際の小テーブルに案内した。彼は背が高く、白髪で威厳があり、頭の形にスラヴ系を思わせるものがあった。

「行かないで」男が椅子を引いてくれたとき、ニコルソンは言って、身分証を見せた。


笑顔が乱れた。「はい」彼は不安そうに回りを見まわして言った。「事務所に来られますか?」たしかに東ヨーロッパ系だ。たぶんポーランド人だ、とニコルソンは思った。

「その必要はない」彼は言った。「それに食事もしたいし」

写真を取り出した。「彼を見たことは？」

男はそれを調べ、やがて熱心にうなずいた。「はい、ここに四、五回、たぶん六回はディナーに来ました」

「一人で？」

「はい――いえ、一度は若い女の人と一緒だったと思います」

「最後に見たのは？」

「今週、火曜日か水曜日です」給仕頭は目をそらしてドアのほうを見た。客がしだいに入りはじめていたのだ。「失礼します。そのとき給仕したものをよこします」

やってきた男は小柄な赤毛のスコットランド人で、クライドサイド川流域の強い訛《なま》りがあった。彼はイアン・プラットをよく覚えていた。

プラットが最初に来たのは四週間ほどまえの水曜日だった。彼はクラレットのハーフボトルを頼んだが、ワイン係のウエイターは彼が若過ぎると見て、出すのを断わった。彼は五ポンド紙幣の詰まった財布から勘定を払い、気前よくチップをくれた。

「こう言ってよければ、彼は自分を印象づけようとしてました」とウエイターは言った。

彼は毎週水曜の夜やってきた。いつも一人だった。そして土曜に二度、女の子をつれてきた。

「もっと来てたかもしれません」ウエイターは訂正した。「ぼくの非番の夜に来てたかもしれない」

「どんな女の子だった?」

「安っぽい子です」彼は気にいらないというふうに頭を振った。「アイシャドウをべったり、染めた金髪」写真を取り上げてじっと見た。「この子が気の毒になりましたよ」

ウエイターの証言では、プラットは二日前の夜はいつもどおりだった。

「なにを着てたかな?」ニコルソンは訊いた。「学校の制服?」

「いや、とんでもない！　彼はいつも茶色のスーツを着てました。それに丈の短い、毛皮の縁のついたグレーのオーバーコート」

茶色のスーツとグレーのオーバーコートはプラット夫人の書いたリストに載っていた。

「水曜の彼について、なにか変わったことは?」

ウエイターはためらった。「いえ……ただ、あまり空腹じゃなかったようです。メインの料理を半分残したし、アイスクリームも食べ切れなかった」ある考えが浮かんだようだ。「彼になにかあったんですか?」

「わたしの知るかぎりでは、そんなことはない」ニコルソンは言って、メニューを取り上げた。

ニコルソンはコーヒーを飲みながらふたたび写真をじっと見た。プラットの顔は彼の心を引きつけた。

肩越しに、上から声がした。「バレエダンサーのヌレエフに似てますね、そう思いませんか?　悲劇的な顔です」

ニコルソンは驚いて振り向いた。給仕頭が音もなくそばに来ていた。

写真に目を戻すと、少年の聡明な目が彼を見つめていた。

「たしかに」彼は言った。「きみの言うことはわかるよ」

6

暗い道路から店に入ってきたニコルソンは、蛍光灯の照明とけばけばしい赤や黄色の飾りつけに目がくらくらした。キャメロンは黄色い小さなテーブルでコーヒーを前にして座っていた。そのカフェにはほかに三人の十代の少女がいるだけで、彼女たちはジュークボックスを囲んでくすくす笑っていた。


若いイタリア娘がニコルソンの注文を聞いた。黒い髪と笑った目をした美人だった。

「あれはフィンゲッティの一族か？」彼女がいってしまうとニコルソンは訊《き》いた。

「ええ」キャメロンは言った。「娘です。ここは家内営業なんです。おやじさんは隣のフィッシュ・グリルで注文を聞いてます。そしてあそこにいるのが甥です」彼はカウンターの向こうの白い仕事着の若者を指した。「姉妹の一人が死んだので、甥を連れてきたんです」


ニコルソンはそれで思い出した。四、五週間前、彼がシルブリッジに来たばかりのころの轢《ひ》き逃げ事件だ。女が轢かれて致命傷を負ったが、警察は車も運転者も突きとめられなかった。ニコルソン自身はその事件にかかわらなかったのだが、その女の名前がフィンゲッティだったことを思い出した。

「ルシアとかいう名前だったね？」彼は訊いた。

「ええ」

コーヒーはうまかった。実際、ロイヤルのよりもうまかった。

「すると、連中はいないのか」ニコルソンは気づいて言った。

「今のところはまだです。でもあれはジョー・ギャマンズの女ですよ。黒い服を着たのが」キャメロンは言った。

話の途中で、ジュークボックスから爆風のような音が鳴りだした。ニコルソンは顔をしかめた。「いったいなんて曲だ」彼は言った。キャメロンはにやっとした。「『ゴンナ・ミス・ユー』。チャートの三位、ランバージャックの歌です」彼の足はリズミカルに調子をとっていた。

少女の一人が踊っていた。ぴったりした黒いスカートとセーター、ひざ丈の黒いブーツ姿だ。前髪を額いっぱいに下ろし、目は真っ白な顔のなかの二つの黒いしみのようだった。

彼女の体と四肢は曲のビートに合わせて波打ち、しなやかに、官能的に動いた。顔は遠くを見つめ、ひたむきな表情を浮かべていた。ほかの二人の少女も笑いを見せずにそれを眺めていた。

じっと見ていたニコルソンは、引きつけられると同時に反発していた。

「ツイストを禁止すべきだな」彼は言った。「ストリップよりセクシーだ」

「あれはツイストじゃありません」キャメロンはうんざりしたように言った。「シェークです」ニコルソンは笑った。

音楽が止み、少女たちは座った。黒い服の子はニコルソンの視線をとらえ、生意気そうに見返した。それからなにか言い、仲間は笑いころげた。

道路の向かいのゴウモン・シネマの初回の客が出てくると、カフェは混みはじめた。しかしまだ、三人の少女に加わるものはいなかった。

「手荷物預り所についてはあなたの言うとおりでした」キャメロンがとつぜん言った。「プラットは水曜の六時半にスーツケースを預けました」

「いつ取りにきた？」

「いつとはわかりません。でも、たぶん九時過ぎです。プラットを覚えてるやつがいて――そいつが預けたときの彼を見たんですが、彼によれば、九時に非番になるまえにその子が取りにきていたら覚えていたはずだ、と」

「でもスーツケースはなくなってる？」

「ええ、そうなんです。あそこにはもうありません。とにかく、受取りの控えがありますから。客が受け出しに来ると、それに日付け印を押すんです。その控えには水曜の印がありました。ということは、プラットはその夜、それを受け取ったんでしょう」

「ということは、だれかがその夜、それを受け取ったんだろう」ニコルソンは訂正を加えた。キャメロンが返事をしないでいると、彼はにっこりして言葉を続けた。「よろしい、些細《ささい》なことにこだわるのはやめよう。プラットはどの列車に乗ったと考えられる？」

いつもなら、グラスゴー行きはだいたい一時間半ごとにあり、最終は一一時一二分だ。しかし水曜は霧と脱線事故のために、九時以後にシルブリッジを発った客車は一本だけだった。それは一〇時二〇分に出発し、のろのろ運転でグラスゴーに着いたのは真夜中ちょっと前だった。

「そうか、それで的《まと》は絞《しぼ》れるな」ニコルソンは言った。「きみは——」

「わたしは新聞に知らせを出しました」キャメロンは言った。「乗客は名乗り出てほしいと。グラスゴーとは連絡をとっています。あちらに写真を送りました。むこうでは改札係、タクシーの運転手などに聞き込みをしています。ホテルもです。列車が着いたのが遅くて接続がありませんでしたから」

カフェのドアが開いて、六人ほどの若者が入ってきた。全員黒の革ジャンパーと非行少年風の細いぴったりしたズボンを身につけ、先のとがったブーツをはいていた。ニコルソンはすぐにレニー・ファーガソンの巨体を見分けた。しかしグループを支配しているのはファーガソンではなかった。金髪の巻き毛と長いもみあげ、左頬に一筋の傷跡のあるずんぐりした若者が、ひと目でリーダーだとわかった。

「あれがギャマンズか？」ニコルソンはささやいた。

キャメロンはうなずいた。

ギャマンズと取り巻きは少女たちが座っているテーブルに向かった。年少の二人が場所を空けて、彼を黒服の女の子の隣に座らせた。彼は女に素っ気なくうなずいたあとは、彼女を無視した。ニコルソンには女の子がおびえているように思えた。二人の少年が立ってカウンターにいき、飲み物を頼んだ。

「ギャマンズとは何者だ?」ニコルソンは訊いた。

「非行少年の更生施設を出て、今は道路局の作業員です。いつもけんかをしたがってます。口汚く、性格が悪い」

「ほかの子より年長だね?」

「はい。二〇か二一になるでしょう」

「ではなぜ――」

「彼は親玉でいるのを楽しんでるんです」

ギャマンズのする猥談《わいだん》が彼らにも聞こえてきた。それに続いて下卑《げび》た笑いがいっせいに上がった。

「うすぎたない連中だ」ニコルソンは言った。「プラットやファーガソンのような高校の生徒がどうして彼らとかかわるようになったんだろう?」

「ファーガソンに関していえば、あれが答ですよ」キャメロンは向こうのテーブルを身ぶりで示した。

レニー・ファーガソンは仲間のうしろに立って、ほっそりした色白の少年の肩になにげなく手を置いていた。

「同性愛者か?」

「はい……それで彼はプラットを仲間に引き込んだんです」

「プラットも？」

「いえ。ファーガソンはそこを間違いました。プラットは――」キャメロンはいやいやながら認めた。「――プラットはその点は普通です……その証拠に、あれが彼の女ですよ。マイラ・セクスフォード」

ニコルソンは今入ってきた少女に注目した。これがロイヤルのウエイターが言ったブロンドにちがいない。「安っぽい」とウエイターは言い表したが、当たっていた。しかし彼女にはある種動物的な優雅さがあった。仲間が座っているところにゆったりと歩いていくと、スツールを引き出し、ジョー・ギャマンズと右隣の少年の間にするりと割り込んだ。ギャマンズがブロンドのほうを向いてなにかささやきかけ、左隣の黒服は顔をしかめた。

「ファーガソンをつれてきてくれるか？」ニコルソンは頼んだ。

キャメロンは立っていくと、ファーガソンに話しかけた。話し声と笑いのざわめきはぴたりとやんだが、キャメロンがどう言ったのかは遠くて聞き取れなかった。しかし、レニー・ファーガソンがギャマンズをちらと見て、ギャマンズがかすかにうなずくのをニコルソンは見逃さなかった。ファーガソンはコークを置くと、キャメロンを従えて前かがみにのろのろと歩いてきた。

「犯罪捜査部のニコルソン警部だ」キャメロンは紹介した。

ファーガソンは目を上げずにうなずくと、座った。吸いかけのたばこを耳の後ろから取りだし、口にはさんで火をつけた。彼の指はニコチンで染まっていた。

「イアン・プラットを捜してる」ニコルソンは言った。「きみは水曜の夕方彼をつけたそうだが、なぜだ?」

「彼がどこへ行くのか見るためさ」子供のようなゆっくりした話し方だった。わざと生意気な態度をとっているのかどうか、判別し難かった。

キャメロンはそれを疑った。「ふざけるなよ、レニー」彼は鋭く言った。「おまえのためにならないぞ」

ファーガソンは椅子の上で落ち着きなく体を動かした。「でも、なあ、おれたち知りたかっただけだよ」彼は言った。「あいつは水曜の夜はいつも一人で出かけた。マイラだってどこへ行くのか知らなかった。だからおれたち、思ったんだ、もしや——その、おれたち知りたかったんだ」尻切れとんぼに話を終えた。

「なにを思ったって?」ニコルソンは迫った。

「その、ほら、金だよ。プラットは金をわんさと持ってる。いつもなくて困ってたやつがだよ。水曜の夜になんか金儲けしてるのかとおれたち思ったのさ」

「そしてジョー・ギャマンズもそれに乗りたかった、そういうことか?」

ファーガソンは唇をなめた。「なあ、いいか、おれはジョーの名前は一度も言わなかったぜ」

彼は肩越しに背後を盗み見た。

「いいだろう」ニコルソンは言った。「水曜になにがあったか話してくれ。どこで彼を見つけた？」

「ロイヤルホテルだ。マイラがあそこを見てみたらと言ったんだ。そしてジョーが言うには――」彼は言い直した。「――そしておれは、彼が現われるまで待った」

プラットは七時ちょっと前に徒歩でやってきた。そしてホテルに入った。彼は八時五分前に出てくると、早足でメイン・ストリートを町の中心部に向かって歩いていった。ファーガソンは二ブロックを過ぎたところで霧のために彼を見失った。

「わき道に入ったらしいんだ」彼は言った。

「しかしメイン・ストリートを下っていったのはたしかか？　鉄道の駅とは反対方向に？」ニコルソンは訊いた。

ファーガソンは肩をすくめた。「言ったとおりだよ」彼は言った。

「水曜の夜のプラットの外出はいつ始まった？」

「四、五週間前だと思うよ」

「そしてちょうどそのころ、急に金を持って、使い出したんだな？」

「お巡りってのは聞く耳がないのかい？　もう言ったじゃないか――」

「レニー！」キャメロンの口調は厳しかった。

「はい、そのとおりです」彼はつぶやいた。「もう行ってもいいかい？」彼はたばこをもみ消した。

ニコルソンはうなずいた。ファーガソンはのろのろと仲間のところへ戻った。

「彼はギャマンズの太鼓持ちにすぎないな」ニコルソンは感想を述べた。

「そう思いますか？」キャメロンは言った。

「きみはそう思わないのか？　彼は二度、口をすべらせたぞ」

「レニー・ファーガソンは決して誤って口をすべらすようなことはしません。彼は頭がいい。それを隠そうとしてますけどね。いいですか、彼は高校の第六学年にいるんですよ」

ジュークボックスのそばのテーブルから椅子のきしる音がした。ジョー・ギャマンズの一行が帰ろうとしていた。ブロンドの子を腕にからませたギャマンズが先頭をきっていた。黒服の少女は、目に殺意を見せて、後に従った。

ギャマンズはニコルソンのテーブルで立ち止まると、肩越しに呼びかけた。「ことばに気をつけろよ、子供ら。救世軍がいるからな」この冗談が引き起こしたおべっか笑いを、彼は得意げな笑顔で受けとめた。かたわらのブロンドはからだを折って笑っていた。

「ミス・セクスフォード」ニコルソンは言った。

「え？　あたし？」彼女はまだ笑っていた。

「ええ、ちょっとお話ししたい」

彼女はギャマンズにさらにぴったりしがみつくと、わざと怖がって彼を見上げた。

ギャマンズはニコルソンをじろりと見た。「なんの話だ、お巡り」彼は言った。

「イアン・プラットについて」

「オーケー。でもマイラに話すのなら、おれにも話さなくちゃいけない」

「好きなように」ニコルソンは椅子を指した。

ギャマンズは振り向いた。「子供ら、消えな」彼は言った。「明日会おう」

黒服の少女が彼の腕を引いた。「でも、ジョー――」訴えるように言いはじめた。

彼は彼女の手を押しのけた。「行きな、リズ」荒っぽく言った。「マイラとおれは今夜は仕事がある、な？　ベイビー」

ブロンドはくすくす笑った。「まあ、あんたったらひどいわ、ジョー」もうひとりの少女は足音荒く出ていった。

みなが出ていき、ギャマンズとブロンドだけが残ると、ニコルソンは言った。「ミス・セクスフォード、イアン・プラットがいなくなったことは知ってますね？」

彼女は頭をぐいと上げて言った。「気にもかけてないわ」

「しかし、たしかきみとプラットは――」

「そのたしかが本当はどうだったかわかる？」こう言ってから彼女は意地悪そうにつけ加えた。「あの知ったかぶりにABCから教えてやったわ。あたしが手をつけたとき、彼は未経験だったのよ。それなのにあたしを裏切って浮気ができると思ってるなら――」

「彼は別の子と会ってたのか？」

「まったくそのとおりなのさ」ギャマンズが言った。「ロイヤルくそホテルでの食事だのなんだの」

「しかしファーガソンによれば彼は一人だったと――」

「ああ、かもな。でもあんたは、なよなよ男のファーガソンが言うことをすっかり信じる気かよ」

ニコルソンは、なぜギャマンズがこんなにいきりたっているのかと考えていた。するとキャメロン巡査部長が答をほのめかした。「そのことでリズとけんかしたのか、ギャマンズ？」彼は言った。

ギャマンズはかっと怒った顔でキャメロンに向き直った。「それがおまえとなんの関係があるんだ、お巡り」

女の子は彼に手を置いてなだめるように言った。「ねえ、忘れなさい、ジョー。あの子にそんな価値はないわ。それに彼女だったかどうかも確かじゃないし」

「冗談じゃない！　確かならあの女の骨をみんな折ってやる」

「彼女にその価値はないわよ」マイラは繰り返した。「彼だってそうだわ。あたしは彼とは手を切ったわ、ほんとよ。あんたとあたしで――」

「プラットはどこで金を手にいれた？」ニコルソンは訊いた。

ギャマンズはまだ怒ってなにかつぶやいていて、ニコルソンは質問を繰り返さなければならなかった。

「彼の金だって？　おれが知るかよ」彼はぼんやりと言い、関心を見せなかった。

「彼はけちじゃなかったわ、それは言っといてあげなきゃ」マイラが口をはさんだ。「豪華なホテルやなんかに連れてってくれたもの。だけどまあ！　あのしゃべり方ったら！　難しいこと言っちゃって。あんたはそうじゃないわ、ジョー、ね？」

ギャマンズはにやっと笑い、落ち着きを取り戻した。「おれは違うさ」彼女に腕をまわして抱きしめた。「おれにことばはいらないよ、ベイビー」彼女は嬉しそうにくすくす笑った。

ニコルソンはもうひとつ訊いてみた。「プラットが行きそうなところを知らないか？」

「あたしに言わせれば、パパのところに戻ったのよ」マイラは言った。

「『パパのところに戻った』か。それも考えられるな」キャメロンと歩いて帰りながらニコルソンは言った。「コールマンはまだエディンバラにいるのか？」

「だれ？　ああ、わかりました、プラットの父親ですね。ええ、わたしの知るかぎり……しかし、子供はそこにはいないでしょう」

「なんでだ？」

キャメロンはためらった。「コールマンには会ったんです」

「それで？」

「それが、彼は子供にまとわりつかれるのを望んでいるとは思えません」

「自分の子供でもか？」

「自分の子をいちばんいやがりますよ」

それでも、探ってみて害はあるまい……。

7

ニコルソンは八時一七分のグラスゴー行きに乗った。快速の直通で通勤客に人気のある列車だ。

列車の旅を、イアン・プラット失踪についての新聞記事を読んで過ごした。グラスゴー・ヘラルドとスコッツマンは警察の発表を印刷してあるだけだ。スコッツ・デイリー・エクスプレスは、ほかにたいした事件がなかった一日だったので、その話を一面に格上げして、引き伸ばした少年の写真と養父母の小さな写真を並べていた。エクスプレスは、公式発表のつけたりとしてプラット夫人との感傷的なインタビュー記事と高校の校長の用心深い意見を載せていた。それはよくできていたが、ニコルソンが受けた印象では記者はこの事件に関心をもっていないようだった。記事はまるで、月曜版には少年がアバディーンかカーディフかウルヴァーハンプトンに無事に現われたことを伝える小さな記事が載るのを記者が知っているかのように読めた。

その日は最初は晴れていたが、グラスゴーでニコルソンが乗り換えたときには西の空に雲が層をなし、その層の間に予報どおりの雨の帯がもう見えていた。それは追いかけてきて、エディンバラに近づくころには雲をのみ込んだ。

ニコルソンはウエイヴァリー駅でタクシーに乗った。コールマンが住むグレイソン・ストリートは、旧市街の灰色のアパート群を抜ける、短い不衛生な通りで、裁判所の近くにあり、旧市街の中心を走る街路〈ロイヤルマイル〉からは離れていた。

痩《や》せた猫が外壁に添ってこそこそと歩き、吹きつける雨をところどころで避けていた。道路にはほかに生き物の姿はなかった。

一二番地はその通りを半分ほどいった右側にあった。ニコルソンはすすけた入口を抜けて階段を二つ上った。ひざをついて階段のステップをこすっていた女が、彼を通すためにバケツをわきに寄せた。

三階のドアに「E・コールマン」とあった。ニコルソンはベルを鳴らした。

女がドアに出た。ニコルソンを一目見ると女は「なにもいらないわ」とはっきり言い、ドアを閉めようとした。

ニコルソンは彼女を止めた。「警察のものです」彼は言った。

女は彼を半信半疑で見つめた。「それならお入りになって、どうぞ」彼女は言った。

キッチンに通された。旧式のレンジの上でスープの鍋が煮えていた。流しにはじゃがいもの鉢があり、これを剝《む》いているところをじゃましたらしい。床のリノリウムは色あせて古び、木工の部分は虫食いだらけで、窓ガラスの一枚には大きな亀裂が入っていた。しかしその部屋は清潔だった。暖炉の向かいの壁にテレビの乗ったワゴンが押しつけてあった。

女は壁のくぼみに置いたベッドを隠しているカーテンのそばから木の椅子を持ってきて、ニコルソンのために火のそばに置いた。彼女自身は炉をはさんで彼の向かい側に、ばねの弛《ゆる》んだひじ掛け椅子に座った。

女は四〇代で、色あせて生気がなく、髪は白くなりかけ、体形は崩れ、手は関節炎で変形していた。茶色のスカートと赤い毛糸のカーディガンの上にエプロンをしていた。食器棚の上の額入りスナップ写真で見ると、かつてはきれいだったようだが、今は目と口元にそれをかすかに思わせるものがあるだけだった。

「男の子のことでしょう?」彼女ははっきりした口調で言った。それは教養ある人の声で、この環境にはそぐわないように思えた。

「ええ」ニコルソンは言った。「彼のことをご存じで?」

「今朝の新聞に出ていたことだけは」彼女はキッチンテーブルの上のエクスプレスを指した。

「お会いしたかったのはあなたの――」ニコルソンはことばを濁した。キャメロンによればコールマンは結婚していないということだった。彼はこう言い換えた。「コールマン氏に会いにきたのです」

「出かけたばかりですわ。土曜の朝のひと仕事に行ってます。一時半に戻ります」

「少年はここに来ましたか? つまり、水曜以後のことですが」

「いいえ」その答は今までと同じ、うんざりした無関心をもって言われたが、ニコルソンは彼女の目にちらと不安を見た。

「でも彼には以前会ったことがあるでしょう?」

今度ははっきりした間合いがあった。それから、「最初のときだけ、五分間」こう言って陰気に笑った。「エディーはわたしを家政婦だと紹介したわ。それからはいつもその子とは外で会ってました」

「なぜです?」

「わたしがなにか言い出すのを恐れたのね。わたしはうそをつくのが苦手なの」

「こっちへは何度くらい来てますか?」

「知るかぎりでは六回ほど。もっとかもしれません」

「最後はいつでした?」

「二週間前の今日でした。少なくともエディーは、その日は彼と会ってたと言ったわ。でもエディーの言うことは当てにはなりませんよ」

「ミセス・コールマン……」ちょっと間を置くことでニコルソンはこのことばをわずかに際立たせた。女は彼の意図を察した。

「わたし、本当は彼の妻ではないんです」当惑も見せずに言った。「奥さんはずっと前に出ていったわ。ここに住んでてひとついいことは」――彼女の目は粗末な部屋を見回した――「隣近所がうるさくないんです。モーニングサイドでは――」

「モーニングサイドに住んでらした?」

彼女はうなずいた。「わたしたち、自分の家を持ってました。でもいったん事情を知ると近所の人たちは意地悪くなって」

「それで引っ越された?」

「そうでもないんです。エディーに借金ができたからですわ。お酒でしょう、それと女」こう、恨みがましくもなく、無表情で言った。

ニコルソンの無言の問いかけに答えて、女は言い足した。「二二年もいると慣れるものです。つまり、彼といることに……とにかく、ほかに行くところがないんですもの。わたしにはお金がない、仕事もない。彼に養われてます」

「イアン・プラットの母親を知ってますか？」彼女はうつむいて自分の手を見た。

「いいえ。わたしが来たときには終わってました……。でも、お見せするものがあるわ」ニコルソンは訊《き》いた。

部屋を出ると、黄ばんだ写真を持って戻ってきた。

そこにはイアン・プラットがその容貌を引き継いだ人物が写っていた。母親の顔は彼と同じ大きな目を持ち、ほっそりして繊細だった。それは卒業写真で、彼女はガウンを着て背中に垂れ布をつけ、角帽をかぶって照れくさそうな笑いを浮かべていた。

ニコルソンは写真を裏返した。そこには写真屋の名前と卒業の日付け（一九四六年六月）があり、その下に手書きの斜めの字でこう書いてあった。「エドワードへ、愛を込めて、ナンシーより、一九四七年五月一六日」

「彼はこれまでずっとこれを持ってたわ」女は言った。「わたしたちのだれよりもこの人が大事だったのね」

「でも彼は赤ん坊ができたとき彼女を助けなかった」

「エディーは責任をとる人じゃないんです。でも、覚えてるけど、彼女が死んだと聞いた夜はひどく酔っ払ったわ。もちろん、何年もあとのことですけどね」

「では男の子のことは――コールマン氏は息子をどう思ってます?」

「エディーに聞いたほうがいいんじゃない?」

ニコルソンはまた、ためらいを、身を引く気配を感じた。

「わかりました」彼は言った。「そうしましょう」


風は止んで、雨は静かにしとしとと降っていた。空は一面雲が垂れ込めている。

ニコルソンはレインコートの襟元までボタンをかけ、帽子を深くかぶって、最寄りのバス停まで歩き出した。二〇ヤードほどいったとき、若い女が道を横切って彼のほうに歩いてきた。黄色いレインコートを着て、顔は傘で隠れていた。ほっそりした脚、形のいいくるぶし。彼女が歩道に足をかけたとき、傘が一瞬上がって顔が見えた。アイリーン・プラットだった。

彼よりも彼女のほうが驚いた。驚いて、怒った。

「わたしがここに来るのを知ってたのね」アイリーンは非難するように言った。

「かもしれない、とは思った……」

彼女はそのままニコルソンをにらんでいたが、あっさり笑いだした。「いいわ、あなたに出し抜かれてしまった。彼はここにいる?」

「弟さん? いや、そうは思えない」

「思えないって?」

ニコルソンはミセス・コールマンの言ったことを話した。

アイリーンはどうしていいかわからないように立っていた。

「いっしょにランチをいかがですか、ミス・プラット」彼は誘った。

彼女はしばらくためらっていたが、やがて笑顔を見せた。「よろこんで」嬉しそうに言った。


二人はオールド・ウエイヴァリーで昼食をとった。窓際のテーブルからはプリンセス・ストリートとスコットの銅像が見渡せた。遠くにはもやに包まれた城がかすかに見えた。

「エディンバラは好きではないの」外の景色をなんとなく手で示しながら娘は言った。「とてももったいぶってるわ」

「場所が？　それとも人が？」ニコルソンは尋ねた。

「両方ともよ。わたしはグラスゴーのほうが好きだわ」

ウエイターが注文をとりに来た。アイリーンは気取らない熱心さでメニューを検討した。この娘は、まったくルースそっくりだ。同じように、生きる喜びにあふれ……。

「どうかして？」ウエイターが去ると彼女は言った。「わたしの鼻に煤《すす》でもついてる？」

「失礼。じっと見てたかな？　ただ、きみを見て、以前知ってた人を思い出したものだから」

アイリーンは笑った。「そういうことを女性に言ってはだめ。女はみんな、自分は唯一無二の存在だと思いたいのよ……。その人、すてきだった？」

「悪くはなかった」彼はじらし、彼女はまた笑った。

アイリーンは話を急に変えた。「警察官でいるのって、どんな気持ち？　わたしが訊きたいのは、人の私生活に立ち入って、石をひっくり返してその下に這ってるものを見つけたりすることについてだけど」

「きみはわたしたちのことをよく思ってないね？」

アイリーンはすまなそうに笑った。「ごめんなさい。失礼なことを言うつもりはなかったの。ただ――あの、イアンをそっとしておいてほしいの。彼はもうすぐ一七歳で、十分自分の始末はつけられるわ」

「警察の助けを求めたのはあなたでしたよ」ニコルソンは思い出させた。

彼女は肩をすくめた。「そうしなければならなかったの――母のために。とにかく、あなたがそれを全国的な問題にして、新聞の一面に出たりするなんて思いもよらなかったわ」

「あなたの弟さんはいなくなった。われわれは彼がどこにいるか知りたいと思っている。あなたも同様に知りたいのではないかと考えたのだが」

アイリーンは黙っていた。

「さて、どうなんです？」ニコルソンは迫った。

「弟が無事であることを確かめたいんです」彼女はゆっくりと言った。「でも連れ戻したくはないの。あなたが彼を見つけたら、弟は戻らなくてはならないのかしら？」

ニコルソンはそれには答えなかった。「弟さんが家から離れていたほうがいいとなぜ考えるんです？」

「あの、彼は養子でしょう、だから――」

「それが彼のこれまでの振舞いの言い訳になりますか？　ああいう不良仲間に入ったことやなにかの」

彼女はため息をついた。「ならないでしょうね。でも――自分の母親のことをこう言うのはなんですけど、母はこの件の処置ではまったく愚かでした。つまり、ことが露見してイアンがもらい子だと知ったとき、本当の母親について彼にあれこれうそを言ったんですもの……でもたとえあのときでも、この、ここにいる人でなしがいなかったら、彼は立ち直ってたでしょう」

「コールマン？」

「ええ。イアンは最悪の時にあいつにつかまったの。あの男はイアンを洗脳したの。イアンは父親と初めて会った日から、違う子供になったわ」

「あなたはコールマンに会ったことがある？」

ウエイターがスープの皿を持ち去るまでアイリーンは答えをひかえた。

「ええ」と彼女は言ったが、その口調の激しさに彼はめんくらった。「会ったわ」

アイリーンは去年の夏のある日、コールマンに会いにいった。悪い仲間に近づいているイアンのことが心配だった。イアンが父親と会っているのを知り、調子を狂わせた張本人は父親だと推測した。

「コールマンの存在を前から知ってたんですか？」ニコルソンは口をはさんだ。「つまり、弟さんが彼を見つける前から？」

「それは知らなかったわ。イアンが養子だということはもちろん知ってたけど。なんといっても、当時わたしは八歳でアネットは一〇歳でしたから。でも彼の本当の両親がだれかは知らなかったの」

アイリーンは一目でコールマンを嫌った。

「ああいうタイプは、好き嫌いがはっきり分かれるわ」と説明した。「よくいるでしょう——なめらかな髪、小粋《こいき》な短い口ひげ、わけ知り顔の作り笑い。見てると吐き気がするわ。彼は髪も染めてるのよ」

とはいえコールマンは、彼女がイアンの話をすると同情を示した。彼は、少年を好きになったから助けになりたい、と言った。

「ミセス・コールマンはそばにいましたか?」ニコルソンは訊いた。「彼がいっしょに住んでる女性のことです」

「はじめはね。でもすぐに出ていきました」アイリーンは渋面をつくって笑った。「前もってそうするように言われてたんだと思うわ」

年上の女がいなくなると、コールマンは急に魅力をまき散らしはじめた。

「あんまり厚かましいので、これはなにか風変わりなユーモアなのかしらと思ったくらいよ」アイリーンは言った。「わたしは疑いながらも彼の立場で解釈してあげたわ、なぜって、嫌いな人には不公平になりやすいでしょう。コールマンはそうした思いやりをオーケーのサインと取り違えたの。それとも自分の売り込み術に絶大な自信を持ってたのかしら。とにかく、なにがなんだかわからないうちに、わたしたちは抱き合ってたわ」

アイリーンはサーモンをひと口ほおばるために、休みを置いた。「わたし、彼の唇を噛んだの」彼女は満足げに言った。「強くね。自分の歯がかみ合うくらいに。それでパーティーはおしまいよ。コールマンが言ったことばを聞かせたかったわ」彼女は身を震わせた。「彼は恐ろしい男よ。あの不快な魅力の底にあるものをわたしは見たの。あの男は自分が落後者なものだから、社会に恨みをもってるわ。イアンに危険な影響を与える人よ」

「弟さんにそのできごとを話した？」

「話そうとしたけど、弟は聞こうとしないの。すっかり洗脳されてるの」

「それでイアンがここに来ているだろうと思ったんですか？」

アイリーンは口ごもった。「はじめはそう思ったけど、いそうもないわ。コールマンが彼を望むとは思えませんもの。弟はただの厄介者でしょう」

それはキャメロンの見解を補強した。

「弟さんのことを話してほしい、ミス・プラット」ニコルソンは言った。「聞くところでは、普通でない少年とか」

「普通でない？」ちょっと考えた。「ある意味ではそうでしょうね。すごく頭がよくて」

「わたしが言おうとしたのはそういうことではなく、つまり――その、あんなふうに変わることです。あんなに徹底的に――」

「イアンにチャンスを与えれば、また立ち直れるわ。彼はあまりに感じやすいの、それが困ったところだわ。おとなし過ぎてこの競争社会には向かないんです」

「でも、それほどおとなしくはない。ダンスホールでけんかをはじめたくらいだから」ニコルソンは彼女に思い出させた。

アイリーンの目は怒ったようにきらりと光った。「人がなんと言おうと、はじめたのはイアンじゃないわ。それは彼の性格に合わないことだわ……。しかも裁判所のあのばかな小男は、自分が一筆署名すればなんでも解決すると思ってる。精神科の医者と三〇分面談し、週に一度は保護観察官に報告するように、だって……むかつくわ」

唯一実際的な解決法は弟がすぐ逃げ出すことだ、と彼女はニコルソンに言った。悪い感化の源から、悪影響を及ぼしている養母との愛憎関係から、逃げ出すことだ。

アイリーンは弟に家を出るよう勧めた。「先月はアネットに会いに行かせたりもしました。姉も同じ助言をイアンにしたわ」

「イアン自身はどうだったんです？　シルブリッジを離れたいと思ってましたか？」

「彼はいつも、家出すると言って母を脅《おど》していました。でも本気なのかどうかはわからなかった。水曜の夜に彼がスーツケースを詰めていなくなったときには、嬉しかったわ」

「なのにあなたは今日ここに彼を捜しにきている」

「それとは違うの」彼女はそっけなく言った。「ここだけは、彼が家にいるよりももっと悪くなりそうな場所なの。彼がここにいなければ安心というわけよ」

「この前そんなことがあった家にまた行くのは、怖くないですか？」

彼女はにっこりしてふざけた口調で言った。「ねえ、あたしはそう簡単には怖がらないわよ……いい歯を持ってるんだから」

二人は歩いてグレイソン・ストリートに戻った。雨はほとんど上がっていたし、アイリーンは体を動かしたがった。彼女の歩き方は力強く、運動をする人の優雅さがあった。

「きみはわたしの考えていた体育の先生のようではないな」ニコルソンは言った。

「どういうこと？」

「わたしが知ってた先生たちは、太くて低い声をして、木の幹のような脚をしてた。ホッケーをやり過ぎたせいかな」

アイリーンは笑った。「わたし、ホッケーはあまりうまくなかったわ。得意はテニスなの。それと、ときどきダグラスとゴルフをやるわ」

「彼はゴルフをやるのか？」

アイリーンは弁護するように答えた。「ダグラスはただのロングヘアの芸術家じゃないのよ。彼は――」

「ロングヘアの芸術家を軽蔑してるわけじゃない。犯罪捜査部だって教養のない俗物ばかりじゃないですよ。彼のアトリエの壁にあった絵が彼の作だとしたら、とてもいいものだ……彼のヌードもね」こうつけ加えずにはいられなかった。

アイリーンは振り向いて彼をにらんだ。「それを言う必要があるかしら？」それから彼女は笑いだした。「それにしても、あなたはダグラスが好きではないわ、そうでしょ?」

「彼を嫌う理由はなにもない」ニコルソンは言った。

しかしそれは本当ではなかった。ふたたび学校時代の、カルヴァートンでの記憶が彼を悩ました。トループに関するなにかだ。女の子がからんでいなかっただろうか? しかし記憶の影はいまだ形を成さなかった。

8

ニコルソンは三時一五分前にベルを鳴らした。アイリーンはグレイソン・ストリートの角に置いてきた。一緒に到着しないほうがいいだろうということで意見が一致したのだ。

ミセス・コールマンは今度は彼を居間に案内した。居間では石炭の火が部屋の冷気をようやく追い出しかけていた。家の奥のほうからテレビの実況中継者の興奮した乾いた声が聞こえた。

「エディーは競馬を見てます」女は言った。「呼んできますわ」

部屋には数点いい家具があった。おそらくコールマンの全盛時代の遺物だろう、クルミ材の蓋付き大机と旧式だが優美な飾り棚が目についた。しかしカーペットはすり切れ、壁紙は色あせていた。

テレビの声高な音が止まったと思うとすぐ、エドワード・コールマンが現われた。アイリーン・プラットが話した人相書きからニコルソンは、なめらかな黒髪、歯ブラシ状の口ひげは予想していた——そのとおりだった。それに作り笑いも。しかし彼はニコルソンが思っていたより若く見えた。染めた髪のせいかもしれない。ただ、そばで見ると、毛根の近くが白くなっていた。

「よく来てくれました」コールマンは言って、ニコルソンの手を力強く上下に振った。「あの子についてはわたしも心配してるんですよ……さてと、なんにしましょう——ウイスキー？ジン？——それともウオッカもありますから——」

ニコルソンは辞退した。

「ああそうか！　おたくは規則があるんでしょうね。しかし失礼して、いいでしょうか——？」

コールマンは自分用にウイスキーをたっぷり注ぎ、ソーダをひと吹き入れた。

「お掛けください、警部、どうぞ……そうなんです、メグが話してくれたとき、わたしは自分にこう言いましたよ。『エディー』とね。『おまえはこの連中を助けなきゃいけないぞ』と。なぜならこの少年はわたしにとって大事ですから、警部、お話しするのはいっこうにかまいません……。たばこは？　おなじみガンの一服、ってね？」彼はまた立ち上がり、たばこの箱を差し出し、ライターをさっとつけた。

「コールマンさん、息子さんを最後に見たのはいつですか？」ニコルソンは訊《き》いた。

「メグが話さなかったですか？　二週間前です。今日でちょうど二週間になる。メグが話したと思ってましたよ、警部」

「その時彼は、家を出ることについてなにか言ってましたか？」

「そうだな、あの子は幸せじゃなかったんです、警部。もちろんここに来たがりました。でも彼に言ったんです。『イアン』とわたしは言いました。『望みをかけても無駄だ』とね。『あのいやな雌牛が——こういうことばを使うのを許してくださいよ、警部——あのいやな雌牛がわれわれを訴えるだろう』」

「彼の母親のことですか？」

コールマンは鼻で笑った。「たいした母親ですよ……もちろん、生みの母ナンシーとのことをきちんとしなかったのは、ある意味でわたしのせいですがね。わたしは結婚したいとは思ったんですよ、でも彼女はおやじさんに支配されてた。そのけちな老いぼれが、子供は養子に出すべきだ、と言って、それで決まったんだ。あんちくしょう！」

コールマンは酒の残りを飲みほすと、もう一杯注ぎに立っていった。その動作には不安でじっとしていられないといった活力があった。

「やつはスコットランド長老教会の柱でもあるんだ」ナンシーの父の立腹は一六年たっても消えないでいた。「連中を信じるな、こうイアンには教えましたよ。地位のあるやつら、金と力のあるやつら。そいつらはおまえを見るがはやいか蹴りつけてくるだろう。先にこっちから攻撃するんだ、こうイアンには言って聞かせた」

彼は酔っていた。酔っていなければこんな話はしないだろう。ニコルソンが来るまえに二、三杯やったにちがいない。

「ここは暑くないですか?」コールマンは言って、チェックの替え上着を脱ぎ、椅子に投げた。下には茶色の毛糸のチョッキを着ていた。

「ひとつ、話をしましょう、警部」内緒事を打ち明けるように身をかがめて、彼は言った。「ほんとの話です。うそだと思うならメグに聞いてもいい。ある男がいた。趣味はカメラだ。さて、彼に金が入って、独立した。写真屋だ、わかりますか? 家を回って子供のスナップ写真を撮ってやるっていう、そういう商売があるでしょう。いいですか、彼はわたしにパートナーになってくれと言った。ね? なぜかというと、そういう商売を売り込むにはいいセールスマンが必要だ。そして自分で言うのもなんだが、わたしはエスキモーに冷蔵庫を売り込むことだってできる。すっかりその気になって契約書にサインするときになって——どうだ、話はおじゃんになった」

「なぜです?」そう訊くのを期待されているようなので、ニコルソンは言った。彼はアイリーンがなぜ遅れているのだろうと考えていた。一〇分、と彼女は言っていたのに。

「なぜだか教えてあげますよ、警部。なぜだか、ね。ナンシーのおやじの知り合いのさるおいぼれが、そいつにだめサインを出したんです。そういうわけなんです。まったく汚い陰謀、そういうことだ」彼は吸い殻を火に投げ入れ、すぐにつぎのたばこに火をつけた。「わたしのような男に勝ち目はないんです、警部。われわれに必要なのは革命だ。血なまぐさい革命だ」

「あなたはそういうことをイアンに説教したんですか? 血なまぐさい革命を?」

コールマンは目を細めた。彼は結局それほど酔ってはいなかった。

「おや！　わたしのことはほっといてくださいよ、警部」彼は笑顔を作った。「わたしはただ、鬱憤《うっぷん》を晴らしてるだけなんだから……まだ飲む気になりませんか？」また自分のグラスを満たした。

ドアのベルが鳴って、ミセス・コールマンが出たのが聞こえた。つぎの瞬間、アイリーンが部屋に飛び込んできた。

「彼はどこ？」コールマンにかみつくように言った。彼女は狂わんばかりに怒っているようだった。

コールマンは唇をねじ曲げてせせら笑った。「これは！　処女マリアさまか。淑女ぶりっこのプラットさんか、え？」

「黙りなさい。イアンはどこ？」アイリーンは繰り返した。

「わたしの息子のことなら、二週間ほど見てないな」

「じゃあ、下にある彼の自転車はなんなの？」

コールマンは青くなった。「どこの？」彼は言った。

「洗濯場よ――窓から見えたわ……あれがイアンのじゃないとは言わせないわ」

彼は盛り返してきた。「裏を覗《のぞ》きまわるなんて、そんな権利があるのか――」

「いいから」彼女は執念深く口をはさんだ。「自転車のことを話しなさい」

コールマンは大きく息を吸った。「あれはおれのだ」彼は言った。「イアンがくれた」

二人は彼を見つめた。

「そうか、おれの言うことを信じないのか」彼はドアに行って叫んだ。「メグ！」

女が入ってきた。

「自転車のことを話してやれ、メグ。あれがどうやって来たのか、話してやれ」

「きのう運送業者が持ってきたわ」彼女は言った。

「どこから？」ニコルソンが訊いた。

「シルブリッジからだと思うわ。ジョンストンが配達したの。あそこはシルブリッジに支店を持ってるわ」

「よし。ありがとう、メグ」コールマンは彼女を去らせようとした。

しかしニコルソンは終わりにしなかった。「ミセス・コールマン、少年が父親に自転車の贈り物をするなんて、あなたは驚きませんでしたか？」

「贈り物？」女はわからないといった顔で繰り返した。そのとき彼女はコールマンの目を捉えた。「ああ、わかったわ。でも彼がくれたものはあれが最初じゃありません」

「ほかになにを？」

「お金です」

コールマンはうんざりして鼻を鳴らした。「なんだよ、メグ……ほら、おまえがまた変なことをしゃべらないうちに、おれに話をさせろ」

彼のグラスはもう空になっていた。お代わりを注ぐ手がぐらついているのをニコルソンは目にとめた。コールマンはびくびくしていた。あるいはそれは、そんなにウイスキーを飲んだせいかもしれなかった。

「イアンとおれがなにを話してたか、わかるか?」彼は言った。「いっしょに事業を始めることさ。『エドワード・コールマン・アンド・サン』という名前でね。新聞雑誌の販売店か、それとも本屋だ。あの子は本屋を望んでた……。そのことばかり話してたんで、おれも半分本気になった。これまで他人様のためにあくせくしてきて、その報いはなにもない。おれは頭が切れるのに、いいか、それを使いようがない。資本が必要なんだ。まず要るのはそれだ、それにコネだ――名門校のネクタイとか、そういうくだらんものさ。おれたちみたいなものには最初から不利になるように、さいころに仕掛けがしてあるんだから」

「お涙頂戴の話はやめて、イアンのことを話しなさい」アイリーンが言った。

コールマンは彼女をにらみつけた。「イアンはひどく熱心だった。彼にはそれがとっぴな夢に過ぎないことがわからなかった。もちろん彼は、シルブリッジにうんざりしていた。学校だのなんだのにも、それに彼の家族にもうんざりしてたんだ」彼はまた悪意を込めてアイリーンをにらんだ。

「それでイアンは金を送ってきた?」ニコルソンは訊いた。

「おい、いいか、警部。間違えてもらっちゃ困るぞ。たった二回だ――いや、三回かな――それも全部で数ポンドだ」

「いつのことだ?」

「すべて先月だ。二人で貯金をすることになってたんだ、そしてそれはあの子の貯金分だった」

「あなたは一六歳の子供からお金をとったの？」アイリーンの口調には嫌悪感が込められていた。

「だって彼は、うなるほど金を持ってたぞ」

「どこで手に入れたんだろう？」ニコルソンは訊いた。

「なんでおれが知るかよ」それからもっと穏やかに言った。「割増金付き債券で五〇ポンド当てたと言ってたな」

「自転車も？」

「それは違う。この前彼に会ったとき——二週間前だったが——彼はもうおしまいだと言った。『シルブリッジにはうんざりだ、父さん』と彼は言った。『ここへ来て、一緒に暮らしたい』と。『イアン』おれは言った。『それはできないよ』とおれは言った。『おまえが未成年でいるうちはだめだ。おいぼれ雌牛が——』」

「ああ、それは聞きました」ニコルソンが言った。

「そうだっけ？　それじゃあ、彼はとにかく出てしまう、と言った。彼の最後の言葉はこうだ。『とにかくぼくは出るよ、父さん』こうだ。『だれにも絶対見つからないところに行くつもりだ』こう彼は言った。そして、自分の自転車を使ってくれないかと言った。『もしおまえが必要ないならね、息子よ』とおれは言った。それでメグが言ったように、きのうそれが着いた」

「どこへ行くつもりだったんだろう？」ニコルソンは訊いた。

コールマンは悲しげに首を振った。「ああ！　警部、わたしにわかればねえ。あの子のことが心配ですよ。絵はがきかなにかを送ってくれるものだと思ってたのに」

9

報告書はニコルソンの机の上にあった。それには鉛筆のなぐり書きのメモがついていた。

「これを読んだら電話をくれ。P・G・M・」

一〇時を過ぎていた。土曜の夜の最初の酔っ払いがしょっぴかれたのだろう、どなり声と歌う声が聞こえた。今夜はたぶん忙しくなるだろう。今日はホームグラウンドでアルビオンが負けたのだ。そういう日は騒ぎが予想された。

ニコルソンはたばこに火をつけ、読みはじめた。個性を見せないタイプライターの文字であっても、きびきびした有無を言わせぬ文章は、キャメロン部長刑事の手によるものであることを明らかにしていた。彼の報告書には一言半句の無駄もなかった。

グラスゴーのタクシー運転手のひとりはイアン・プラットの写真を認めた。運転手は水曜日の真夜中ごろ中央駅のタクシー乗り場で彼を拾い、トロンゲイトのクライドミュアホテルまで乗せた。

クライドミュアは小さな商人宿だが、そこの女主人は水曜の朝電話を受けた。トマス氏と名乗る男からで、その夜の一人部屋を予約した。真夜中になってもトマス氏が現われないので、女主人は予約を取り消した。しかし一二時一五分にタクシーがその少年を乗せてきた。彼は宿帳にD・トマスとサインし、住所をロンドンと書いた。

木曜朝の食事後、少年は勘定を払い、電話でタクシーを呼んだ。このタクシーの運転手も乗客を覚えていた。客は中央駅まで戻った。少年はそこからSL列車ロイヤルスコットに乗っていくと言っていた。最後にポーターが、タクシーからグリーンのスーツケースを運んでロンドン行きの列車に置いたことを覚えていた。少年は彼に五シリングのチップをやった。

これが一連の話だが、キャメロンは注釈をつけ加えていた。

身元確認：最初のタクシー運転手およびポーターは、彼らが見た少年を写真の少年（すなわちイアン・プラット）と確認。ホテル経営者はトマスの顔はもっとやせていて髪はそれほどブロンドではなかったと思った。しかし間違っているかもしれないと言っている。第二のタクシー運転手は少年をはっきりとは覚えていない。

衣服等：全員が同意しているのはグレーのオーバーコートで、上質、若向きのスタイル、毛皮の縁どりがある。これはプラット夫人が息子のコートを述べたことばと一致する。それとグリーンのスーツケース。とはいえ壊れた錠前《じょうまえ》を覚えているものはいない。それに茶色の靴。ホテル経営者は少年のスーツはグレーだと思ったが、茶色だったかもしれないと譲歩している。（プラットは茶色のスーツを着ていたことが知られている。）ほかの人たちは、ズボンが「薄い」色合いだったと言えたにとどまった。

アクセント：いろいろに形容された。「奇妙で――スコットランド訛《なま》りでないことはたしか」「イングランド風――一種のロンドン下町訛り」「ウエールズ訛り」など。これらを混合してわざと作ったアクセントではないか。

ほかの特徴：四人の証人全員が、チップが気前よかったことを証言した。

結論：「トマス」がプラットであり、プラットは現在イングランドにいる公算が大きい。しかし、以下のような更なる調査を提案する。

一　タクシー運転手が拾った少年と、シルブリッジからきた列車とを関連づけること。時間は合っているが、ほぼ同じ時刻についた列車はほかに二、三本あった。タクシー運転手はどのプラットホームから少年が来たのか、見ていない。

二　ホテルの宿帳の記入とプラットの筆跡を比べること。

三　クライドミュアホテルの従業員と客に、水曜の夜のことを訊《き》くこと。

四　ロンドンの接続駅ユーストンで、ロイヤルスコットの乗務員、列車の検札係、ポーターなどの話を聞くこと。

五　新聞広告を出し、「D・トマス」が別人として存在するかどうか、出頭を求める。

ニコルソンはたばこをもみ消した。トマスをプラットと考えるべき論拠は、この報告書が明らかにしている以上に強力だった。なぜなら、キャメロンが見逃した重要な細部がひとつあったからだ。

ドアにノックがあって、ブロック刑事が入ってきた。

「エディンバラからいただいた電話の件ですが」彼は言った。「わたしはマーンズさんに言われて――」

「ああ、そうか！　きみがジョンストンの店に行ってくれたか。収穫は？」

「ありました。プラットは水曜の四時二〇分ごろ、そこに自転車を預けてます。エディンバラの住所を言って、そこに配達するようにと。名前は――」

「わかってる。エドワード・コールマン氏、グレイソン・ストリート一二番だ。そうだね？」

「はい、そうです」

「店ではプラットを確認したか？」

「ええ、もちろん。あの店の男は彼を知ってます。たしかに彼でした」

プラットの行動の時間割が、まだ隙間はあるものの、明らかになりはじめた。プラットは四時一〇分に学校を出て、四時二〇分に運送屋のジョンストンの店に自転車を預けた。それから歩いて家に帰った。学校の制服を茶色のスーツに着替え、グリーンのスーツケースの荷造りをして、母親が帰宅する六時より前に家を出た。六時半には（家から一マイル半の）セント・グレゴリー駅にいて、グラスゴー行き切符を一枚買い、手荷物預り所にスーツケースを預けた。それから彼はロイヤルホテルへ歩いていき、食事をし、八時ごろ出てきて駅とは反対の方角に向かった。

その時点からあとの彼の足取りはつかめないが、四時間後にグラスゴーでタクシーをつかまえている。おそらく彼は九時以降に駅に戻り、スーツケースを受け出し、その夜最終のグラスゴー行きとなった列車に乗った。彼はトマスの名でクライドミュアホテルで一夜を過ごし、翌朝ロイヤルスコットで南に向かった。

ニコルソンは犯罪捜査部の主任警部マーンズの自宅に電話した。

「ああ、では戻ったんだな?」マーンズの口調は不機嫌だった。「さてと、いいか、変わり者と言われるかもしれんが、わたしはなにが進行中なのか知りたいんだ。このエディンバラへの遠出だが、きみはわたしに許可を求めるべきだった」

「メモを残しておきましたよ。それにわたしの非番の日でした」

「そういうことを言ってるんじゃない。とにかくエディンバラ署がなんと思うか、だ。こちらとしては感情を害したくないし――」

「あちらには電話しました。異存はありませんでしたよ」

マーンズは吐息をついた。「いいだろう、モーリス、それについてはこれ以上言わないことにしよう。ともかくきみは自転車を見つけた。けっこうなことだ。ブロックが――」

「ええ、聞きました。プラットは水曜の四時二〇分に運送屋にそれを預けてます」

「よし、お見事……キャメロンの報告書をどう思った、モーリス?」

質問はなにげなかったが、ニコルソンはだまされなかった。

「写真の確認が気に入りません」彼は言った。「捜している人物を見たと思いたがっている人が多過ぎます。質問をしたのはグラスゴーの人間ですか、それとも――」

「アラン・キャメロンがいっしょにいた。彼は一日中グラスゴーにいた……彼はなんの疑いも持ってない。たいそう自信があるやつだ、アランは。じつはそれが弱点だが」

「でも彼はひとつ見逃してます」ニコルソンは言った。

「なんだ?」

「名前です。D・トマスの意味合いです」

「言ってることがわからないが」

「詩人のディラン・トマスはプラットの崇拝する人物の一人です」

「たしかに、そうだ。ご明察だ、モーリス。わたしもそれを見抜くべきだった。するとそれで決着がつくな?」ニコルソンが返事をしないでいると、たたみかけた。「つくんじゃないか?」

「そう思います」ニコルソンはいやいや認めた。

電話を切ると、彼は自分のためらいを分析しようとした。まだいくつか未解決の謎があった。イアン・プラットはロイヤルホテルを出て駅に戻るまでのあいだ、どこに行ったのか? ほかの水曜の夜はどこに行っていたのか? どうして大金を手に入れたのか?

しかしニコルソンの安らかでない気持ちの大部分は、コールマン夫妻との会見で生じていた。自転車が息子からの贈り物だというエドワード・コールマンの主張はその場の思いつきのように聞こえた。ニコルソンが強く受けた印象では、コールマンが――そして彼の妻も――自転車と同じように少年も到着するものだと思っているようだったのだが……。

そのことをアイリーン・プラットに話すと、彼女は一笑に付した。彼女は弟が父親のところにいないのに満足していた。アイリーンが心配したのはそれだけだった。

その夜、ニコルソンはルースの夢を見た。数週間ぶりのことだった。ただ、ルースの髪は前より濃い色になっていた……。


つぎの二週間でプラット、別名トマスは、互いに遠く離れたインヴァネスとプリマスのいろいろな場所で、二三回も目撃された。通報はすべて調査され、すべて誤報だとわかった。プラットは跡形もなく消えてしまった。一一月二六日木曜日の朝ロイヤルスコットに乗り込んだ少年も、もしそれが別の少年だとしたら、同じように消えてしまった。列車に乗る彼を見たものはなく、下りる彼を見たものも一人としていなかった。

二人の筆跡鑑定家が、ホテルの宿帳の「D・トマス、ロンドン」とイアン・プラットの書いたものとを比べた。一人は、これらは同じ手によるものではない、と断言したが、もう一人は言い切ることはできなかった。D・トマス氏という人がいたら知らせてほしいという新聞での訴えも、なんの反応も引き起こさなかった。
二、三日たつと、行方不明の生徒の件は全国紙から消えた。一週間たつと、シルブリッジのアドヴァタイザー紙もそれに触れるのをやめた。警察の調査はもう少し続いた。行方不明者のファイルは当人が見つからないかぎり閉じられることはないのだ。しかしクリスマスにはまだ間があるというのに、プラットのファイルは現役リストからはずされた。プラットはシルブリツジを出ていった、彼の人相書きは配布した、これ以上なにができようか？
ニコルソンだけが疑念を抱いていた……。

パートⅡ　アイリーン

1

「アイリーン！」

彼女は奥歯を嚙《か》みしめた。「はい、お母様？」と呼びかけた。

「来るときアスピリンを持ってきてくれる？　今朝はいつもより頭が痛いの」

「はい、お母様」

父はトーストにマーマレードを塗っていた。「そんなことしないほうがいいよ」彼は言った。

「なんのこと？　ベッドで朝ごはんをあげること？」

「おまえはあれを甘やかしてるだけだ。本当は病気じゃないんだから……まあ、ともかく、わたしは知らないからね」彼はグラスゴー・ヘラルドに目を戻した。

アイリーンはトレーを持ち上げると二階に運んだ。

「おはよう、おまえ……手紙はなにかきた？」母のお決まりのあいさつだ。

「食料品屋の請求書」彼女はてきぱきと答えた。「それとアネットからの手紙。トレーの上にあるわ」

プラット夫人はため息をついた。「今日で七日ね……」涙が溜まりはじめた。

「さあ、お母様、お医者さまの言ったことを思い出して。イアンはだいじょうぶよ。そう信じなきゃ」

まったく！　これがあとどのくらい続くのだろう？　毎朝同じことの繰り返し、言うことまで同じ。

「わたしのアスピリンはどこ、アイリーン？　持ってくるように言ったでしょう」

アイリーンは深い息をついた。「ごめんなさい、持ってきます」

そんな口調であと一度でも話しかけてごらんなさい、わたしはやめてやるから、とアイリーンは考えていた。

アスピリンのびんを持って戻ると、プラット夫人はトーストを少しずつかじっていた。アネットの手紙は開封されずにトレーの上にあった。

ベッドに寄りかかって座っている母親は、たしかに具合が悪いように見えた。皮膚はほとんど透きとおるようで、目の回りに静脈が浮いていた。「内臓器官に悪いところはありません」と医者は言った。しかしときどきアイリーンには疑問に思えることもあって……。

「今日は起きてみますか、お母様？」彼女は尋ねた。

「調子がどんな具合か、みてからね……図書館の本を取り替えてきてくれるかしら?」

「はい、お母様」またまた雑用。そして選んだ本はなんであれ、気に入らないのだ。

「近頃はお友達のニコルソンさんとはよく会うの?」母は言っていた。

「いいえ」エディンバラでのあの日以来、ニコルソン警部のことはいつも「あなたのお友達」になった。その言い方は彼女をいら立たせるためのもので、たしかにその効果はあった。

「警部と話がしたいわ。あの人たちもうなにか見つけてるでしょうからね」

「見つけてたら警部がうちに知らせてくれるわ」

「それでも、わたしは彼と話したいのよ」

「わかったわ、会ったら言っときます……もう行かなくては」

プラット夫人は吐息をついた。「おまえはわたしのために時間をとってくれたためしがないのね」すねたように言った。

「いってきます、お母様」大儀そうに向けられた頰にアイリーンはキスをすると、出ていった。

「お母さんの機嫌をとってあげてください」と医者は言った。しかしなぜいつもすべてがアイリーンにかかってくるのだろう? なぜ父親は負担のいくらかでも受け持ってくれないのだろう?

その父がいた。コートを着て、新聞を丸めてポケットに突っ込んでいた。父のように新聞をそんなにすぐくしゃくしゃにしてしまう人を見たことがない。

「車に乗っていきたいかね?」高地人のゆっくりした言い方で父が訊《き》いた。

「まだ朝ごはんも食べてないわ」彼女は無愛想に答えた。

彼はうなずいた。「それじゃ、行くぞ……ああ、それから――今夜は遅くなる。夕食はいらない。〈キャッスル〉で食べるから」

今週はそれが毎夜だった。そんなふうに過ごしているんだから、父が心穏やかでいられるのはあたりまえだ。

両親のことをこんなふうに感じることで、アイリーンは悩んでいた。母親は、アネットに対するほどあからさまな敵意は見せなかったが、いつも冷たく、優しさを見せず、すぐ小言をいった。父親はといえば、物腰はどんなに丁重であろうと、アイリーンなどいないも同然だった。庭とチェス――彼の関心はそれだけだった。

アイリーンはどんなに努力しても、両親のどちらにも愛情をかきたてることができなかった。彼らに好意をもつことさえできなかった。

とくに今、一度に二つの仕事をこなす過労と、それを当然だと思われている重圧にうちひしがれている今は、なおさらだった。いま洗うひまのないこの朝食の皿は、夜家に帰ったときそのままここにあるだろう。掃除女は週二回しか来なかった。そして母親は家事から身を引いて、悲嘆と病気にふけっていた。

悲嘆の向かう先は、養子の息子のことだった。母は理屈抜きに、イアンがなにか危害に遭《あ》っていると言い張った。ときどきアイリーンは、母親はそう信じたがっているのではないかと思った。そのほうが、息子が自発的に自分を離れたと思うよりいいのではないか。

いろいろあるにせよ、アイリーン自身はイアンがいなくなったことを喜んでいた。母親から逃れることが彼の唯一のチャンスだった。手紙を書かないのも思慮深いことだった。手紙は追跡されるから。でも彼女は弟の不在を寂しく思った……。

キリリとした一月の大気のなかに出ると、監獄から解き放たれたようだった。今日は自転車に乗ることにした。八時四〇分のバスを逃したからだ。

今朝は道路のところどころに霜が下りていた。アイリーンはそれをものともしなかった。ヒューエンデン・ロードを下る教会までの長い急傾斜の一直線を、彼女は自転車の走るにまかせ、冷たい風を顔に受けて楽しんだ。クレイン・ロードの交差点の赤信号から二〇ヤード手前で両手のブレーキをかけ、キーッと音を立てて止まった。自転車の前輪は停止線の上でぐらついていた。クレイン・ロードを慎重に曲がってきた市バスの運転手は彼女をにらみつけた。彼女はにやっと笑い返し、運転手の渋面はしぶしぶ笑顔に変わった。アイリーンの気分はよくなった。けれども水曜はいやな朝だった。最初の授業が、アイリーンが好きでない第四学年のあるクラスから始まるからだった。扱いにくい年頃なのはもちろんだ。一三歳と一四歳の少女たちは体ばかり大きくてぎごちなく、魅力的でなかった。彼女たちはすぐつまらないことでクスクス笑った。今年の生徒はとくに不愉快な子供たちだった。そのなかの一人に、とがった顔をした雌の子ギツネ、サンドラ・カウイーがいた。ものも言わずに無礼な態度をとり、人を扇動して愚かな報復をすることにかけては、その子は完璧な技を身につけていた。アイリーンはこの種の罠《わな》には引っかからなかったが、そのためには緊張を強《し》いられた。

今日、生徒たちが体操用の黒いショートパンツと白のブラウスで体育館に入ってきたとき、アイリーンはなにかが起こりそうな予感がした。

彼女たちには押し殺した興奮の気配があり、アイリーンの訓練された目はそれを見逃さなかった。

「サンドラはどこ?」アイリーンは鋭く言った。

それに答えるように更衣室のドアが開き、サンドラ・カウイーが真っ裸で、小股で気取って歩き出てきた。数人の少女がクスクス笑いはじめた。

アイリーンは経験から、怒りを見せることはしなかった。

「服を着なさい、サンドラ」ちょっといらいらした口調で彼女は言った。「もう始めなくては」

「プラット先生、お願い、今日はこの格好で体育をやっていい?」

「いけません! ばかなことは言わないの」

サンドラは骨張ったちいさな裸体をアーチ状に反《そ》らし、妙な姿勢をとった。両手は頭の後ろで結ばれた。生徒たちの興奮した忍び笑いから、これがこのジョークのクライマックスだとわかった。アイリーンは自分の頬が真っ赤になるのを感じた。ダグラス・トループのヌード画のへたな模倣を認めたのだ。

アイリーンはゆっくりとサンドラに近づき、少女が身体をまっすぐにして目を伏せるまで、じっと見つめた。

「服を着るように言ったはずですよ」彼女は静かに言った。サンドラはこそこそと逃げ出した。いったいどうしてあれが漏れたんだろう？　すぐに学校じゅうに広まるだろう。ダグラスはなんて不注意な。でもまさか彼がそんな……。

時計はのろのろと進み、ようやく九時四五分になり、クラスは解散した。でもまだ休みはない。今度は第六学年だ。

彼女たちにはネットボールをさせた。気持ちが動揺して体操の指導などできなかったからだ。いつものように、背の高いクリスティーン・アンダーソンの優雅な姿がゲームを主導した。彼女は学校がここ数年間に輩出した、唯一本物の運動選手候補だった。しかし野心が足りない。彼女の頭のなかは男の子のことでいっぱいだ。その反対の極にいるのがメアリ・ライリーだった。哀れを誘う太っちょで、めがねがなければ見えないも同然の彼女は、ボールがくるたびにおずおずと非力な攻撃をしていた。

アイリーンはこうしたことをすべて、とくに意識もせずに観察した。彼女はまだ、前の授業の屈辱的な場面のことを考えていた。しかししだいに、彼女のもつ平衡感覚とユーモア感覚が頭を持ち上げた。ダグラスと話をつけよう、すぐにも――

時計を見ると一〇時二五分だ。やれありがたい！

少女たちを解散させた。つぎはダグラスをつかまえるのだ――彼は一一時三〇分まで授業がない。彼女も空《あ》いていた。

しかしドアに行きかけたとき、一人の少女が駆け寄ってきた。

「プラット先生！」

アイリーンは振り向いた。ノラ・シップストーンだった。

「すみません、あの、お話できますか？」少女は動揺していた。

「それが、わたし――」アイリーンは言いはじめたが、女の子の心配そうな顔を見て気を変えた。「いいわよ。着替えをして、わたしの部屋にいらっしゃい」

アイリーンの部屋は大きめの戸棚といっていいほど狭く、小さな窓が一つついていた。机と二脚の椅子、それだけでいっぱいになった。それでもそこは彼女だけの部屋だった。

ノラ・シップストーンは地元の牧師の娘だった。小柄なやせた少女で、茶色の前髪を切り下げ、ハシバミ色の目をしていた。勉強はたいしたことはなく、競技でも並だった。

アイリーンはいつもは人の性格を読み取るのに長《た》けているのだが、ノラの控えめな態度に最初はだまされていた。イアンがこの少女に関心を持ってからはじめて、アイリーンは注意して彼女を観察し、その目に力強い性格を見たのだった。

「イアンのことなんです」ノラは言いはじめた。

アイリーンもそれは察していた。しかしつぎのことばは思いがけないものだった。「わたし、彼は死んでると思います」

午前の休み時間で、校庭の騒音が高まってきた。アイリーンは体を伸ばして窓を閉めた。

「なぜそう言うの？」彼女は静かに尋ねた。恐れがひやりと胸を刺した。

「彼は手紙をくれません」ノラは言った。

アイリーンはほっと息を漏らした。それだけのことか……「彼は手紙をくれない」、それは母がオウムのように意味もなく繰り返していることばだった。彼がなぜ手紙を書かなきゃならないの？

「彼は書くって約束したんです」ノラは言い足した。

「約束した？　いつ？」

「彼がいなくなった夜」

「あなたはあの夜彼に会ったの？」

少女はうなずいた。

「それを話してちょうだい」アイリーンは言った。

あの夜、六時一〇分前ごろ、ノラが牧師館の書斎で宿題をやっていると、窓がノックされた。それはイアン・プラットが以前彼女に教えた特別なノックだった。

ノラは裏口のドアから抜け出すと、ぐるりと回って、生け垣と家の横手の間で待っているイアンのところに行った。彼はオーバーコートを着てスーツケースを持っていた。明かりのついた窓からノラが見えたので、と彼は言った。

「でもあなたたちはもう終わったと思ってたけど」アイリーンは口をはさんだ。

ノラは肩をすくめた。「彼はどうしてもだれかに話したかったんだと思うわ。彼はひどく興奮してました。家を出てもう戻らない、とわたしに言ったわ」

「どこへ行くか、言った？」アイリーンは訊いた。

「いいえ。でも……」

「なに？」

「あの、彼はお父さんのことを話したわ――本当の父親のほうのことよ。そしてそのとき、しゃべったことをだれにも言うなとわたしに約束させたわ。だからわたし考えたの――」

「彼が行って父親と暮らすと思った？」

「ええ」

「でも行かなかったのは知ってるわね。警察が調べたわ」

ノラは辛《つら》そうにうなずいた。「わたしはまだ、彼が行こうとしたのはそこだったと思ってるわ」

「じゃあ、ノラ、なにを心配してるの？　もし彼が事故に遭ったなら――」

「わたしは事故とは考えてなかったの」ノラは静かに言った。

休み時間の終わりを告げるベルが鳴った。

「戻ったほうがいいのでは――？」アイリーンは上の空で言った。少女は首を振った。

アイリーンはパニックを起こしかけていた。ノラの冷静なことばにショックを受けた。それは、母親が言い募《つの》る災難の予感、あるいはニコルソン警部が感じる漠然とした疑念さえも上回る効果をもった。はじめて、イアンの引き続く沈黙が思慮深いというよりも不吉なものに思えてきた。

「わかるでしょう」ノラは続けた。「彼はなにか危険なことに巻き込まれたの」

イアンはだいぶ前にノラを捨てていたが、ノラはまだ彼のことをよく気をつけていて、彼の気分に敏感だった。イアンの変化に気づいたのは、いなくなる一か月ほど前だった。それまでの彼の行動は、社会の不正に対してやみくもに腹を立てて暴れている感じだった。

「彼はいつかは気がついたでしょう」ノラは言った。「センスがあるんだから、いつまでもばかみたいなまねはしなかったでしょう。彼は、だれもが自分に敵対してると思ったの。わたしのことまで。でも、いつかは気がついたはずよ。ただ……なにかが起こって」

彼女はその日付けまでほぼ確定できた。一〇月二〇日——あるいはその前後の日。状況は、彼がとつぜん金を手にしたということだけではなかった。彼の態度が変わった。ちょっとした虚勢と、ほとんど自暴自棄の気配が加わった。

「プラット先生、彼は先生たちにひどいことを言ったりしたのよ」

アイリーンはうなずいた。イアンの生意気ぶりについてはいろいろ聞かされていた。

「でもわからないんだけど、どうして彼が危険だと思うの?」アイリーンは訊いた。

「わたしにはわかるの」ノラは頑固に言った。「彼は怖がってたわ。わたしにはそれがわかった。それに恥じてもいたわ……」

アイリーンは家でのイアンの最後の数週間に思いを馳《は》せた。母親との口論はますます頻繁に、ますます激しくなっていた。二人のあいだの緊張は見るも恐ろしいほどのものだったので、アイリーンはそれ以外のことなど考えていられなかった。でも彼はたしかにお金を持っていた。

彼女はそのことを思い出した。イアンは自転車を買った。新しい服も買った。そのときはそれを、母が彼の愛情を買おうとして金を出しているのか、と考えていたのだ。

「彼はクリスマスに詩を送ってくれると言ったわ」ノラが言っていた。

「詩を?」

「それまでに便りがなくても心配するなって言ったの。でもクリスマスの詩は書くって。だれにも消印を知らせないようにって言われたわ」

「それは一一月のことね」アイリーンは指摘した。「クリスマスの一か月以上も前よ」

少女はさっと赤くなった。「彼は忘れないわ。わたしが心配するってわかってるもの」

「ノラ、いやなことは言いたくないけど、イアンはそれまであなたにあまり思いやりを見せなかったでしょう? あの若いあばずれと遊びまわったりして」

ノラは落ち着いて彼女を見ていた。「プラット先生、わたしにはわかるの。イアンは、できることならその詩をかならずわたしに送ってたわ。わたしには、ともかくわかるの」

「警察には行った?」

警察には行っていた。警察は、イアンがいなくなった当初彼女に問い合わせていた。ニコルソン警部は彼女がかつてイアンのガールフレンドだったのを知って、彼のことを質問した。彼女は約束を忠実に守って、水曜の夕方少年が来たことはなにも言わなかった。

しかしクリスマスがきてイアンからなにも言ってこなかったとき、ノラは両親の忠告にしたがって警察署に出かけ、この話をすっかりした。

「ニコルソン警部に?」

「いいえ、もうひとりの、大きい人」

「キャメロン部長刑事?」

「ええ……すっかり書き取って、調べてみるって言ったわ。でも彼が関心をもったとは思えません」

関心をもつとは思えなかった。その話は、煮詰めてみればかなり内容の乏しい話で、実際的なキャメロンが感銘を受けるようなものではなかった。

「それで今度はわたしのところに来たのね、ノラ。そのことでわたしはなにをしたらいいの?」とつぜん少女はとても幼げに見えた。「わかりません、プラット先生」彼女は途方に暮れたように言った。

2

「頭を動かさないで」

アイリーンは注意深くカップを置いた。「頭を動かさないでどうやってコーヒーを飲むの?」

「あとちょっとだから」ダグラスはたえずちらちらと彼女を見やりながら、メニューの裏に鉛筆ですばやく、確かな線を描いていった。

「ほら、これ。どうだ?」アイリーンにその紙を手渡した。

アイリーンはダグラスの描く自分のスケッチを見ると、いつも少し動揺した。それは自分の声をテープで聞くときのようだった。

「わたしの口ってほんとにこんなに大きい?」彼女は疑わしそうに言った。

「もっと大きいよ」彼は笑った。

でもよくできていた。人の顔にこれほど生命と性格を吹き込むことができるなんて、すごいわ。

ダグラスはコーヒーをかき回しながら言った。「いつか、きみの全身をもう一枚描きたい。ぼくの考えでは――」

「着衣? それとも非着衣?」アイリーンは口を入れた。

「なに?――ああ! もちろんヌードだよ」

「もちろん、ね。学校の子供たちにこそこそ笑われるためのもう一枚ね」

「なんのことだ?」

「ダグラス、生徒のカウイーがなんであの絵を見たの? 約束したじゃないの、あなたは――」

彼はにっこりした。「今日ここに引っ張ってきたのはそのためか? きびしく取り調べるため?」

彼らはいつもは学校の食堂で昼食をとった。今日、アイリーンは外に食べにいこうと言い張り、彼らは〈グリーンリーフ〉を選んだ。

「それもあるわ」アイリーンは答えた。

「じつを言うと」とダグラスは爪をいじりながら言った。「あれを学校の美術室に掛けたのさ。あそこに活気を与えたくて」

「なんですって！」それから彼女は彼のにやにや笑いに気づいた。「ダーリン、そんないじめ方はないわ」

「ごめん……サンドラ・カウイーがあの絵を見たはずはないな。絵はぼくの部屋を出たことがないし、あの子は部屋に入ったことはない。きっとジェニーが話したんだ」

「ああそう、ジェニーね」アイリーンは冷たく言った。ジェニファー・カウイーはサンドラの姉で、市の収入役事務所のタイピストだが、ひまな時間にモデルをしていた。とくにダグラス・トループのモデルをしていた。アイリーンは、彼のアトリエの数々のカンバスで、ジェニーのからだについてはすみずみまで知っていた。あるとき彼女は「わたしだっていい脚してるのよ」と不機嫌に言ったことがある。あれは彼に描いてもらったときだった……。

アイリーンはジェニーに嫉妬していたわけではなかった。少なくともそう自分に言い聞かせようとしていた。モデルなんか、画家はたいして気にしないと人は言う。しかし彼女は、ジェニーがそんなに魅力的でなければいいのにと思った。

「子供たちが話してたか？」ダグラスは訊《き》いた。

「なんだと思ってるの？　学校じゅうに広まってるわよ。今にきっと親たちが聞きつけるでしょう。わたしは、みだらな女、ということになるわ」

ダグラスはあくびをした。「好色な人種のことは心配しないでいいよ、きみ。彼らは貧者同様、つねにわれわれの味方だ」

このように超然として同情を見せないのがダグラスの特徴だった。彼は普通の人とは違う価値観をもっていた。アイリーンにとってそれは彼の魅力の一部だった。

彼が気まぐれでなかったらどんなにいいことか。今日は彼のいい日のようだった。だが日によって彼は険悪な鬱《ふさ》ぎの気分にとりつかれ、アイリーンがなにをしてもなにを言っても、彼をそこから引き出すことができなかった。近頃彼はますます悪くなっていた。それともそれは、彼女自身が悩みを抱えているために彼にうまく対処する余裕をなくしているせいかもしれなかった。

「好色な人たちはそれを非難するときみは思うだろうが」とダグラスは注釈をつけた。「人はテーブルクロスの卵のしみは大目に見ても、歯を鳴らして食べるのには我慢できないものだ。それに見てごらん――」彼は話をやめた。「きみは聞いてない」咎《とが》めるように言った。

アイリーンは皿の上でパンをもて遊んでこなごなにしていた。彼に話すべきかどうか考えていた。彼をここにつれてきたのはイアンのことを話すためだった。しかしノラと別れた今、あのひたむきな小さな顔と不安そうな目を離れてみると、それはまるで非現実的で、少々滑稽な話に思えてきた。

「言えよ、きみ」彼は言った。「一五ポンドも払って、スフィンクスみたいに黙りこくったきみを前に、こんな寒いところで食事をするのはごめんだぞ」

彼女は話した。

ダグラスは感銘を受けなかった。「のぼせ上がってるんだよ、あの子は」彼は言った。「そういう状態の女の子はなんでも信じ込むのさ」

「のぼせ上がってるというのは正しくないわ。イアンに対する彼女の気持ちには心の平衡を欠いてるところはないわ。ノラはイアンの欠点もわかってるし」

「それじゃあ、愛か？　きみはそれを愛と言うのか？　一六歳の女の子が？」

「わからないわ」それを議論してもしかたなかった。アイリーンがひとつ確かなのは、ノラのイアンへの絶対の献身だった。なにものもそれを取り払えないだろう。おそらく彼の死を除いては……。

「ともかく」とアイリーンは言った。「イアンのポケットにお金が急に流れ込んできたのは変じゃない？」

「ああ」ダグラスは認めた。「たしかに変だ……なにか考えはある？」

アイリーンは首を振った。「彼が盗んだのでないかぎり」疑いながらも言った。「でもイアンがどろぼうだなんて、とても考えられない」

「それでも調べてみる価値はある……一〇月二〇日とノラは言ったんだな？」

「ええ」

「よし。きみとぼくとで調べてみるんだ……さあ、ここを出よう。勘定！」

二人は学校が終わると、公立図書館へ向かった。アイリーンはホッケーの試合の審判をしたあとで疲れていた。家に帰りたい気分だったが、ダグラスの誘いに応じた。どっちにしても母の本を取り替える用事があった。

シルブリッジ・アドヴァタイザーの一〇月分はまだ綴じ込まれていなかった。ダグラスは一〇月一九日で始まる週の、綴じていない新聞の束を読書室に持っていった。その間アイリーンは母のための本を選んだ。プラット夫人が読みたい小説には一定のきまりがあった。それは「ロマンティック」でなければならず、「気持ちのいいもの」でなければならなかった。ということは、暴力や不愉快なことが書いてあってはだめで、実人生に似たものではだめだった。アイリーンは一〇分かけて、これを満足させる現実逃避者の本を二冊見つけた。母親の「でもおまえ、これはもう読んだよ」とすねる声が、彼女にはすでに聞こえるような気がした。

アイリーンが読書室のダグラスのところに行くと、彼はしてやったりという顔をして、自分の前のテーブルに広げた新聞を示した。それは一〇月二二日木曜付のアドヴァタイザーで、彼が指しているのは「地元の宝石商襲われる」と題した記事だった。それにはこうあった。「水曜の早朝、ハイ・ストリート三七番地の時計屋ジュリアス・シャピロ氏の家屋に泥棒が入り、かなりの商品をもって逃亡した。損害はおよその見積もりで五千ポンドにのぼる。……シルブリッジ署犯罪捜査部のマーンズ主任警部は昨夜、警察は有望な手がかりを捜査中で早期逮捕が期待される、と述べた」

アイリーンはそれで思い出した。それ以後逮捕はなく、事件のあと「われわれはなんのために警察に金を払っているのか？」というお定まりの憤慨の手紙がどっと編集長に寄せられた。

「それで、これをどう思う？」ダグラスは小声で言った。

アイリーンは感情を交えずに考えようとした。イアンはここ一年、さまざまな予想外のことをしていたので、押し込みまではやっていない、と確信をもって言えなかった。それでも一人ではできなかったはずだ。新聞はそれを「プロの仕事」と書いていた。それにイアンは盗んだ宝石の処分の仕方を知らなかっただろう。アイリーンには、彼が（コールマンから聞き覚えたことばで）「社会の寄生虫」とみなす人から奪うことは想像——ただの想像だが——できた。しかしシャピロはイアンも知っている穏やかな小男で、イアンの級友の父親だった。

「わたしは信じないわ」彼女はそっとダグラスに言った。「ほかになかったの？　たしかわたしの記憶では——」

彼はおもしろくなさそうな顔をした。「この週はシルブリッジでは犯罪に乏しかった。セント・グレゴリー駅の販売機から四七本の棒チョコが盗まれた。リアルト座の前で女がハンドバッグをひったくられた。二三ポンド六ペンス入ってた、と書いてあったかな」彼は新聞のページをめくりはじめた。「それと、ある教会で寄付金箱がこじ開けられた。そっちの記事は——」

彼女は彼を止めた。「前のページに戻って」

そうだ、これだった。女の写真だ。これを覚えていたのだ。警察の無能を言い立てるさきの手紙は、二つの未解決事件が誘発したものだった。ひとつはシャピロの店の盗難、もうひとつはこの女の死だった。

女の名前はルシア・フィンゲッティで、クレイン・ロードの父親のカフェで働いていた。彼女の死体が発見されたのは家から一〇〇ヤードと離れていないポッター・ストリートで、一〇月二〇日火曜の夜遅くだった。車に轢《ひ》かれ、ドライバーは止まらなかった。事故を目撃したものはいなかった。そして車は見つからなかった。

アイリーンは当時ショックを受けた。ほんの数日前にその女に会っていたからだ。あるパーティーで、いやダンスパーティーだった。そうだわ、ラグビー部卒業生のダンスの会だった。ルシアはそこに現われた。しつこい感じのイタリア美人で、ちょっと太り気味だが肉感的だった。

「彼女を知ってるでしょう、ダグラス」思い出しながら訊いた。

「なに？　なにを言ってるんだよ」彼は苛立《いらだ》たしげな口調で言った。

「ダンスの会で、覚えてる？」ダグラスがまだ無表情でいるので、アイリーンは新聞を軽くたたいた。「フィンゲッティの子よ。彼女を忘れたなんて言わせないわ」

「言っとくけど、この女は知らなかったよ」ダグラスは怒って声を上げた。

「シッ！」隣のテーブルで園芸誌フィールドを読んでいた初老の男が彼らをにらんだ。

二人は新聞をカウンターに戻し、外に出た。ダグラスが不機嫌なことは彼の口の線からわかった。アイリーンは黙って車の彼の隣に乗り込み、自転車の置いてある学校まで乗っていった。アイリーンはとても疲れていて骨の折れることはしたくなかった。でもまだだ。ダグラスをこのままにしておくわけにはいかなかった。

「なにをいらいらしているの、ダーリン？」学校の門前で車が止まったとき、彼女は言った。

「ぼくがいらいら？」ダグラスは冷たく彼女を見た。

ダグラスはすねると赤ん坊のようになった。声さえ変わるようだった。

もう一度やってみた。「わたしがなにをしたの、ダグラス？」それでも答えないのでこう言った。「あの子のこと？　あの女の子のことをああ言ってはいけなかったの？」

「ばか言うなよ。ただ――その、ぼくの言ったことを無視したきみの態度がいやだった。泥棒のことを言ってるんだよ。ぼくがわざわざ苦労したのに」

そうだったのか。彼の意見に熱意を見せなかったので腹を立てたのか。たしかに、ちょっと無頓着だったかもしれない。

「ごめんなさい、ダーリン」アイリーンは後悔して言った。「わたしは無視したんじゃないの。イアンが泥棒とは考えられなかったの。でもそのことは警察に言うわ」

「きみの友達のニコルソンに？」

母が話したにちがいない。

「たぶんね。妬《や》ける？」

「モーリス・ニコルソンのことを？　よしてくれよ。ぼくたちは学校が一緒だったんだぞ」

これには彼女が驚いた。「彼はどんなふうだった？」アイリーンは訊いた。

「きみが考えてるとおりさ。たいへん聡明で、ついにはセントアンドルーズ大学のスカラシップをもらった」

「なんで彼は警察官になったのかしら」

「いつも社会改良を夢見てたからね。社会の良心ってやつか。世の中の人を勝手に暮らすがままにしておけないんだな」ダグラスはたしかにちょっと嫉妬してる、と彼女は思った。でも少なくとも不機嫌から脱しつつあった。

駐車場から出てきた青いコルチナが舗装した広場を走ってきて校門を出ていった。ドライバーは通り過ぎながら彼らに手を振った。

「きみの同僚は今夜は遅いんだな」ダグラスが言った。

それは体育の主任教師のトム・キングだった。

「よく遅くまで仕事をするのよ。彼は勉強してるの」

「勉強？　あの筋肉マンが？」ダグラスの口調は軽蔑を表していた。

アイリーンはため息をついた。キングを弁護すればまた新たな危機があることは予想できた。キングを弁護したいわけではなかったが……。

「あの子をダンスパーティーに連れてきたのはキングだよ」ダグラスが思いがけないことを言った。

「どの子？　ああ、ルシア・フィンゲッティのこと？　そうだわ、あなたの言うとおりだわ」

ルシアはキングが好みそうな女の子だった。彼はきれいな子をつかまえたがった。深みにはまる前に逃げ出すにはそのほうが簡単だから、という理屈からだった。彼はだいたい月替わりで新しい女の子をつかまえていた。

そうだった。ルシアはキングの連れとしてパーティーに来ていた。でもルシアはいろんな人の相手をしていた、とアイリーンは思い出していた。ルシアを紹介してくれたのはキングではなく、ダグラスだった。しかもダグラスは彼女を会ったばかりの人としてではなく、友達としてアイリーンに紹介した。それでも……。まあ、いいか！　たいしたことじゃないわ。

その夜のルシアについてのもう一つの印象がよみがえった。化粧室で口紅を塗っているルシアの様子にアイリーンはふと、もしやと思ったのだが……。

「ダグラス」彼女は言ってみた。「たしかあなたはルシアが――」ことばを止めた。

「なんだ？」彼はうながした。

「いえ、なんでもないわ」それを言ってはフェアではない。あの子は死んだのだ。

「きみは一度しか会ってない女の子になんでそんなに関心があるんだ？」

答えられなかった。新聞で女の写真を見たことで、彼女の死を最初に読んだときのショックが戻ってきたのだ。あんなに活気にあふれていた彼女が……。

「部屋に寄って、家に帰るまえに一杯飲んでいけよ」ダグラスは誘った。

「そうしたいけど、でも――」

彼は大きく息をついた。「わかってるよ。朝食の皿を洗い、夕飯をつくり、アイロンをかけなきゃ、だろ？」

「でも、それはわたしのせいじゃないわ」必死で涙を見せないようにした。今夜はとくに疲れを感じた。

しかしダグラスもわかっていないわけではなかった。

「かわいそうなアイリーン」彼はにっこりしながら言った。「きみはよくいる、世に与える人なのさ、そうじゃないか？　感謝を求めてはいけないよ。世間の仕組みはそうなってない。きみがわれわれにしてくれればくれるほど、われわれはきみを食いものにして太るんだ。そうは言ってもわれわれはきみを必要とする……ぼくはきみを必要とする」

彼は腕をまわし、静かに彼女を引き寄せた。

3

アイリーンはトム・キングとの関係を仕事に限っていた。三年前、彼女が高校の教師になった最初の月に、キングは彼女を二度ほどディナーに連れ出した。申し分のない上品なデートで、彼のふるまいも非の打ちどころがなかった。しかしアイリーンは落ち着かなかった。三度目の誘いを、彼女は断わった。そのころにはすでにダグラス・トループと知り合っていたのだが、断わったのはそれが主な理由ではなかった。トム・キングにはなんとなく、彼女に反発を起こさせるものがあった。

キングは背が高く、金髪で、均整のとれた身体をしていた。彼は自分の容姿にナルシシスト的プライドをもっていた。エディンバラ大学で科学の学位をとったあと、キングはアバディーン大学で体育教育の免状をもらった。シルブリッジは彼の二度目の職場だった。それ以前はカーゴワン・アカデミーで二年ほど助手を勤めた。
キングがこの職業を選んだのは、彼が身体壮健《フィジカル・フィットネス》に病的執着をもっていたせいだった。三〇代半ばとなった今でも毎日朝食前に一マイル走り、日課の体操を欠かさなかった。それに彼は絶対禁酒主義者で、たばこもやらなかった。

彼はよく笑顔を見せたがそこには気持ちがこもっていなかった。アイリーンにも笑いかけたが、だからといって彼女を嫌っていることを隠せはしなかった。言い寄った彼をはねつけた彼女を、彼は許していなかった。

トム・キングがこれまで三年間にもったガールフレンドの数を、アイリーンはとうに数えられなくなっていた。女たちは火に飛んでくる蛾《が》のように、やって来ては去っていった。もしかしたらキングには、彼がほのめかしているほどの強い性的能力はないのかもしれない、とアイリーンはよからぬことを考えた。女たちのほうが彼をいやになったのかもしれない。いずれにしても彼は結婚したことがなかった。

キングは野心的な男で、しかも勤勉だった。仕事では有能だが、アイリーンの好みからするとあまりにも規律に厳しかった。彼は少年たちを新兵のように訓練した。

アイリーンが教師陣に加わったとき、キングは実際には彼女の上司であるにもかかわらず、さかんに「平等の仲間関係」と「連帯取り組み方式」を約束した。実際はそうはならなかった。彼は、備品の発注・配布、時間割の作成、試合の設定など、すべての管理事務を一人でやった。

彼がアイリーンに相談するのはそれが避けがたい場合だけだった。彼女としては、自分の授業に口を出されないかぎり、それで満足していた。

しかし今朝のように、彼に会わなければならないときもあった。アイリーンは彼のドアをノックした。

「どうぞ」ドアを開けた。「ああ！　きみか、アイリーン。まあ腰かけて。ちょいの間、失礼するよ」すたれかかったくだけた言葉を使うために、彼の話ぶりはときどき年配のお人好しのそれのように聞こえた。

キングの部屋はアイリーンのとは正反対で、広々として設備が整い、居心地がよかった。そこは体育館の別室ともいうべき位置にあり、もともとは用具の倉庫として設計されたものだった。それをキングが、オフィスとして使ったほうが有益だ、とハドルストン博士を説得したのだ。自分の部屋を持たないほかの職員からはブツブツ不平が出たが、校長は承認した。用具の多くは今は外の小屋に収納されていた。

キングは今、記録カードの仕事をしていた。彼はエディンバラ大学の博士課程のための臨時研究員として登録されていた。アイリーンは一度、なんの研究か説明されたことがある――たしか運動と疲労の関係についてということだった――しかし彼女にはよくわからなかった。アイリーンはキングの研究をまじめに受け取れないでいた。なぜならキングは生まれつき愚かな男に見えたから。しかしそれは不公平な見方かもしれない。ともかくも彼は生理学で優等の学士号をもらったのだから。生徒たちは彼のモルモットであり、ファイリング・キャビネットにはこまごまとした資料が詰まっていた。

「さて、それではと」彼はカードを脇に置いて、言った。「ご用のむきは？」

それはつまらない問題だがある意味では重要なことだった。つぎの水曜の午後にホッケーチームが初めてグラスゴー・ハイスクールと対戦することになっていた。ところがフォワードのスター選手であるクリスティーン・アンダーソンは出場許可を得られなかった。ブラッドレーの病気のあいだ、彼に代わって第六学年のラテン語を担当している若いハーヴィー・ピットは、彼女の成績があまりひどいので、授業を抜けるのを許さなかったのだ。アイリーンは彼女に同情はしなかったものの、これまでにない好成績を上げて負けを知らないでいるチームのためには残念に思った。

「ピットには話したの？」キングが訊《き》いた。

「ええ、でも望みなしです。彼はホッケースティックの上と下の区別もつかない人で、それを気にもしてません」

キングは両手の指の先を突き合わせた。お気に入りのポーズだ。「わたしが思うには」と思慮深そうに言った。「これはまさしくもっと上の裁量を仰ぐケースだ。そう、たしかに」彼はノートにメモをとった。

彼にも使い道がある、とアイリーンは認めざるを得なかった。彼女だったらこんなことで校長に会いにいく気にはなれない。キングならためらうことなくそれをやり、かえって点を稼ぐにちがいない。

「老ブラッドレーのために言わせてもらえば」とキングは言った。「彼ならこんなめんどうはかけなかっただろう。彼は、働くばかりで遊ばないのはなんとやら……ってことを知ってただろうからね。哀れなやつ」彼はつけ加えた。「彼は重病だと聞いてるよ」

「もっと悪くなったんですか?」ブラッドレーは病院で数週間を過ごした後、クリスマスの直前に手術を受けていた。

「ああ、手術は成功したと思うよ。しかし時間の問題だな」彼は胸をたたいた。「やっぱり、ほら、肺ガンさ」

それは彼女が恐れていたことだった。なぜいつもいい人ばかりが——。

「もちろん」とキングは言っていた。「もし六〇で死んでもいいのなら、ああいう生き方もいいさ。日に四〇本吸うとはね。わたし個人としては同情しないね」

「そんな独りよがりはやめてほしいわ、トム」彼女は自分を抑えることができなかった。「ともかく、人生を年数で計ることはできないわ。ブラッドレーが六〇年でしたことはだれにも——」

「ああ、それはそうかもしれない」キングは笑顔を見せていた。「しかしわたしは八〇代まで健康な二つの肺をもっていたいな」

他人の病気や死に満足を覚える——彼の最も不愉快な習性の一つはそれだった。それが依って来たるところは、自分の健康についての自信だった。彼もたまには病気になったほうが健全なのに、とアイリーンはときどき思った。しかしキングは病気になったことがなかった。三年間で風邪ひとつ引かなかった。

彼の顔に張り付いた笑顔で、アイリーンは彼を怒らせてしまったことがわかった。どんな仕返しをしてくるだろう。たぶんダグラスをけなす言葉だろう。これまでにもダグラスのひ弱さについてなにかと言われていた。

しかし違った。今回は別の方面を攻めてきた。

「まだ弟さんから連絡はないの、アイリーン？」

彼女は首を振った。

「彼と家族の間にはそれほど愛情がない、そうだろう？　つまり、きみは弟のことを気にかけてないね」とりわけその笑顔のせいで、言葉はいっそう無礼に聞こえた。

もうたくさんだ、と彼女は思った。「たぶん彼は連絡をとれないんだと思うわ」彼女は言った。

「どういうことだ？」

「死人は手紙を書けませんもの」

今度こそ、アイリーンが与えたショックでキングは黙った。

それはばかげたメロドラマ風の報復だった。それなのに、体育館を横切って戻る彼女に、あの奇妙な、恐怖の身震いが戻ってきた。その思いつきは、一度植えこまれたあとは急速に根を張った。

休憩時間にノラ・シップストーンがまたやってきた。

「まだなにもしてないわ、ノラ」アイリーンはまず言った。「今夜警察署に行くつもり、でも

――」

「そのことじゃないんです、プラット先生。イアンの日記のことを考えてたの」

「それがどうかして？」

イアンは一二歳のとき以来日記をつけていた。それは普通の日常雑事の記録ではなかった。最初の一、二か月はそうだったのだが、彼はすぐにそういう記録には飽きた。彼は日記に自分の思考を記録した。詩のための着想、読んだ本や見た映画の感想。一度アイリーンに日記の一部を読ませたことがあった。彼女はこれで、家族に神童がいると確信した。その後彼は少し隠したがるようになった。たぶんノラのことに触れる箇所がでてきたからだろう。そして養子騒動が起きたあとの最後の段階では、彼はその日記を国家機密のように守っていた。

「先生――彼は日記を残してった？」ノラは訊いた。

「いいえ。警察もそれを捜してたわ。でも見つけたのは屋根裏にあったほんの初期のものだけ」

ノラはがっかりしたようだった。「彼がまだ持ってるんだわ。あれがあればなにかわかったのに。彼は授業中に日記を書いてたのよ。最後の午後――いなくなった日よ――ブラッドレー先生が彼を捕まえてそれを取り上げたの。ああ！　恐ろしかったわ、プラット先生。イアンがなぐりかかるかと思った」

「でも彼は取り戻したんでしょ？」

「ええ、ブラッドレー先生が返したの。『きみのけちな秘密をしまっときなさい』って、そう言ったわ」

アイリーンにある考えが浮かんだ。「レニー・ファーガソンは彼の友達だったわね？」

「ええ」

「彼をどのくらい知ってる？」

「彼とは同じクラスよ」ノラの言い方は用心深かった。

「彼ならきっと、イアンがしようとしてたことをなにか知ってるわ。もちろん警察がもう彼を調べたけど、思いついたことがあるの……」

「わたしの魅力を使ってみますけど、プラット先生、でも——」彼女はためらい、まばたきをした。「——わたしのセックスはお門違いなの。レニーには、という意味よ」

「なんですって？」アイリーンは最初聞き違えたのかと思った。彼女はノラをとがめるようににらんだが、その顔を崩さずにはいられなかった。


アイリーンはキューピット巡査部長が油断しているところをつかまえようと、スイングドアをそっと抜けた。怠けていた巡査部長が電光石火の早わざでそわそわと忙しげにするのを見るのは、いつもおもしろかった。

しかしキューピットは今日は当番ではなかった。もうひとりの、感じのいいほう、マクローリー巡査部長がいた。

ニコルソン警部もいなかった。それにはひどくがっかりした。アイリーンはキャメロン部長刑事に面会を求め、犯罪捜査部の部屋に通された。

「こんにちは、アラン」彼にあいさつした。

「どうも……アイリーン」彼はぎごちなく答えた。

かわいそうなアラン！　私生活と仕事が重なると彼はどぎまぎするのだった。

アイリーンはカレッジの一年のときに赤毛のフィオーナ・ペイジと出会った。二人は気心が合った。ともに水泳、山登り、テニスを楽しんだ。それにダンスも。そのダンスの会でフィオーナはアラン・キャメロンに紹介された。彼らは三か月たたないうちに結婚した。フィオーナは卒業証書ももらわなかった。アイリーンは花嫁の付添役をつとめた。

一年のうちに子供が生まれ、一年半後に第二子が生まれた。今では友達から快活さがずいぶん失われたようにアイリーンには思えた。友達の重荷になっているのは母親としての苦労だけではなかった。フィオーナの夫は扱いやすい人とはいえなかった。

アラン・キャメロンは無から出発した。一四歳で学校を離れると、将来性のない仕事を転々としたあと一八歳で警察に入り、一〇年近くパトロールの警官を勤めた。彼は献身的で野心があり、ひまな時間を勉強に使った。一九五九年に犯罪捜査部への移動願いが許可された。二年後彼は昇進した。

一九六四年の夏に犯罪捜査部のグリーン警部が本署に移動したとき、キャメロンは更なる昇進を望んだ。しかし代わりに選ばれてやって来たのはニコルソン警部だった。アイリーンはフィオーナから話を聞いたのだが、フィオーナはニコルソンを悪く言うばかりだった。フィオーナは夫を愛するあまりに批判眼を失っていたので、夫の先入観を笑い飛ばす代わりにそれを煽《あお》った。

キャメロンの敵意の底にあるのは先入観だった。アイリーンはそれを、彼の妻の言うことから感じ取った。ニコルソンは、教育、教養、立ち居振舞など、キャメロンがもっともうらやむものをすべて持っていた。

「フィオーナはどう?」アイリーンは訊いた。

「少し疲れてる。ドナルドが百日咳《ひゃくにちぜき》で寝てるので、睡眠不足なんだ。しかしまあ、文句は言えない」

彼は遅ればせに椅子をすすめた。

「ノラ・シップストーンがあなたに会いに来たと思うけど」アイリーンは腰をおろすと言った。

「ああ」

「あの子をどう思う?」

「いい娘だ」彼は笑顔になった。「でもあの子は思い違いをしてる。プラットは――」言い直した。「――イアンはずっと前に彼女を捨てた。なんでクリスマスに彼女に詩を送るんだ?」

「じゃあ、あなたはそれについてなにもしてないの?」

キャメロンはどうしようもない、といった身ぶりをした。「今イアンを見つけることはできないよ、アイリーン。彼が見つけられたいと思わないかぎりはね。彼は仕事を見つけるまで自分でやっていくだけの金は持っていた。今頃はうまく落ち着いてるだろう。彼にまかせるんだな」

キャメロンの声はイアンを嫌っていることを表していた。しかし以前からそうだったわけではない。去年の夏イアンが初めて面倒を起こしたとき、キャメロンは助けようとして、拒絶された。彼は昔のことを忘れない人だった。

「アラン、グラスゴーで見つかったというあのトマスって子だけど――あなたは目撃者と話したんでしょう？　タクシー運転手やなにかと」

彼はうなずいた。

「たしかにイアンだと思う？」

彼はためらった。「九五パーセントくらいは言える」

「わたしはそうは思ってないの」どこと指摘はできなかったが「D・トマス」に関するなにかが、イアンと結びつかなかった。

「ああ、それで？」キャメロンは動じなかった。

アイリーンは話の筋を変えた。「イアンがお金をどこで手に入れたか考えた？」

「われわれもそのことは検討した」

「彼がシャピロの押し込み泥棒にかかわってたとは思わなかった？」

彼は鋭く彼女を見た。「たしかに……しかし……われわれは……その考えを退けた」

彼のためらいをアイリーンは見逃さなかった。

「でもあなたはそう思ってないのね？」彼女は訊いた。

キャメロンが答えないのでこうつけ加えた。「たとえば、イアンが警察に密告すると脅《おど》したら、残りの一味はどうするか――」

彼は気短《きみじか》に口をはさんだ。「アイリーン、シャピロの件をやったやつはわかってるんだ。おれが言うんだから本当さ、やつらは蠅一匹傷つけやしない……きみの弟は家を出て忘れてるだけだよ。なんの危害にもあってない。これはおれだけの意見じゃない。マーンズさんも同じように考えてる」

「ニコルソンさんも？」アイリーンは無邪気に尋ねた。

彼は固い顔で見返した。「彼に訊いたらいいだろう」

4

「おまえかい？」

「はい、お母様」

アイリーンはコートを掛けると居間に入っていった。部屋を見ると、いつもながら気が重くなった。更紗《さらさ》模様だらけで安っぽい、おまけにたくさんのひどい飾り物。

プラット夫人はひじ掛け椅子にいて、脚を旅行用毛布でくるみ、膝に本を置いていた。

「遅かったわね」とがめるように言った。

「警察署に寄って、それで遅くなったの」

プラット夫人は顔を輝かせた。「彼は来るの？」

「だれ?」

「ニコルソン警部よ。彼に会いたいって、昨日言ったでしょ」

ああ、そうだった! アイリーンは忘れていた。「彼はいなかったのよ、お母様。会えたのはアラン・キャメロンよ」

「キャメロンでもよかったのに。彼に頼まなかったの?」

アイリーンは首を振った。

「それじゃ、あなたそこでなにしてたの?」母親は邪推しはじめた。「なにか隠してるわね」

「もちろん隠してなんかいないわ……こうしましょう、わたしがニコルソンさんに今電話して、明日来ていただけるか訊《き》くわ。それでいい?」

母親は病気の兆候として、電話に異常な恐怖感を持っていた。アイリーンは母に代わって電話の用をすべてしなければならなかった。

ニコルソンはまだオフィスにいなかったが、彼女は自宅のほうで彼をつかまえた。彼は明日プラット夫人を訪ねることを承諾した。「なにか特別なわけでも?」彼は訊いた。

「母は安心させてもらいたいんです。それだけです」アイリーンはためらい、そしてつけ加えた。「わたしもそう」

「失礼、なんと言いました?」

「わたしもあなたに話したいの」

しばらく沈黙があってからニコルソンは言った。「それじゃあ、どうでしょう、今夜うかがいましょうか？　それならお二人に会える」

「いえ、それはまずいわ。ここで母といっしょでは話せません。できたら――できたらどこかで会えないかしら？」

ふたたび間があってから、「今夜はずっと家にいます。寄りませんか？」

アイリーンが部屋に戻ると、プラット夫人は本を置いた。「それでおまえ、お友達に話したの？」

「彼は明日の朝来ますって」

「イアンのことをなにか言ってた？」

「いいえ」

「じゃあ、キャメロンは？」

アイリーンは同情を込めて母を見た。「お母様、警察にもまだ新しい知らせはないの」

母と心配を分かち合うようになった今、前よりも容易に同情できた。

「本はどう？」アイリーンは訊いた。

母は肩をすくめた。「まあまあだけど……もう一冊のほうは前に読んだわよ、アイリーン。あなたが覚えてないとは驚きだわ」

まあ、ともかく、五〇パーセントの成功率だ。平均以上だわ。アイリーンは夕食を作りに台所に立った。

ニコルソン警部はクレイン・ロードの東のはずれ、郵便局の近くに部屋を借りていた。

アイリーンの呼び鈴に出てきたのは下宿の女主人だった。背の高いやせた女で、茶色の髪をひっつめて後ろで丸めていた。彼女はアイリーンを疑わしそうに見てから中に入れた。それから左手のドアをノックして、声を上げた。「ニコルソンさん、レディがご面会ですよ」そして家の奥に引っ込んだ。

ニコルソンは濃い色のズボンにカーディガンの姿だった。

「よく来てくれました」彼は温かく言った。

部屋は広く、がらんとしていた。高い天井、大きな窓、古い形の重い家具。壁にはフロックコートの男たちや生気のない女たちの肖像画が掛かっていた。

中央の明かりは消してあり、フロアスタンドのオレンジ色の光が部屋の味気なさをいくらか和らげていた。床に置いたレコード・プレーヤーからはベートーヴェンのピアノソナタが鳴っていた。

「消しましょう」ニコルソンはかがんで言った。

「いえ、そのままで。それ、好きです」アイリーンはコートを脱ぎ、椅子に置いた。

「この部屋にはプライバシーがないんです。ああして立派な人たちが見下ろしてますから」ニコルソンは言った。「そう思いませんか?」

しかしアイリーンの目はマントルピースの上の額入りのスナップ写真に止まっていた。悲しい目をした濃色の髪の若い女。それは家主のレイドロー夫人とその先祖たちのものではない顔だった。

「ずっと下宿にお住まいなの？」アイリーンは訊いた。「つまり、警察に入って以来のことだけど」

少しの間があった。「いや、ずっとということはありません」彼は言った。やんわりとかわされてしまった。

ニコルソンは飲み物をすすめた。アイリーンはドライシェリーを選んだ。ニコルソンはスコッチ・アンド・ソーダにした。

アイリーンは飲み物を注ぐ彼を眺めた。ほっそりした、どちらかというと華奢《きやしや》な体格、濃い茶色の髪は退行しはじめている。よい形の口とあご。ハンサムと言えるがそれだけではない。知的で感覚の鋭そうな顔だ。

アイリーンは、マントルピースの上の女を見たにもかかわらず、ニコルソンが自分に関心を持っているのを知っていた。それはエディンバラのあの日にわかったし、今夜も明らかだった。

ニコルソンは、いい時に会っていたら、彼女が惹《ひ》かれたかもしれないタイプだった。ダグラスよりも思いやりがあるだろう。それは彼の目を見ればわかった。ダグラスは厳しい、利己的な目をしていた。しかし愛の不可思議な作用はそういったことまで配慮に入れなかったから……。

レコード・プレーヤーがカチッ、ブーンといって新しいレコードに変わった。今度はバッハだった。

ニコルソンはたばこを勧め、彼女が断わると自分のに火をつけた。

「さあ、話してください」彼は言った。「なにが心配なんです?」

彼女はこの二日間に起きたことをすべて話した。

話し終えると彼は尋ねた。「トマスが弟さんでないことを、どうして確信しているんですか?」

そのことはずっと考えていた。「ポーターなんです」彼女は言った。「あの少年はタクシーから列車まで、ポーターにスーツケースを運ばせたわ。イアンならそんなことはしません」

「なぜです?」

「そんなこと彼には思いつかなかったでしょう。一六歳でポーターを雇うなんて、上流階級出身でなきゃできないわ」

「人物確認ではかなり確実なんですがね。キャメロン部長刑事は——」

「アラン・キャメロンは九五パーセント確かだと言ってるわ。それではじゅうぶんではないでしょう」

ニコルソンは黙っていた。

「あなたはノラ・シップストーンと話した?」アイリーンは訊いた。

「一一月以降は話していません。その時は小さな牡蠣《かき》みたいに口を閉じてた」

「今は開いてるわ。ノラはイアンが死んでると思ってます、警部」そしてそっとつけ加えた。

「あなたもそう思ってる、そうじゃない?」

ニコルソンは飲み物にちょっと口をつけた。「言えるのは、わたしは同僚のように、すべてを見かけどおりだとする自信はないということです」

「なぜ?」

「主に自転車のせいです。なぜ彼はそれをエディンバラに送ったんだろう?」

「コールマンが言ったのは――」

「ええ――愛する父親へのプレゼント。しかし本当のようには聞こえなかった。わたしの受けた印象では、コールマンは自転車同様イアンが着くのを待っていた……なぜ彼は現われなかったんだろう」

ふたたびアイリーンはじわじわと恐れを感じた。

「それについてなにかしてるの?」彼女は問いかけた。

ニコルソンはカチリと音楽を止めた。「われわれの捜査は終了です、ミス・プラット」彼は静かに言った。「警察が捜査したかぎりでは、イアンはイングランドにいるのです」

「でもあなたはそれを信じてないわ」

「わたしには証拠がない。あるのは直感だけ。間違っているかもしれない……間違っていることを望みます」

「でも新しい証拠があればきっと――」

彼はにっこりした。「たしかに! しかしクリスマスに詩を約束しただけではとても足りません。どんな階級の少年がポーターを雇うかについての理論でも無理です」

彼はたばこの吸いさしを火に投げ入れ、また一本に火をつけた。

「わたしは自由に動けないが」彼は言った。「……もちろん、できることなら今、もう一度グラスゴーのあのホテルの従業員に訊いてみたいですね。イアンをよく知ってる人が行くのならなおいい……シェリーをもっといかが？」

彼女は彼をちらと鋭く見た。これはヒントだろうか？

「ありがとう」こう言ったが、シェリーへのお礼は一部分だった。

ニコルソンは自分のグラスにお代わりを注ぎながら、とつぜん言った。「わたしはカルヴァートンであなたのフィアンセといっしょでした」

「ダグラスに聞いたわ」

アイリーンは待った。ニコルソンは目的のない会話をする人ではない。

「もちろんわたしはダグラスより年上だが」彼はクリスチャン・ネームを意識的に使った。「いっしょにいたのは二年か、三年です。彼はクリケットのとてもいい選手だったと覚えています」

「まだやってるのよ」アイリーンは教えた。「でもくるぶしのせいで少し足が遅くなってるわ。足を痛めたのはご存じね？」

「そうでしたか……彼は学校のころのことをあなたに話したと思うが？」

「そんなには」もっと正確に言えば「ほとんどなにも」だった。ダグラスは過去については寡《か》黙《もく》だった。

ニコルソンはダグラスについて、なにかを知っていた。なにか不名誉なことを。彼女はそれを彼の顔から読み取ることができた。そして彼は話すべきかどうか迷っていた。

アイリーンはいら立った。学校時代の不行跡をなにか話すことでわたしがフィアンセに背を向けると、この人は本気で考えているのかしら?

アイリーンは立ち上がって暖炉のほうへ行った。「この方とてもきれいだわ」マントルピースの写真を指して言った。「大家さんの若いときかしら?」

ニコルソンも立ち上がった。「いや」彼は静かに言った。「それはわたしが知ってた人です」とたんに彼女は後悔した。思わず彼の腕に手をかけて言った。「ごめんなさい、モーリス、出過ぎたことを言ったわ」

「かまいません」彼は軽く言った。「ずっと前に終わったことです。ルースは結婚しました……ともかく、モーリスと言ってくれて、ありがとう」

「わたしはアイリーンよ」彼女は歯を見せて笑いながらつけ加えた。「そしてわたしのフィアンセはダグラス・トループ」

彼も笑顔を返した。「一本取られた」彼は言った。

5

ダグラスはアイリーンと一緒にグラスゴーへ行こうとはしなかった。彼はこの計画全体に反対した。

「警察の警部がそんなことを勧めるとは信じがたい」とぷりぷりして言った。

「彼は『勧め』たりはしなかったわ、ダーリン。ともかく、やってみても害はないでしょう？それにわたしが行くのを母も望んでるわ。夜は二人で劇場にも行けるし」

しかしダグラスは頑固だった。グラスゴー・ロイヤル診療所にいるブラッドレー先生のお見舞いもできるかもしれないと言ったのが失敗だった、と彼女は思った。ダグラスは病院だの病気だのに対してはダチョウのように目をつぶって避けようとした。

土曜日の朝食後、アイリーンはひとりで出発した。すがすがしく晴れた日だった。列車から、川の向こうに雪を頂いた丘陵が太陽に輝いているのが見えた。

知らず知らずのうちに気分は高揚していた。たとえつかの間でも、母の泣き言や父のむっつりした無関心から離れるのは嬉しかった。これでダグラスさえいたら……。

グラスゴー中央駅の書籍売り場でブラッドレー先生のためのペーパーバックを二冊買った。それから〈フラーズ〉でコーヒーを飲んだあと、タクシーでトロンゲイトへ向かった。一月恒例のバーゲンセールの真っ最中で、グラスゴーの街路は買い物客でにぎわっていた。

クライドミュアは小さなビジネスホテルで、わき道にひっそりと引っ込んでいた。地味だがちゃんとしたホテルだ、とアイリーンは入りながら感じた。室内装飾は暗いが、館内は清潔そうに見えた。

アイリーンが来たわけを話すと、女経営者のマクラウド夫人は彼女をオフィスに招いて、お茶を言いつけた。

アイリーンが遠慮すると女主人は言った。「気にしないで。あたしがのどが渇いてるんですよ」

彼女はかっぷくのいい中年女で、髪をとび色に染め、アクセサリーを過剰につけていた。クライド川周辺の気取ったアクセント、ペンシルで描いた眉、それに大きなイヤリングから、アイリーンは彼女が雇い主と結婚した元女バーテンダーではないかと推測した。

「あなたの弟さんだったんですって?」女主人はことばを続けた。「驚いたわねえ! いえね、あのときあたしはビルに言ったんですよ、『あの子には気品がある』って」

アイリーンは弟の最近の写真をあるかぎり持ってきていた。全部で六枚ほどあった。それをマクラウド夫人に見せた。

「ああ、でも無駄だわ」女は言った。「あまりにも前のことだもの」近視の人がするように写真を見据えた。「そうなの、はっきり覚えてないわ。覚えてると言ったらうそになる」

メイドがお茶を載せたトレーを運んできた。出ていこうとしたメイドにマクラウド夫人は言った。「ねえ、これを見ておくれ、ジャネット」

ジャネットは写真を取り上げた。

「あら！　また彼ですか？」こう言うと関心もなさそうに写真を素早くめくった。

「彼だと思う？」アイリーンは尋ねた。

ジャネットは答えなかった。スナップ写真の一枚を見つめて当惑した表情を浮かべていた。

それは一昨年の夏の休日にノースベリクで撮ったもので、イアンは水泳パンツ姿でプールの縁でバランスをとっていた。

「これはいつ撮ったんですか？」ジャネットが訊《き》いた。

「一年半ほど前よ。なぜ？」

「あの、あたしが見たとき彼はもっとやせこけてたわ。腕がマッチ棒みたいだった。あばら骨なんかギターが弾けそうなくらい」

「おまえ、いつ彼のあばら骨を見たんだい？」マクラウド夫人は疑わしそうに問い質《ただ》した。

ジャネットが朝のお茶を運んだとき、少年はパジャマのズボンだけを身につけて窓辺で体操をしていた。

「彼がどのくらいやせてたか、警察には言った？」アイリーンは訊いた。

ジャネットはうなずいた。「でもあの大きい刑事さんが言うんです、『そのとおりだ』って。『不明の少年もやせてる』って」

しかし「やせている」というのは、「太っていない」ことを言う否定の意味で使うのならべつだが、イアンにはふさわしくない形容だった。彼は年齢にしては発育がよく、いい形の胸と肩をしていた。

「それじゃあ、これであなたは同じ男の子ではないと思う?」アイリーンは彼女を問い詰めた。

女の子はまた写真をじっと見た。「生き写しなのよね」心もとなさそうに言った。「ただ――言ったように、彼はもっとやせこけてたの、わかる?」聞き出せたのはそこまでだった。

「ばかな子なんですよ」少女が行ってしまうとマクラウド夫人は言った。「でもうそは言わない子です。あの子がその若者をやせこけてたと言うんなら、彼はやせこけてたんです」

「それじゃあ、イアンじゃなかったんだわ」アイリーンは言った。

マクラウド夫人は彼女を鋭くちらと見た。「さあ、元気を出して」夫人は言った。「いいこと教えましょうか? ウイリー――これはあたしの長男なんですけど――彼がオーストラリアに出かけてから、手紙一本来なかったんですよ、ところが――」

しかしアイリーンは聞いていなかった。

「マクラウド夫人、ここにいた少年ですけど、彼は自分のことをなにか話しました?」

「いいえ。ほとんど口をきかなかったわ。浮かない顔して歩き回ってただけよ」

「もしや彼は――」アイリーンはどう言えばいいのか迷った。「――もしや彼は、ほかの人のふりをしているイアンのふりをしてなかったかしら? つまり二重の見せかけをしようとしてたとか?」

しかしこれはマクラウド夫人には荷が重すぎた。アイリーンは言い直して説明するのをやめた。

彼女は女主人からさらに二つのことを教えてもらった。トマスは電話で部屋の予約をしたとき、これからグラスゴーに下るから、と言った。ということは、彼はグラスゴーより北のどこかから電話したということになる。

それと、電話そのもののことがあった。マクラウド夫人は電話があった時間を狭い範囲に限定できた。なぜならそのとき彼女はラジオで「ヨークシャーの谷間」を聞いていた。それは一一時一五分から一一時三〇分までだ。そしてこれもまた、その時間帯には授業を受けていたイアンを除外するかに思われた。しかし当然キャメロンはその点をチェックしただろうし……。

「宿泊者の帳簿を見せていただけるかしら？」アイリーンは訊いた。

「いいですよ」マクラウド夫人はよっこらしょと立ち上がった。「お巡りたちはあの帳簿には大騒ぎしてね。写真を撮ったり、粉をかけて指紋を出したり――」

「指紋？　なにかありました？」

「ぼやけたものだけだったそうよ。彼の部屋でもうまくいかなかったらしいわ。手垢さえなかったのよ。だからあたしはビルに言ったの。『あんたがジャネットのことをとやかく言っても、あの子は仕事はきちんとやるよ』ってね」

マクラウド夫人はブレスレットをじゃらじゃらいわせながら足早に姿を消し、まもなく宿帳をもって現われた。

「ほら」ちょっと息を切らしながら言った。「このページの下のほうよ」

たしかにあった。「Ｄ・トマス、ロンドン」それに日付け。それは手書きというよりも印刷文字のようだった。

もちろんイアンが筆跡をごまかしたこともあり得る。しかしアイリーンは、彼にこんなきれいな文字を書けたかどうか、疑わしかった。彼女は以前、この流儀の手書きを見たことがあった。それは「Ｄ・トマス」の姿を彼女の眼前に浮かばせた。そしてマクラウド夫人の言ったあることばが、彼の旅行の理由を示唆《しさ》していた。

アイリーンはロイヤル診療所の胸郭部門を捜しあて、訪問時間が始まるとすぐに男子外科につぎつぎに入っていく人の列に加わった。ほかの人たちはそれぞれ目的のベッドにまっすぐ進んでいき、アイリーンだけが残された。ブラッドレーは見えなかったので、衝立《ついたて》の後ろのベッドにいるのだろうか、と考えた。

やがて、彼を見つけた。彼はベッドにはいなかった。パジャマの上に厚いウールのガウンをはおり、老人姿の小人《ノーム》のように背中をまるめて椅子に座っていた。見舞客はいなかった。

アイリーンは気の毒に思う気持ちで胸が塞《ふさ》がれた。ブラッドレーは縮んでしまっていた。頬は透きとおるようで、皮膚が骨に張りついていた。すでに、皮膚の下に歯をむいた頭蓋骨を想像できた。

ブラッドレーは尊敬はされるが愛されない、孤独な人だった。彼の鋭い舌鋒《ぜっぽう》はしばしば人を怒らせた。

アイリーンはブラッドレーをよく知っているほうだった。何度か、ダグラスと一緒に彼のアパートを訪れていた。ブラッドレーはダグラスを許容したが、それはダグラスの絵を高く評価したからだった。絵は、仕事以外にブラッドレーがとりわけ熱中する趣味だった。

彼は学問において同僚のだれよりも抜きんでていた。専門はギリシア劇で、彼の訳によるソフォクレスの「アンティゴネー」を読んだものはみな、このように学識優れた人物がなぜいつまでも高校で教えているのだろうとふしぎに思った。しかしブラッドレーは高校で教えることを天職と心得ていて、そこから離れる気はなかった。

アイリーンはブラッドレーが好きだった。彼を恐れる気持ちがなくなってからは、彼をからかいの対象にもできることがわかった。そこまでやってみた人は多くはなかった。

今日ブラッドレーは、アイリーンに会えてどんなに嬉しいかを隠そうと努力していた。病院で過ごした数週間のあいだに彼が迎えた見舞客は少なかった。英語科主任のサマーズ博士が数回来てくれた。それに数学のラムが一度。それだけだった。

「校長先生は?」アイリーンは訊いた。

ブラッドレーは苦い笑いを浮かべて言った。「彼からは立派な手紙をもらったよ」

彼は自分の病気について話した。彼はそれがガンであるのを知っていたが、肺切除の手術で治癒《ちゆ》したと信じていた。「ちょうど間にあったんだ」と彼は言いつづけた。アイリーンはおかしいなと思った。ブラッドレーは知的な人だ。勝ち目が少ないことは知っているはずだ。しかし彼は死の可能性を視野に入れているとは思えなかった。

　彼の肉体的衰え以上にアイリーンが悲しく思ったのは、彼が知的活力を失っていることだった。病気は人に新たな知覚と展望を与え、人を気高くする、とよく言われる。しかしアイリーンの経験によれば、病気で気高くなることは決してない。病気は常に結果として人の価値を落とす。ブラッドレーの視界は狭くなり、この病棟のなかに限られてしまっていた。彼は、背中の痛みや、眠りを妨げる咳《せき》をする患者や、乱暴な扱いをする理学療法士についてブツブツと不平を言った。

「わたしの考えていることがわかります？」彼が息を継いだとき、アイリーンは口をはさんだ。

「あなたは大きな赤ちゃんみたい、って思ってるの」

　彼が眉をひそめたので、言い過ぎたかしら、と思った。しかしつぎに彼は頭をのけぞらせ、弱々しく笑った。「きみの言うとおりかな」かすれ声で言った。

「わたしはここに、はるばるシルブリッジからやって来たのよ」彼女はつづけた。「それなのに、あなたは学校のことを聞きもしない。第六学年が落とし穴《ピット》にはまって以来どうしてるか、聞きもしない。あのハーヴィー・ピットのことよ」

　彼はまた笑った。アイリーンは学校の話をあれこれしてあげた。イアンのことはなにも言わなかった。ここに来たのは彼を元気づけるためで、自分の悩みを披露するためではない。

　しかしブラッドレーは彼のほうからその話題を持ち出した。

「弟さんからなにか連絡は？」彼は訊いた。

「なにも」

彼は悲しげに首を振った。「四〇年近く教えてきて、一級の知性の持ち主は六人くらいしかいなかったが、きみの弟はその一人だった」

「だった？」

「今となっては彼が元どおりになるかどうか、疑わしいからだ。彼はあまりにも長いこと自らの知性の退行を許してしまった。もとの彼を取り戻せないのではないかとわたしは恐れてるよ」

「わたしはもっと悪いことを恐れてます」アイリーンは言った。

しかし彼は聞いていなかった。「ヒューブリス、とギリシア語ではいうが、神々を恐れぬ不《ふ》遜《そん》な思い上がりのことだ。きみの弟は謙虚ではなかった。両親について不快な事実を知ったとき、彼は順応できなかった」

それは厳しい裁きのように聞こえた。

「彼には助けが必要だったんです」アイリーンは言った。「それに同情も。弟はそれを得られませんでした」彼女が責めていたのはブラッドレーではなく、自分自身だった。

「自分を痛めつけたがっている者を助けることはできない」ブラッドレーは言っていた。「告白するがミス・プラット、あの最後の午後、わたしは彼をもう少しでたたくところだった」

「日記についての騒動ですか？」

「そうだ。彼は授業中にそれを書いていた。しかしわたしがかっとなったのは彼の傲慢《ごうまん》さに対してだ」

「日記のなかのものを、なにか見ましたか？」

彼はその質問を無視した。「もちろんわたしは身体の具合が悪くて、普段の回復力がなかった。医者に行ったのはその晩だよ。そして――」

「ブラッドレー先生、日記にはなにが書いてありました？　これは重要なの」

「重要？」ブラッドレーは戸惑ったような顔をした。

「イアンは消えてしまったの。彼は死んでるかもしれないと思ってる人もいます」

とうとう彼にわかってもらえた。

「おお！　かわいそうに」彼は言った。「死んでるだと！　しかし聞いたところでは――」

彼女はうなずいた。「あれから新事実が出てきたんです。それで知りたいのは、あの夜彼がなにをしたかで……日記が役に立ちそうなんです」

訪問時間の終わりを予告するベルが鳴った。だれも気にしなかった。

「しかしねえ」ブラッドレーは言った。「わたしは読まなかったんだよ。彼が書いてたページをちらと眺め下ろしただけで」

「なにか気がつきませんでした？　一言でも、一句でも」

「だいぶ前のことだし」彼はいらいらと言った。目を閉じ、集中しようと顔をしかめた。

アイリーンは彼がとても疲れているのがわかって、良心の痛みを感じた。「どうか、もうかまわずに、ブラッドレー先生。お尋ねすべきじゃなかったわ」彼女はそっと言った。

ブラッドレーは目を開けた。「ある金額が書いてあった」ゆっくりと言った。「二千ポンドだったと思う。それと毎週の水曜の夜のことがなにか。それから、目を引いた名前があった」

またベルが鳴った。今度は椅子が引かれ、見舞い客たちは立って出ていこうとしていた。

「どんな名前？」アイリーンは訊いた。

彼は眉をしかめた。「覚えてない。ただ、珍しい名前だった。外国風の、だったと思う」

ブラッドレーは咳きこみはじめた。はじめは穏やかに、しだいに激しく。ぎごちなく前かがみになり、胸を押さえ、顔は痛みで引き攣《つ》れた。すこしの間で発作は治まり、彼は椅子に寄りかかった。消耗し、額には玉の汗があった。

アイリーンは思わずかがみ込んで彼の頬にキスした。

「じきによくなるわ」彼女はささやいた。

出口に向かって石の階段を下りていると、ナースが後を追いかけてきた。

「プラットさん？」ナースは呼びかけた。

アイリーンは振り向いた。

「ブラッドレーさんが言ってました――」ナースは息を切らせていた。「――名前を思い出したって。それは――」ナースは笑い崩れた。忘れてしまったのだ。病棟に戻っていくと、すぐに紙切れを手にして帰ってきた。ブラッドレーの繊細な筆跡で名前が走り書きされていた。「ルシア・フィンゲッティ」

アイリーンはグラスゴーでさらに一か所、ミッチェル図書館に寄った。これはまったくの当て推量だったのだが、彼女は探していたものを見つけた。去年の一一月二六日木曜日のタイムズの死亡者略歴欄だ。「昨日早朝、サー・ヘクター・トマス少将（バース大十字章授章、英国海軍退役）はケンジントンの自宅で死去。トマス少将（六八歳）は両大戦で軍務につき……遺族は妻と二人の息子。長男は近衛歩兵連隊に勤務。次男はスコットランド・ネヴィショー校に在学」

「次男はネヴィショー校に在学……」少年が水曜の早朝、電話で慌《あわただ》しく南に下る手配をしたのがアイリーンには想像できた。その日のうちに着くには遅過ぎたし、水曜夜の寝台車を予約するにも遅過ぎた。そこで少年は水曜に行程の一部を旅し、グラスゴーで一夜を過ごした。（なぜクライドミュアに？　そういう少年が選びそうにないホテルだ。）そして彼は翌朝ロイヤルスコットに乗ってロンドンのユーストン駅に着いた。

「ほとんど口をきかなかった」とマクラウド夫人は言った。「浮かない顔をして」とも言った。スーツケースを持って一一月に南へ旅する悲しみに沈んだ生徒。そこからアイリーンは家族の死去を連想したのだ。それはまた、新聞での警察の要請に応えて少年が出頭しなかったことも解き明かした。家族の死から埋葬までの期間、人はふつうニュース欄を隅々まで読むことはないから。

アイリーンは自分の勘が当たったことに満足を感じなかった。もしこれでトマスの説明がついたとするなら、イアンはどこにいるのだろう？

6

母に報告したとき、アイリーンはヒステリーを予想した。しかしプラット夫人はその話を冷静に受けとめた。母親はクライドミュアの少年がイアンだとは一度も信じていなかったので、それが証明されて喜んだ。

「もう警部には話したの？」母は訊《き》いた。

「お母様、今列車から降りたばかりよ」

「それじゃおまえ、すぐ警部に電話しておくれ。それが肝心なとこなのよ。警察をつついてなにかやらせなくては」

しかしアイリーンが立って行こうとすると、思いがけなく父が話しかけてきた。「わかったのはそれだけか？」

彼はラジオのそばに座って、フットボールの得点を聞きながら賭《か》けの申し込み用紙を調べていた。彼は少しも目立たずに自分のやることに熱中していたので、アイリーンは父が部屋にいることすら気づかなかった。

「そのラジオを消して、アンガス」プラット夫人は苛立《いらだ》たしげに言った。

彼はほほえむと、音量をほんのちょっと絞《しぼ》った。それはちょっとした抵抗のしぐさだったが、象徴的だった。病気になって以来、プラット夫人の夫に対する手綱はゆるんでいた。

アイリーンは父の問いかけに答えた。「いいえ、これだけじゃないわ」彼女は二人に、ブラッドレーがイアンの日記で読んだことを話した。

プラットはラジオを消した。

「ルシア・フィンゲッティだって？　たしかにその名前だったのか？」

「絶対たしかよ」

プラット夫人はいらいらしていた。「あなたたち、なにを話しているの？　その女はなに？」

プラットはにっこりした。「マーガレット、彼女は高級娼婦だ――いや、だった」

アイリーンはぎょっとした。

「それは本当なの？　お父様」

彼は肩をすくめた。「当時はみながそう言ってた。彼女は殺されたんだよ。轢《ひ》かれてね」

「ええ……一度会ったことがあるわ。いい子に見えたけど。愛想がよくて」

「そうだ。そのとおりだ。それでも売春婦なんだよ」彼はあくびをして、またラジオをつけた。

しかしアイリーンはまだあのダンスの会の夜のことを考えていた。「ルシアはダグラスを知ってたわ。やってきた彼女をダグラスが紹介してくれたの。わたしがだれかわかると、ルシアがこう言ったのを覚えてるわ。『あなたは彼に似てないわね』って」

「ラジオを消しなさいって言ったでしょう、アンガス」プラット夫人は鋭く言った。

父はもう部屋を出ようとしていた。いつの日か、母はやり過ぎるだろう。父の顔にいきり立った表情を見て、アイリーンは思った。

「イアンはその子を知らなかったわ」プラット夫人は独断的に話を続けた。「その名前を口にしなかったもの」

「お母様、もちろん彼は知ってたわ。彼女は父親のカフェで働いてたの。イアンはほとんど毎日彼女を見ていたはずよ」

「あら、あのフィンゲッティなの？」それで母は納得したようだった。しかしアイリーンは考えていた……。母は、イアンがなぜ日記に彼女のことを書いたのか、考えようともしなかった。

アイリーンが電話したとき、ニコルソンは非番でいなかった。キャメロン部長刑事に回しましょうかという申し出を断わって、今度はニコルソンの自宅にかけてみた。下宿の女主人は彼は出ていると告げた。

「あなたのお友達はいないの？」プラット夫人が居間から呼びかけた。

アイリーンは深く息を吸った。「ええ、お母様」

「それじゃ、夕食のあとでまたかけてみてくれる？」ことばを継いで言った。「夕食はいつ作ってくれるの？」

「いまやります、お母様」

父は出かけていた。今では父は夕食にいたことがなかった。

「もう卵はいやよ、アイリーン」オムレツを母の前に置くと、プラット夫人はクンクンにおいをかいで言った。「お昼はアンガスがゆで卵をつくったのよ」

「ほしくなければ食べないでいいわ」アイリーンはぴしゃりと言った。しかし母はもう口に詰め込んでいた。オムレツは母の好物だった。

「お友達の警部に会ったら」とつぜん母が言った。「女の子のことは言わないほうがいいかもしれないわ」

「なぜ？」アイリーンはまだ憤慨していたので、きつい口調で言った。

「だって、その子が悪い子だとしたら、うちは困る――」

「なにを言うの、お母様。あなたはイアンが死んでると言う。それなのに――」

「大きな声を出さないで、アイリーン。わたしの体に良くないわ。お医者さまが言ったでしょう」

もうたくさんだった。アイリーンはテーブルから立ち上がると、黙って二階に行った。


ニコルソンのアパートは暗く、電話にも答えはなかった。

それなら、ダグラスだ。ダグラスに話さなければ。またもやいらいらしながらバスを待ち、ターヴィット住宅地をノロノロと巡回するバスに乗る。今夜は車を借りてくればよかったと彼女は思った。

「ちょうどいいときに現われたよ、きみ」呼び鈴に答えたダグラスは屈託なく言った。「きみが来ればいいと思ってたんだ」

アイリーンは疑わしげに彼を見た。不機嫌と非難で報復されるのを予想していたのだ。

「ちょうどいいって、なにが?」

彼は答えずに彼女をアトリエに連れ込んだ。

トム・キングが椅子から立ち上がって、間が悪そうに挨拶した。アイリーンはキングを見ていなかった。なぜなら、目の前のイーゼルに例のヌードがあったからだ。

ダグラスのほうを鋭く見た。「あなたはよくも!」怒って言った。

ダグラスは肩をすくめた。「彼が見たいと言ったんだ。そのために来たのさ」

キングが口をはさんだ。「苦情を受けたんだよ、アイリーン」彼は言った。

「苦情?」

「ある親からね。きみがいかがわしい絵のモデルになってるって。わたしは科の主任だから、責務として調べた」

「いかがわしいところなんてありゃしない――」ダグラスが言いはじめた。

「そう、そう。たしかに。これでわかったよ」彼の目は絵を見て楽しんでいた。

アイリーンは嫌悪を込めてキングを見た。「生徒たちがあなたを覗き屋《ピーピング・トム》と呼んでるのもふしぎはないわ」彼女はつぶやき、キングは赤面した。

「さあさあ、子供たち!」ダグラスは叱責《しっせき》するように言った。「みなで一杯、それが必要のようだな!」彼は部屋を出ていった。

「わたしにはオレンジジュースを」とキングは呼びかけてから、アイリーンのほうを向いた。

「きみを動揺させたのなら悪かった、しかし――」

「いいのよ、トム」今はけんかをする場合ではなかった。「ここで会えてよかったわ。聞きたいことがあるんです。あなたはルシア・フィンゲッティを知ってたわね？」

「少しね」キングはほほえみながら言った。彼は具合が悪いことがあるといつも笑顔を作った。

「それがなにか？」

彼女は、ブラッドレーがイアンの日記で見たことの話をした。

「ブラッドレー？」キングの気持ちが一瞬それた。「それじゃきみはあいつに会ったの？　彼はどうだった？」

「とても悪いわ。死にかけてると思います」

彼はしたり顔にうなずいた。「それは残念だ……ルシアだって？　わたしとルシアとのつき合いは一塁にも達しなかったよ。彼女のことを訊くなら――」彼はことばを止めた。

「だれに訊くの？」

しかしそのときダグラスが飲み物を持って入ってきた。

「今ルシア・フィンゲッティのことを話してたんだ」キングが言った。

「おや、そうかい」ダグラスはちらとアイリーンを見た。「きみにはビター入りジンにレモンがいいだろう、ね？」

アイリーンは飲み物を受け取った。「ありがとう……そうなの、イアンが日記でその女の子のことを書いてたとトムに話してたの」

ダグラスは彼女を見つめた。「ほんとに？　そうか、もしイアンがあの女とかかわってるのなら、ぼくだったらそれを言い触らすことはしないな。ルシアはいかがわしい女だった。イアンだって喜ばないだろう」

「ええ、喜べないでしょうね」彼女は言って飲み物を一口飲んだ。「彼は死んでるんですもの」

「きみはそれを知ってるの？」沈黙を破ったのはキングだった。

「それを感じるの」

ダグラスはうなるように言った。「そういう直感はすばらしい才能だな。幸いなことに、たいていは当たらないが」

直感？　アイリーンはそれがふさわしい言葉なのか、確信がなかった。

「ともかくも専門家を信じることだ」とキングは言った。「わたしがいつも言ってることだがね。警察はきみの弟はだいじょうぶだと思ってる。だったらなぜ心配するんだ？　きみが来るまえにトループに言ってたんだが、近頃きみはとてもとんがってる。われわれとしてはそれは困る」

「それはだれの知ったことでもない、わたしの問題でしょ？」

「きみの仕事に影響してくればそうは言っていられないということだ。わたしは学校に責任があるし――」

「もう！　よしてよ、トム！」彼女はとつぜん忍耐を失ってどなった。

キングはほほえんだ。「さて、もう退散しなければ。長いことお二人のじゃまをしてしまった」

「やれやれ！」アイリーンはキングが行ってしまうと言った。「なんてばかなの！」

ダグラスは返事をしなかった。

「ダーリン、言っとくけど」と彼女はつづけた。「今夜はわたしにからまないでね。我慢できそうにないの」

彼は彼女を見ていたが、その目は優しくなった。「かわいそうなアイリーン」彼は言った。「疲れきってるんだね？」彼女の椅子のひじに座ると、頭をなでてくれた。数分でアイリーンは眠りに落ちた。

だいぶたって、彼女は目を開けた。

「動かないで」ダグラスが鋭くいった。彼は部屋の向こうのイーゼルのところにいて、手を動かしていた。

「今何時？」彼女は訊いた。

「一〇時一五分」

彼女は跳《は》ね起きた。「たいへん、そんな時間なの？」コートを着た。

「どこへ行くんだ、アイリーン」ダグラスの声は不機嫌だった。

「ニコルソン警部に会わないといけないの」

「どうしても？」彼はため息をついた。それから描いていた画布を見た。「よし、一回目のポーズとしては悪くないな」

「それはなんなの？」

「油彩のためのスケッチさ。今度は着衣でいい」

「どうも」

「どういたしまして……寝ているきみはかわいかった」

「そう？」

「ああ。口もいつもより小さく見えるし――」

彼女は笑った。「あなたは素直に受け取れないお世辞を言う名人だわ、ダーリン」


「もちろんわかってるでしょうが、あなたはなにも証明していない」ニコルソンは言った。

柔らかい光のあるここにいるのは気が休まった。彼の落ち着いた声を聞いてアイリーンは楽になった。ニコルソンは、悩みのある人がそれを打ち明けると即座に心の重荷が取り除かれたように感じる、そういう人だった。

「あなたは確かめてもいないでしょう」彼はつづけた。「クライドミュアの少年が父を亡くした少年と同一人かどうか」

「それはきっとあなたがやるんでしょ？」

「もちろんです」彼はほほえんだ。「とにかく、見事な推理でした。わたしもそのとおりだと思いたい。しかしそれで警察の捜査が進むわけではありません。弟さんがシルブリッジを出なかったことの証明にはならない。弟さんが立ち去るのを見た人がいなかったことを意味するだけです」

「でもそれがふしぎだわ、そうじゃない？　駅でも、列車でも、グラスゴー中央駅でも、だれも彼を見なかったということが」

「ええ」彼は認めた。「妙だ、とても妙だ」

彼女は身震いした。

「寒いですか？」

「いいえ。なぜだかぞっとしたの」

「疲れているようだな、アイリーン。家まで送りましょう」

「もう少し」彼女は彼の背後の壁の肖像画を見ていた。第一次大戦のカーキ色の軍服を着た兵士だ。兵士は歯を見せて笑っていたが、厳しく、抜け目なさそうな目が笑顔と調和していなかった。その絵は不気味な効果を出していた。そしてそれはだれかを思い出させた……。

「ルシア・フィンゲッティのことを話して」彼女は言った。「亡くなったときのことを」

「彼女は車に轢《ひ》かれたんです」

「知ってるわ。一〇月二〇日にね」

「日付けになにか意味があるんですか？」

「そのころからイアンがとつぜん大金を持つようになったの」

彼はちらと鋭く彼女を見た。「わかりました。知ってるかぎりを話しましょう」

あの晩、一一時に飲み屋のボアーズヘッド亭を出て家路についた男がポッター・ストリートを歩いていた。あと五〇ヤードほどでクレイン・ロードとの交差点という地点で、男は女の死体につまずいた。女は体半分を歩道に横たえ、頭と肩を車道との境の溝に落としていた。ひどい傷だった。彼女を倒した車の車輪が顔を轢いたのだ。のちの推定では死んだのは見つかる前三〇分から一時間だった。

事故を見たものはだれもいなかった。ポッター・ストリートはクレイン・ロードを入ってアッシュフォード・ストリートに抜ける、狭くてぱっとしない道路だ。一方の側には倉庫が並び、もう一方の側は解体が予定されている今にも倒れそうな建物があった。今ではポッター・ストリートに住むものはなく、夜そこを通るものも少なかった。そこは照明が暗く、歩道も修理されていなかったからだ。

「ルシアについては？」アイリーンは訊いた。「ルシアはそこでなにをしてたの？」

「ルシアは、デートした日はいつも男に車で送らせ、ボアーズヘッド亭近くのアッシュフォード・ストリートで車を降ります。それから彼女はポッター・ストリートを走り抜けて家に帰った。近所のうわさにならないためでした。これは父親の話です」

「あの夜はだれと出かけたのかしら？」

ニコルソンは肩をすくめた。「わからない。彼女には取り巻きとも言える人たちがついていたが、そのなかのだれも、あの夜は彼女を見なかった。もしくは見ないと言った」

「では車は？　そんな時間にポッター・ストリートで車がなにをしてたんでしょう？」

それは簡単に説明がついた。平行に走っているロヴァック・ストリートが一方通行になって以来、町の中心から北に行く近道としてポッター・ストリートを使う車はよくあった。

「ドライバーはたぶん側灯をつけて走っていたんだろう」ニコルソンは言った。「轢いてしまうまで女には気がつかなかったのではないかな。それからパニックを起こしたにちがいない」

「タイヤの跡かなにか、手がかりはなかったの？」

ニコルソンは口ごもった。「わたしは実際にかかわっていなかったんです。シルブリッジに来てすぐ起きた事件だったから。これはマーンズが手がけ、アラン・キャメロンが手伝っていたものです。彼らが見つけたものはきっとあるだろうが、それは……」

「でもこれはあなたも知ってるでしょう」アイリーンは訊いた。「その女の子は妊娠してたかしら？」

ニコルソンは彼女を見つめた。「また推理がひらめいた？」

「そうでもないの。わたしは死ぬ数日前の彼女に会ったの。それで考えたら……」

「そのとおりなんです。検視では妊娠ほぼ三か月ということだった。両親も知らなかったことだ」

「たとえばそれが事故でなかったら」とアイリーンは言った。「そしてたとえば、イアンがそこにいてそれを見てたら……わたしがなにを言いたいのか、わかる、モーリス？」

「ええ」彼はゆっくりと言った。「殺人、そしてゆすり、そしてまた殺人。あなたはじつに旺盛な想像力をお持ちだ」

「でも、あり得るわ、そうじゃない？」

「そう、あり得るな」

「だって、そうでなかったらどうしてイアンが日記に彼女のことを書くかしら」

「しかしそれについては平凡な理由がある」ニコルソンは言った。

「どんな?」

「イアンはカフェで彼女に会ったんだろう。たぶん彼はルシアをその商売の上でも知っていたのではないか」

ドアにノックがあった。「ニコルソンさん、お電話です」女家主が呼んだ。ニコルソンは出ていった。

しばらくして戻ってきたが、彼の態度はこれまでよりも堅苦しくなっていた。

「マーンズ主任警部からでした」彼は言った。「署に来いということで、悪いが——」

彼女は立ち上がった。「いいんです。わたしももう帰らないと」

「家まで送りましょう」

「いえ、どうぞおかまいなく、モーリス。バスに乗りますから」

彼女が驚き、そして失望したことには、彼はさからわなかった。

時刻は一一時半を過ぎていて、最終バスには二〇分待たなければならなかった。ニコルソンらしからぬ思いやりのなさだった。きっとなにか重大事が起こったんだ。そのとき、吐き気をもよおすような恐怖とともに、思い当たった。イアンに関係のあることに違いない、ニコルソンが彼女に知らせたくないなにかだ。

7

家に着いたときは真夜中を一〇分過ぎていた。父がパジャマにガウン姿で彼女を待っていた。

「どこへ行ってたんだ」彼は気難しげに詰問した。

「どこでもいいでしょう？」父はいつもはそんな心配はしなかった。

「ニコルソンさんから電話があった」

「いつ？」

「一五分前だ」父はいらいらと手で髪の毛を梳《す》いていた。

「彼が言うには港で死体が見つかって、警察の考えでは——」

「ああ、どうしよう！」アイリーンは頭がくらくらするのを感じた。目を閉じ、唇をかみしめてめまいが去るのを待った。

「警部はおまえに来てほしいそうだ」

「わたしに？」おお、いやよ！　そんなことに立ち向かえそうになかった。

わずかに残っていた父を敬《うやま》う気持ちは消え失せた。父はイアンについてのこの知らせにも動揺さえ見せず、ただ呼ばれて自分が死体を確認させられるのではないかと心配していた。

「車の鍵はどこ？」彼女はぶっきらぼうに言った。

「試したければやってごらん」彼は言った。「でも今日は動かないよ。バッテリーが上がった」

アイリーンはため息をついた。「自転車にするわ。どこに行けばいいの？　死体仮置場？」

「いや。まだ彼を――上げてないそうだ。港に来てもらいたいと」

「どの港？」

「ジョージ港だ」

なんてことだ！　それは二マイル近くも離れた東のはずれだった。

「お母様は？　話してないでしょうね？」

「電話の音は聞いたが、すぐまた眠ったようだ。そうでなければ声をかけてくるだろうから」

「それなら、起こさないで……出かけるわ」

「すまない、アイリーン」彼は言った。「わたしが行くべきだが――その、戦争中に一度、数週間水に浸《つ》かった男が引き揚げられるのを見たことを思い出してね。二度とそんなものは見たくないんだ……ともかく、ニコルソンさんが呼んだのはおまえだし」

「そこをどいて、お父様」彼女はアノラックのファスナーを上げながら、軽蔑したように言った。


自転車は順調に走ったが、メイン・ストリートに沿って曲がり、東風に向きあうと、あとの二マイルに三〇分近くかかった。

ジョージ港の西ゲートを抜けたとき雨が降りはじめた。アイリーンは、ライトや車や警察の慌《あわただ》しい動きを予想していたのだが、どこも暗く、静かだった。空を背景に波止場の倉庫や事務所の輪郭がわずかに見分けられた。建物のどこにも明かりはついていなかった。

不審に思いながら彼女は、波止場沿いに港いっぱいに延びている二本のレールのあいだを自転車を漕《こ》いでいった。足元のコンクリートは滑りやすく、あたり一面に精製前の砂糖の甘酸っぱい匂いがしていた。砂糖船の荷下ろしがあったようだった。聞こえるのは足漕ぎのギシギシいう音と自転車の車輪の回る音だけだった。

西ゲートから東端までは四分の一マイルあった。その半分までいったとき、彼女は後ろに足音を聞いた。いや、聞いたように思った。さっと振り向いたが、なにも見えなかった。彼女は速度を上げた。数ヤードいくと、またそれを聞いた。今度はもっと近かった。

「だれなの?」アイリーンはパニックを起こしそうになりながら声を上げた。返事はない。彼女は慎重に自転車を回し、ライトで来た道を照らした。なにもない。グレーのコンクリートの上の二本のレールが闇の向こうに消えているだけだ。しかし彼女の波打つ脈が治まりかけたとき、ちらつく灯火がなにかをとらえた。一〇ヤードほど左になにか黒い形を。彼女はその方角へ光線を向けた。それは男の靴の片方で、その上にズボンの脚が見えた。

アイリーンは自転車を捨てて走り出した。背後のものは、もはや隠れようとはしなかった。重い足音が鈍く響き、男のせわしい息づかいが聞こえた。走るのでは負ける気はしなかった。穴に靴のかかとを引っかけるまでは。彼女は倒れ、体勢を立て直せないうちに追跡者に追いつかれた。

頭の脇をひどく殴打されたのを感じた。それから、半ば意識を失ったままコンクリートの上を引きずって運ばれた。足が地面をこすった。一瞬、甘美な自由の感覚があった。それは襲撃者が彼女を抱えていた手を離し、体を押しやったと思われたときだった。つぎに彼女は水面にたたきつけられた。

氷のように冷たい衝撃で彼女は意識を取り戻した。あえぎながら浮上し、肺に入った塩辛い水を咳き込んで吐いた。頭ははっきりしていた。溺れるのだな、とわかった。彼女は泳ぎがうまかったが、こんな冬の服を着て、重いキルティングのアノラックをつけていてはだめだ。それにこんな恐ろしいほどの疲労を感じていてはだめだ。腕にも脚にも、力は残っていなかった。

水中に引き込まれるのを感じたとき、手が水面に突き出た埠頭《ふとう》の側面についているなにか固いものに触った。固いゴムのような感触だった。彼女はそれにしがみつき、それは彼女を支えた。

頭上では行きつ戻りつする足音が聞こえた。やがてぼんやりした明かりが下に向けられ、水面をあちこち照らしはじめた。自転車から取ってきたライトだな、とわかった。明かりは前後左右に規則正しく動いた。光が近くにきたとき、アイリーンは息を吸い込むと静かに潜った。できるだけ長く水中でがまんしてから浮上すると、光はなくなっていた。

すこし向こうで大きな水音がした。自転車が投げこまれたらしかった。足音は遠ざかった。それでも彼女はまだ待っていた。しばらくするとエンジンのかかる音がして車が走り去った。

アイリーンは埠頭の側面に吊るしてあるタイヤにしがみついていた。体を引き上げてタイヤを吊っているロープをよじ登る力はなかった。叫んでみたがその声は哀れなほど弱々しく聞こえた。

さっき光が水面を照らしたとき、一五フィートほど左に鉄製のはしごを見たのを思い出した。彼女は凍える指でゆっくりと、やっとの思いでアノラックのファスナーを開き、腕を抜き出した。

それから声にならない祈りをとなえながらその防護材から手を離し、見えないはしごに向かってやみくもに水をかいた。腰から下は感覚がないので、腕の力だけしか使えなかった。進んでいるようには思えなかった。腕の力が萎《な》えてくると、埠頭の壁に手を伸ばして、またタイヤにつかまれないものかとさぐった。タイヤの代わりに彼女の手がつかんだのははしごの鉄の横木だった。数分後、彼女はあえぎ、すすり泣きながら埠頭の上に横たわっていた。

そこに横になっていたい気持ちはなによりも強かった。しかし眠りは友ではなく、敵であるのは承知していた。アイリーンは気力を奮い起こし、港のゲートに向かってよろめき進んだ。全身が寒さと疲労とショックでがくがくしていた。しかし心のなかでは起こったことのすべてを、熱に浮かされたような集中力で分析していた。あの男にはどこかなじみがあるような気がした。匂いだろうか？　音？　手ざわり？　それはきわめて重大なことだから、ぜひとも答を得なければならない。

ゲートをくぐった覚えはなかったが、もう幹線道路にいた。この時間に車の行き来はない。この近くに電話ボックスがなかったかしら？　ああ、あった。道路の五〇ヤード先に淡い光が見えた。彼女は必死でそこにねらいを定めた。

片足の靴とズボンの脚……彼女が見たのはそれだけだった。黒い靴、濃い色のズボン。特徴はなにもない。いや、なにか匂いをかいだにちがいない。あるいはあのせわしい息づかいだろうか。それとも彼女を水際まで引きずっていった手の感触だろうか。彼女は彼を知っていた。彼は見知らぬ人ではなかった。しかしだれなのか……？

彼女はボックスのなかにいて、受話器を取りあげていた。目の焦点が定まらず、ダイヤルの数字が見えなかった。九九九だったわね。それなら簡単だ。手探りでできる。

ここは暑かった。それになんでボックスが動いてるの？　バスみたい。受話器をとおしてははるか遠くから声がした。しかし今ではボックスはますます回転を早めて旋回していた。つかんでいた受話器が手からすべり落ちた……。

彼女は電話ボックスの床に気を失っているところを見つけ出された。

パートⅢ　警部

1

ニコルソンは、アイリーンと別れてから一〇分後に、署のマーンズ主任警部の部屋にいた。マーンズはパイプに火をつけようとしていた。「アラン・キャメロンはいったいどこにいるんだ」彼は不機嫌に言った。

「彼の家にかけてみましたか？」ニコルソンは言った。

マーンズはじろりとにらんだ。「あたりまえだ、もちろん家には訊《き》いたさ」彼の顔はかつてないほどげっそりと憔悴《しょうすい》していた。

ようやく思いどおりにパイプに煙が通った。「ほら、これを見てくれ、モーリス」マーンズは少し落ち着いて言った。彼が手渡したのはぼろぼろになった本の残骸だった。ページの一部はなくなっていて、残りもほとんどちぎれちぎれになり、表紙の栗色の染料に染まっていた。

紙は湿って、カビが生えているような感触があった。

「これはだいぶ長いこと水の中にありましたね」ニコルソンが言った。

マーンズはうなずいた。「でも、なんの本か見てみろよ」

表紙の書名は跡形もなくなっていたが、なかの印字はところどころ読むことができた。一、二行読んで、ニコルソンはそれがなにかわかった。『アンダー・ミルクウッド』彼はもどって中扉を見た。鉛筆で記されていたので文字は消えていなかった。「I・T・プラット、一九六三年、三月」

「どこで見つけました?」彼は重い心で尋ねた。

その日の午後、クラドック突堤の西側の浜辺で遊んでいた子供がそれを見つけた。育ちの良い子供だったので、役にも立たない宝物を持って警察署へ遠征してきたのはこれが初めてではなかった。

本は乾かすために預り物保管室の暖房器の上に置いておかれた。夕方になってキューピット巡査部長がそれをつまみ上げ、あくびをしながら一、二ページ読んだ。

「キューピットのことをきみがとやかく言おうと、彼がその記名を見つけたのはあっぱれだ」マーンズは言った。

ニコルソンはうなるように言った。「これについては今なにをしてるんですか?」

「パトロールを二人出して海岸を捜させてる。朝になったらダイバーが潜る」

「おそらくスーツケースは突堤の先端で投げこまれ、しばらくしてふたが開いたんでしょう」

「ああ、おそらくはね」マーンズは納得しなかった。「その本がスーツケースに入ってたことについては、プラット夫人の証言しかないんだ。少年が本を何か月も前に浜で失くしたこともありうる。それにいいか、プラットはあの夜スーツケースを持った姿でグラスゴーで見られてるんだぞ。この汚い本が見つかったって」——と彼はディラン・トマスの本をたたいた——「それを覆《くつがえ》すことはできない」

「ところがそれを覆すことがあるんです。グラスゴーで目撃されたのはプラットではありませんでした」ニコルソンはアイリーンが見つけたことを説明した。

マーンズは動揺した。

「なぜわたしに知らせなかった」彼はどなり立てた。

「彼女とは今別れたばかりです」

「こんな時間に？　それも問題だ。きみは自宅で関係者と面談すべきではない。とくに若い女性とは」

「どうすればよかったんですか？　彼女の目の前でドアを閉める？」

「署に連れてくるべきだった。きみがすべきことはそれだった」それからいつもの反作用がはじまった。彼はきまり悪そうに笑顔になると、言った。「自分の足もとに気をつけろ、ということだ、モーリス。とりわけきみはスキャンダルを避けなければ」

するとと彼はルースのことを知っていたんだ。それは記録に載っているだろうから、もちろん知ってるに違いない。警察はルースを、捜査の機密を漏らすかもしれない「危険人物」と呼んでいた。

キューピット巡査部長が湯気の立つお茶のカップを運んできた。

「やけに冷える夜ですね。こういうのがいいんじゃないかと思って――」

マーンズはあふれんばかりに感謝した。「きみがいなかったらわれわれはどうしたらいいかわからんよ、キューピット。ねえ、モーリス?」

ニコルソンは苦々しくうなり声を上げた。彼は、ルースのことを当てこすったマーンズを許していなかった。

そうはいってもたしかに冷える夜で、お茶はありがたかった。

「トマス家の少年のことは調べてないんだね?」マーンズが言った。

「その時間はありませんでした」

「いや、もちろんそうだろう」マーンズは今では愛想がよかった。「朝になったら将官の未亡人に電話してみよう。ともかくそれに気づくとは、ミス・プラットは賢い」

「ミス・プラットが見つけたのはそれだけじゃありません」

マーンズは心配そうだった。「ほかになにか?」

ニコルソンは、イアン・プラットの日記にルシア・フィンゲッティの名があったことを話した。

「名前だけか? ブラッドレーが見たのはそれだけか?」マーンズは訊いた。

「ある金額が書いてありました。二千ポンドだったそうです。それに毎水曜の夜のことがなにか」

「なにも意味のないことだったかもしれない」とマーンズは言った。「脈絡もなく日記に書きつけた言葉とか」

「たしかに。しかしどうしてミス・フィンゲッティのことを書く必要があったんだろう……もしや彼女の死についてイアンがなにか知ってたとしたら？」

「そうだな、もし彼が知ってるなら、それはわれわれが知らないことだろう。あれはわたしが解決したかった事件だよ、モーリス」

「いったいなにがあったんです？　なにか手がかりはあったはずです、そうでしょう？」

マーンズはおもしろくなさそうに言った。「あっただろうよ。雨が洗い流さなかったらな。あれは、みぞれ混じりの雨が降るひどい晩だった。死体を見つけたやつは、女が横たわってたぬかるみ状のみぞれにタイヤの跡を見たと言った。歩道の上にね」

「歩道に？」

「そう男は言った。だがそれだけじゃない。彼が言うには、タイヤ跡の上に足跡があった——いいか、重なってだよ。まるでドライバーが出てきて、見て、走り去ったみたいにね。考えても見ろよ！　一〇分早かったら、われわれはその足跡とタイヤ跡を採れたのに」

「遅かった？」

「われわれがそこに着いたときには、横なぐりの雨が降っていて、見るべき跡はなかった」

「その足跡はドライバーのものとはかぎらんでしょう……」ニコルソンは指摘した。「大きさはどうだと言ってました？」

「小さな男、あるいは女性のものだと」

「あるいは少年の？」

マーンズは考え深げに彼を見た。「少年のものだったとも言えるな」と同意した。彼はパイプを灰皿に置き、親指をチョッキに入れ、椅子を後ろに傾けた。

「よろしい、モーリス、聞こうじゃないか。なにを考えてる？」

今度もニコルソンはアイリーン・プラットの恩恵をこうむった。彼女が植えつけた考え方が、マーンズの話を聞くうちに明確な形になっていた。

ルシア・フィンゲッティが死んだ夜から話をはじめた。イアン・プラットはその事故を目撃した、そして車とドライバーを見分けたのではないか、とニコルソンは話した。イアンは死体が横たわっている場所に近づいたとき、ぬかるみに足跡を残した。女が死んでいるのを見て、彼は警察に事故を届ける代わりにドライバーをゆすることにした。その日からプラットのポケットは金が詰まっていたというのも意味深いことだ。それと同時に彼の態度が変わった。彼の保護観察官のことばを借りれば、「心配し、悩んでいたが、同時に興奮していた」

彼はルシアの死後、四、五週間は毎週水曜に支払い金を受け取った。最後の支払い（二千ポンド？）は一一月二五日の水曜になるはずだった。プラットはその夜家出して、生みの父親とエディンバラで暮らすつもりだった。しかしイアンはねじを強く巻きすぎた……。

その最後の水曜日、プラットは自転車を運送会社から発送し、スーツケースの荷造りをしてセント・グレゴリー駅に預け、ロイヤルホテルで食事をとり、二千ポンドの集金に出かけた。

「そしたら男が銃を持って待ってた?」マーンズがそっけなく口をはさんだ。

「そんなようなことです。ともかく男は彼を殺し、死体からスーツケースの預り券を取り出し、駅で回収した。それからクラドック突堤でそれを捨てた」

「プラットの死体は?」

「たぶんそれも突堤から捨てたんでしょう」

マーンズは断固として首を振った。「わたしはクラドック突堤から身を投げた自殺者を三人と事故死者を一人知ってるが、どの場合も死体はダーヴェル・ポイントに打ち上げられている。少年が死んだとしても、そっちへは打ち上げられなかった」

「でも彼が死んでるとは思うでしょう?」

マーンズは立ち上がって、部屋をうろつきはじめた。「それについてはいやになるほどたくさんの推測があるが」彼は言った。「わたしは半分しか納得していないんだ」彼は目を輝かせた。「そうか、もしそれが本当なら、われわれにスポットライトが当たるぞ、そうだろう? わたしに必要なつきが来るかもしれない」

もし上の方があなたにそれを扱わせてくれるならね、とニコルソンは声には出さずに条件をつけたが……。

「ええ」と無表情に同意した。「それは大ニュースになるでしょう」この予測にニコルソンの心は弾まなかった。

マーンズは彼を探るように見ていた。「きみはひとつ見落としてるぞ」彼は言った。「もしプラットが殺されたなら、ルシアも同様に殺された可能性がある。なんといっても車は歩道に乗り上げてたんだから」

ニコルソンはそのことを見落としてはいなかった。じつを言うとアイリーンはそのことも示《し》唆《さ》したのだが、彼はそのときは納得しなかったのだ。

「動機はなんでしょう？」彼は訊いた。

「少女は妊娠してた」

「あなたは当時、それを殺人かもしれないと思いましたか？」

マーンズはためらった。「じつはそれを考えたこともあった。われわれの捜査では、女は少なくとも自分の客の一人に圧力をかけていた。ブラーという男だ。とても顔の広いやつだから、きみも名前を聞いたことがあるだろう」

「圧力を？」

「そう、ルシアが妊娠を知ったあとのことだ。彼女はその男が父親だと言い立てた。男は実際にいくらか金を出した」

「なぜその男は彼女を追っ払わなかったんだろう？」ニコルソンは反論した。「だって娼婦が父の認知を求める訴訟をしたって――法廷で笑われて追い返されるだけですよ」

「ルシアは普通の売春婦じゃなかったんだ。彼女は客を二、三人に限っていた。客はそれぞれ自分がただ一人の相手だと思っていたらしい。ブラーはたしかにそう思ってた」

「ブラーは彼女が轢《ひ》かれた夜の行動についてはは説明できるんでしょう?」

「ああ、彼は疑いが晴れた……しかしルシアが一人をゆすってたってことは、ほかでもやってたかもしれない。そしてそのなかの一人が彼女を襲ったのではないか。あの当時はそんなことはあり得ないように思えたが、その男がまた殺したとなると……」

それにしても殺人の方法が普通ではなかった、とニコルソンは考えた。殺したい人を都合のいい時間に、都合のいい場所に連れてくるのは難しいものだ。

しかし主任警部はそのことも考えていたようだ。彼は言った。「仮に犯人を、あの夜ルシアと一緒にでかけた男だとする。彼はいつもどおりアッシュフォード・ストリートで彼女を降ろし、ルシアはポッター・ストリートに入って家に向かう。そこを車で追いかけて……」とつぜん彼は頭をのけぞらせて笑った。「調子に乗り過ぎてるな」彼は言った。「アラン・キャメロンを呼んで水を差してもらわんと……きっともう家にいるだろう」電話に手を伸ばした。

「一時近くですよ」とニコルソンは注意した。「今夜彼に来てもらわなくても」

マーンズはため息をついた。「そうだな」彼は受話器を戻した。マーンズはキャメロンの判断に信を置いていて、彼に側にいてもらいたがった。

懐中電灯で浜辺を探索していた二人の男が報告に戻ってきた。なにも見つからなかった。捜査は翌朝再開されることになった。

彼らが方法を検討しているあいだに一〇分が過ぎた。二時一五分前に電話が鳴った。マーンズはあくびをして受話器を取った。それをぼんやりと眺めていたニコルソンは、彼の表情がさっと変わるのを見た。

「コートを取って、モーリス」マーンズは電話を切りながら緊迫した声で言った。「病院からだ。アイリーン・プラットが運び込まれた……」

2

「いいえ、会えません」シンガ博士は丁重だが断固としていた。「患者は意識がありません」

マーンズとニコルソン、婦人警官のエルジー・リチャーズと若いインド人の医師シンガは、アイリーン・プラットが入っている病室の外の廊下にいた。アンガス・プラットはみなから少し離れたところに立っていた。

しかし今、プラットはニコルソンの側ににじり寄ってきた。

「彼だったんですか？」プラットは言った。

「なんです？」

「イアンだったんですか？　船着き場の死体ですよ」

ニコルソンは彼を見つめた。「おっしゃることがわかりませんが。死体って――」

ナースが部屋から出てきてシンガ博士を手招きしたので、ニコルソンはことばを止めた。ナースは短くなにかささやくと、戻っていき、ドアを閉めた。ニコルソンは、重大局面を管理している、という印象を受けた。

「少なくともリチャーズくんをつき添わせてもいいじゃないか」マーンズはじれて言った。

医師は肩をすくめた。「じゃまをしないのであれば」

マーンズは婦人警官にうなずき、彼女はドアをノックすると、ノートを手に入っていった。

「それから、先生」マーンズはアンガス・プラットに目をやりながら言った。「どこか内々で話ができるところは？」

シンガ博士の案内で廊下のずっと奥の小さなオフィスに行った。

「シンガ先生、彼女の見込みはどうです？」ニコルソンは尋ねた。

「予言するには早過ぎます」医師は言った。彼の英語は正確で、ほとんどアクセントがなかった。ただ言葉を選ぶにあたってある種の堅苦しさがあり、そのために彼の母語が英語ではないのがわかった。「過酷な疲労とショックがあります。彼女は水の中に長時間いたと思われて……」

「それでも、よくなるんでしょう？」ニコルソンは迫った。マーンズが詮索するような目を彼に向けたのに気づいた。

シンガは真っ白な歯を見せてほほえんだ。「彼女は強い女性ですから……」

「たばこを吸ってもいいかな、先生？」マーンズは訊《き》いた。そして答も待たずにパイプを取り出して詰めはじめた。「さあ、聞こうじゃないか。彼女は正確にはなんと言った？」マーンズの口調はぞんざいだった。彼は外国人には攻撃的になる傾向があった。それは彼が外国人の思考経路を理解できないからだった。

「ミス・プラットは診察している少しのあいだ意識がありました」医師は言った。「彼女はとてもこわがっていました。『彼が殺そうとした』と言い続けて……それからうなされはじめ、震盪《しんとう》の症状がいくつか出て、それから――」

「臨床上のこまかいことははぶいてくれ、シンガ先生。だれが彼女を殺そうとしたんだって？」

シンガは反感を込めて冷たく彼を見た。「それは言いませんでした。わたしは即座にご両親と、同時に警察にも知らせる手配をしました。わたしの行動は正しかったと思いますが？」

マーンズは遅ればせに、自分が参考人を敵にしてしまったことに気がついた。「たしかに、そのとおりです。よくぞこんなに迅速に……ミス・プラットはほかにはなにも言わなかったですか？」

「聞き取れたことはなにもありません……後になってだれかを呼びはじめました。ダグラスという名の友達がいるか、知ってますか？」

「ええ、います」ニコルソンがぶっきらぼうに言った。

「シンガ先生」とマーンズは言った。「ナースのだれかが、先生が聞かなかったことを聞いている可能性はないだろうか？」

「いいえ、警部。ナースはわたし以上のことは聞いていません。『彼が殺そうとした』――これを数回言いました。それから続けざまになにか言いましたが、だれにも意味がわかりませんでした。それからこの『ダグラス』です。何度も何度も」

「彼女は、『ダグラス』が自分を襲った、と言おうとしてたと思いますか？」

シンガは首を振った。「まったく違います。彼女はその男に会うことを望んでました。たいへん彼に会いたがっていました」

ニコルソンはわけもなく嫉妬を感じていた。

「彼女が電話したのはジョージ港を出たところのボックスだった、そうでしたね？」マーンズが言った。

「ええ」

「なのにあなたは彼女が水中にいたと言う。港の水の中にいたという意味ですか？」

医師はほほえんだ。「どの部分の水に漬かっていたかは医学的には重要ではないのです。それに彼女も情報を提供しませんでした。しかしそれが海水であったことはたしかだと言えます」

「ありがとう、先生」マーンズは言って、彼を釈放した。「——ああ！　プラットさんがまだいたら、来るように言ってくれますか？」

シンガ博士はこわばった礼をすると出ていった。

「難しい男だ、あれは」マーンズは言った。

アンガス・プラットがそっと部屋に入ってきた。

「わたしに会いたいそうで」彼は言った。

「ええ、そうです。こんな時に面倒をかけてすみませんが……」マーンズは慣れた場面に戻った。被害者の父親。同情と尊敬をもって扱えばいい。

プラットにはある種、ニコルソンを当惑させるものがあった。ニコルソンはプラットの来歴――失敗の経歴――を知っていた。降格して自分の能力よりはるかに低いつまらない仕事につき、妻からは軽蔑され、しいたげられ、友達もない男。しかし彼にはうちひしがれた様子はなかった。ただ自分の世界に引きこもっているだけだった。彼にはきっと、なにかすがりつくもの、人生に意味を与え、彼を絶望から救っているなにかがあるのだろう。

明らかにそれは家族ではなかった。彼は養子の息子の運命には無関心だった。でも今夜は、娘の命が危険にさらされたことで多少は影響を受けているように見えた。あるいは感情をうまく隠しているのかもしれないが……。

「妻も来たがったんですが」彼はマーンズ主任警部に言っていた。「でもご承知のように病気で」

「娘さんがそんな時刻にジョージ港でなにをしていたか、心当たりは？」マーンズは訊いた。

プラットは彼を見つめた。「それは、あの電話ですよ。ニコルソンさん、あなたからの」

火のついたマッチをパイプに持っていこうとしたマーンズの手が、空中で止まった。「なんの話だね？」彼は鋭く言った。

「アイリーンは言いませんでしたか？　少しのあいだ意識があったと先生は言ってましたが」

「娘さんは電話のことは話してない」

プラットは説明した。真夜中少しまえ、電話が鳴った。彼と妻はベッドにいて、アイリーンは外出中だった。プラットはガウンをはおると、階下にいって電話をとった。

電話の主はニコルソン警部だと名乗り、ジョージ港で少年の死体が発見されたので、警察としてはアイリーンに来てそれを確認してほしい、と言った。

「彼は娘さんが来るようにと言ったんですか、あなたじゃなく？　それであなたはおかしいと思わなかった？」

「ああ、それが、わたしはアイリーンとニコルソンさんが友達だと知ってたんで……」

少したってアイリーンが帰宅したので、プラットはその旨を伝えた。彼女は一二時一五分ごろ自転車で出かけた。

午前一時四五分にまた電話が鳴った。今度は病院からで、アイリーンの入院を知らせてきた。彼の車が動かないので、病院は彼を救急車で迎えにきた。

「さて、そこでですが」とマーンズは言った。「最初の電話のことをよく考えていただきたい——声はどんなでした？　ニコルソン氏の声のようでしたか？」

「そうですね、警部、わたしは声には強くないんですよ。耳がないって言うんでしょうか。高地人のゲール語ならともかく、わたしにはみんなイングランド人に聞こえるんです」

「でも男の声だったことはたしかですか？」

「ええもちろん！」

「太く低い？」

「中くらいでしょうね」

マーンズはため息をついて彼を放免した。

「その電話を調べる方法がないとは残念だ」ニコルソンは言った。

マーンズは不満げにうなった。「わたしは港に行ってくる、モーリス」彼は言った。「ベアードとムーニーが、残ってるくそ手がかりを踏みにじらないうちにな」病院から伝言を受けたとき、ジョージ港へはパトロールカーを差し向けていたのだ。

「これが意味することはわかるだろう?」マーンズはつけ加えた。

ニコルソンはうなずいた。「もはやイアン・プラットが死んでいるのは間違いない、ということです」

「それにしてもミス・プラットと話ができたらなあ……モーリス、はりついててくれ、そしてナースとおしゃべりを頼む。あのインド野郎が思ってる以上にナースはなにか聞いてるかもしれないからな。その後は帰って寝てくれ。明日はわれわれのどちらかはすっきりした頭でいたほうがいいだろう」

しかしナースたちがつけ加える話はほとんどなかった。なかの一人——さきほどシンガ博士に話しかけたナース——は、アイリーンがうわごとを言ったときに「彼を知ってる」と数回繰り返したのを聞いていた。

「でもそれを勘ぐってはだめよ」ナースは言った。「あの人は狂乱状態だったの、かわいそうに」

「それでどんな具合です?」ニコルソンは尋ねた。

「今によくなるわ……見たい?」

自分はそんなに顔に出しているのだろうか？　ニコルソンは思った。彼はうなずいた。

ナースはそっとドアを開け、ニコルソンはのぞき込んだ。そこは二床の小さな部屋で、一つのベッドだけが使われていた。部屋は廊下と大部屋の病室につながっていた。

婦人警官のリチャーズは二つのベッドの間の椅子にいた。ノートは床にずり落ちていて、入ってきた人を見た彼女はあわててあくびをのみ込んだ。しかしニコルソンはベッドの女しか目に入らなかった。

彼女は仰向けに横たわり、頭には包帯が巻いてあった。顔は包帯のように白かった。彼女はぴくりとも動かなかった。

「本当に――」ニコルソンは切迫した声でささやいた。

ナースはにっこりした。「だいじょうぶ、よくなりますよ」彼女は繰り返した。

ニコルソンは三時半に病院を出た。アイリーンは鎮静剤の効果であと数時間は目を覚ますことはなさそうだった。

ジョージ港にいるマーンズ主任警部のところに寄るべきかと思ったが、やめておいた。マーンズは彼には用はないと言っていたのだから。

それなのに彼は気もそぞろで、家に帰ることができなかった。彼は今、自分がアイリーン・プラットを愛しているのを知った。どうしようもなく愛していた。これまで、ルースに対してさえ、このように感じたことはなかった。彼がルースに持った主たる感情は同情だった。今彼を包み込んでいる、この焼きつくすような火ではなかった。

「どうしようもなく愛している」、このことばはぴったりだった。アイリーンはほかの男と婚約していて、ほかの男を愛しているのだから。ニコルソンはインド人の医師のことばを思い出した。「たいへん彼に会いたがっていました……」

彼は目的もなく、暗い、人通りのない道路を走った。そこに行こうという意識もないままに彼はグリーン・ロードを曲がり、高校に向かう道を昇っていた。そしてダグラス・トループの住まいに近づくと車の速度を落とした。

窓のひとつに明かりがついていた。ニコルソンはそれがアトリエの窓であることをほぼ確信した。彼は車を止めた。少しためらったのち、車を出てドアに行き、ベルを押した。

道路の斜め向かいには学校の長方形の建物が、背後の空よりひときわ黒い影となって際立っていた。さらに向こうには鉄道の信号の赤い光が見えた。ニコルソンが待っているあいだに、それは青に変わった。貨物列車のゴロゴロいう音とガチャンという金属音を遠方に聞いた。

もう一度ベルを押してみた。今度はドアの上に明かりがつき、足音が近づいた。ドアが開いた。

「いったいなんの――」トループは警戒していた。それから訪問者を見分けた。「ああ、あんたか！　なにか悪いことでも？」

「きみのフィアンセが事故にあった」ニコルソンは言った。

「彼女は――」

「彼女は病院にいる。しかし危機は脱した」

沈黙があった。やがてトループは不承不承に言った。「入ったらいい」

アトリエは暑過ぎ、パラフィンとたばこの煙のむっとする臭いがした。イーゼル上のカンバスは、赤、オレンジ、黄色で見るからに勝手気ままに塗りたくられていた。トループの行動を物語る形跡が、回りのいたるところに残っていた。乱雑に置かれた絵の具や絵筆やパレット。彼の手や、Tシャツの上にはおった仕事着や、茶色のコーデュロイのズボンについた絵の具の汚れ。小テーブルにはビールのびんがあり、二本は空になっていた。ビールが半分入っているグラスのそばには、たばこの吸い殻でいっぱいの受け皿があった。

ニコルソンはビールの勧めは断わり、たばこを取った。

「それで、アイリーンはどうなんです?」グラスを取り上げながらトループは言った。

ニコルソンは話した。

「ぼくは病院に呼ばれてるんですか?」トループは訊いたが目はイーゼル上のカンバスにそれていた。

「今夜はいい」

「よかった……いや、彼女が無事でほっとした」彼が絵に戻りたがっているのは明白だった。

しかしニコルソンはまだ帰る気はなかった。「わたしは彼女が無事だとは言わなかった」彼にはっきりと思い出させた。「危機は脱したと言ったんだ」

「落ち着けよ、先輩」

傲慢《ごうまん》な笑顔と気取った物言いはニコルソンの我慢の限界を越えるものだった。

「アイリーンはどのくらいきみのことを知ってる?」彼は訊いた。

「なんのことだ?」

「わたしが考えてるのは、手始めにベティー・ノートンだ」

それが起きたのはカルヴァートンでトループが最終学年にいたときだった。ニコルソンはすでに卒業していたが、話は漏れてきていた。年月がたってトループに再会したとき、それについての記憶はおぼろだったのだが、あれ以来彼はあらためて思い返していた。

ベティー・ノートンはカルヴァートンの寮監の娘だったが私生児を産んだ。ダグラス・トループは責任を認め、おとなしく退学していった。

トループはほほえんだ。「ニコルソン君、ぼくが一六のときにあったことでアイリーンが動揺すると本気で考えているのかい?」

「よろしい。では一、二年後のことに進もう。別の女に」

今度は的《まと》を射た。「よくもここそ嗅ぎまわったもんだな」トループは荒々しく言った。彼はテーブルに行くと最後のビールびんを開けた。

「ほんとに飲まないんだね?」彼は自分のグラスを満たした。「おれに向かってピューリタンみたいにふるまうなよ」彼は言った。「あんたの情婦——なんて名前だっけ?——例の元囚人のことはみんなわかってるんだから」

ニコルソンは怒りを抑えた。「違うのはきみが婚約してることだ。しかもきみはいまだに女たらしを続けてる。そうじゃないか？」返事はなかった。「どうだ、そうじゃないか？　名前を上げてやろうか？」

トループはにやっと笑った。「それには及ばない。あんたが宿題をやってきたのはわかったよ……実のところは責めるべきはアイリーン本人なんだ。『婚前の楽しみはだめ』ってのが彼女のモットーだ。しかし人は修道僧のようには生きられないからね。ときどきははめをはずさなきゃ。創造力を養うためには必要なことさ」

「しかしきみはフィアンセに話してないね？」

「なぜ話さなきゃならない？……結婚すれば別だよ。ぼくたちは、下世話に言うと、とても愛し合ってるんだ」

「きみの行動はそれにふさわしくない」

トループは眉をひそめた。「それがあんたになんの関係があるんだ？」ニコルソンが返事をしないでいると、彼の目にわかったという表情が浮かんだ。彼は天を仰いで笑いだした。「これはこれは。あんたは彼女にまいった、そうなのか？……てんで見込みはないですよ、先輩」

「わたしが彼女にきみのことを告げてもかな――」

「でも、あんたは言わないだろう？　学校時代にぼくが告げ口をしてあんたにきつく叱られたことをぼくはまだ覚えてるよ」

「安心しないほうがいいぞ」ニコルソンは言った。しかしトループの言うとおりだった。彼はすでにアイリーンに話す機会を逸していた。

外で、時計が半を告げた。

トループはあくびをして自分の腕時計をちらと見た。「四時半か！　あんたはぼく同様疲れているようだ。コーヒーはどうです？」

「いや、けっこう」ニコルソンは立ち上がった。「これはなにを描いてるんだ？」イーゼル上のカンバスを指して尋ねた。

トループは一歩退いて絵をじっと見た。それから肩を落としてため息をついた。

「ちくしょう！」うんざりしたようにいった。「またもやひどい失敗作だ」

「なにを描こうとしたのかな？」ニコルソンにはこの絵の脈絡あるいは意味合いがまだわからなかった。

「これはぼくが見た夢の再現だ。ふと覗《のぞ》き見た永遠、といってもいいだろうが、人生の謎を解く鍵だな。目覚めたとき、ぼくはここに駆け込んで、見たものが消えないうちにカンバスに移そうとした。阿片の夢から覚めたコールリッジが『クーブラ・カーン』を書きはじめたときのようにね……」彼は意気消沈して絵を見つめた。「これが結果さ」

「わたしがじゃましたのでは――」

彼は首を振った。「救いがたい出来だ。いつもそうなんだ……アイリーンはなぜぼくがこれで憂鬱《ゆううつ》になるのか、わからないでいる。彼女はぼくがありきたりの仕事をしてるほうがいいらしい。こういったようなね」

彼はテーブルから一枚の紙を取るとニコルソンに渡した。椅子で寝ているアイリーン・プラットの鉛筆画で、驚くほどの簡潔な線と確かなタッチで描かれていた。

これはアイリーンだった。この絵は生きていた。

「これはいい」ニコルソンは言った。「きみは彼女をそのままに捉えている」

「ああ、『よく似ている』か」トループは冷笑した。「それがなんだ、ぼくは画家で写真機じゃないんだ」彼はふたたびイーゼルの絵をじっと見てから、それを乱暴に引き裂いた。「これはまるでイアン・プラットの傑作集の一枚みたいだ」彼はつぶやいた。

彼は黙っていたが、やがて意外にもこうつけ加えた。「あの子は死んでる、そうだろう?」

「プラットか?　わたしもそう思う」

「かわいそうに、アイリーンはきみにそれを証明するために、自ら招いて危険な目に遭《あ》わなければならなかった」ものうげな気取った声が、いらいらした口調をとりはじめた。

ニコルソンは返事をしなかった。これがなにかの話につながるのではないかと予感した。

「ぼくが思うに」とトループはつづけた。「きみたちはこの事件についてはあまりうまい捜査をしてないな。つまり、たとえばプラットが毎週水曜の夜どこへ行ってたか、まだわからないんだろう?」

「ああ。きみは?」

トループは眉をひそめた。彼は急《せ》かされるのを嫌った。「ぼくは前に、水曜の一一時ごろ、彼を見たよ。彼がいなくなる一、二週間前だ」

「どこで?」

「向かいの道路でさ。自転車に乗って校門から出てきた」

ニコルソンは不快に思った。「なぜもっと早く話してくれなかった？」

「きみは訊かなかったもの」

「水曜だったことはたしかか？」

「それはたしかだ。公会堂のコンサートから帰ってきたときだと覚えているから」スコティッシュ・ナショナル・オーケストラは冬のあいだ月に一度シルブリッジでコンサートをしていた。それはいつも水曜だった。

「アイリーンも一緒だった？」

「いや、水曜は彼女がフィオーナ・キャメロンとおしゃべりする夜なんだ」

「フィオーナ・キャメロン？　だれだ？」

トループは驚いて彼を見た。「知らないのか？　きみの同僚の奥さんだよ。アイリーンは彼らの結婚式で新婦の付添をした」

ニコルソンは、アイリーンがキャメロンの妻を知ってると前に言ったことを今思い出した。彼女がキャメロンの結婚式で付添をしたと知って、彼はなんとなく肩すかしをくった気がした……。

彼は努めて気持ちを切り替え、イアン・プラットのことに戻った。

「そんな時間にプラットが学校でなにをしていたのか、心当たりはあるか？」

トループはにっこりした。「それはあなたの分野ですよ、先輩。われわれは警察に事実を与え、警察はそこから推理する。そうでしょう?」

3

日曜の朝、クラドック突堤沖でダイバーが潜った。まもなく、錠《じょう》が壊れてふたが開いたグリーンのスーツケースが見つかった。中身のいくつかは突堤の支柱の間にはさまっていて、これでイアン・プラットのものであることが十分確認された。しかし日記は見つからなかった。町の東のはずれでは、別のダイバーがジョージ港からアイリーン・プラットの自転車とアノラックを回収していた。埠頭《ふとう》寄りのところは集中的な捜査がおこなわれたが、なにも出てこなかった。争いがあったとしてもなんの跡も残っていなかった。

その間ニコルソンは将官未亡人レディ・トマスに電話していた。未亡人は、息子が一一月二五日の夜をグラスゴーのクライドミュアホテルで過ごしたことを認めた。デイヴィッドは普通はそういうホテルは使わないのだが、と夫人はわざわざ指摘した。息子は電話帳で捜すときにクライズデイルと間違えたのだ。

つぎにニコルソンはグラスゴーの大きなホテルにつぎつぎに電話して、キャメロンが数週間前にしておくべきだった質問をした。一一月二五日の夜の部屋を予約して現われなかった人はいませんか? キャメロンが見つけようとしたのは、イアン・プラットが実際に泊まったホテルだった。そしてクライドミュアがそれらしいとわかった時点で、キャメロンはホテルに関心を失った。

ニコルソンの推測では、おそらくプラットはその夜のうちに最終目的のエディンバラまで行くつもりはなかったと思われた。彼が買った切符はグラスゴーまでで、その後出かけて食事をとった。霧が列車の運行を妨げなかったとしても、彼が夕食後にシルブリッジからエディンバラまで行けた可能性は少なかった。

プラットが最近豊かになった懐で高級ホテルを好んでいたことを知っているので、ニコルソンはまず大きなステーション・ホテルを当たってみた。そして二軒目で目指すものを見つけた。シルブリッジを住所とするI・T・コールマンなる人物が、手紙でその夜のシングル・ルームを予約していた。彼は現われず、部屋に泊まることはなかった。住所が架空のものだったことで、「I・T・コールマン」とは実の父親の名を使ったイアン・プラットであろうというニコルソンの推測はかえって確認された。

プラットがシルブリッジを出なかったという証拠がまだ必要だというなら、これこそその証拠だった。

犯罪捜査部主任警部マーンズは昼ごろオフィスに出てきた。報告を聞くと、彼はすぐ首脳部に電話した。「イアン・プラットは死んでます……」こう言っているのをニコルソンは聞いた。マーンズは望んだものを手に入れた。特別人員がシルブリッジに送り込まれ、プラットの死体の捜索を手伝うことになった。マーンズは当面の捜査を任された。

探索が本格的に始まったのは日曜の午後で、直接指揮をとったのは寡黙《かもく》なキャメロン部長刑事だった。キャメロンはトマス少年を追いかけて失敗したことで叱責《しっせき》を受けたので、彼の顔には憤《いきどお》りが現われていた。

運河とストラナック湖と小さい池をいくつか浚《さら》う手はずが整った。キャメロンは地元山岳会にボランティアを求めて、悪魔《デヴィルズ・ラヴィーン》の谷に入る危険な下りをやってもらうことにした。警官の大部分はボランティアの市民とともに町の上方の荒れ野《ムーア》を櫛《くし》ですくように徹底的に捜索しはじめた。

ニコルソンは昼前にプラット夫人を訪れた。彼は、アイリーンは大丈夫だという病院からの伝言を持っていったのだが、予想どおりそれは夫人の主たる関心事ではなかった。彼女はすぐにイアンのことを尋ねた。

何度も経験があるにもかかわらず、ニコルソンは悪いしらせを伝える任務に無感覚になれなかった。医師やナースや警官や葬儀屋など、他人の悲劇に日常的にかかわらなければならない仕事を持つ人びとが通常身につける達観した無関心、彼にはそれが欠けていた。それは彼の弱点だった。すでに一度、ルースのことで感情的にかかわった結果、もう少しで職を失いかけたことがあった……。

プラット夫人は安心させてもらいたがっていたが、彼にはそれはできなかった。たしかに、すがろうとすれば一脈ののぞみはあった。彼女の息子の死は動かしがたく確定したわけではないのだから。しかし今となっては希望を持たせるのは間違った親切だろう。

ニコルソンは愁嘆場《しゅうたんば》を恐れていたのだが、彼のしらせを聞いたときの夫人の無気力な絶望の様子にはもっと困惑した。

夫人はうんざりしたように、しかし十分平静に、前夜のことを話した。それによれば最初の電話は一二時一〇分前ごろにあった。アンガスは二階に上がってきたところで、服を脱ぎはじめていた。彼女自身はベッドにいたが寝てはいなかった。二度目の電話は一時四五分だった。アンガスはまだ階下にいてアイリーンの帰りを待っていた。夫は妻に最初の伝言の内容を教えなかった。しかし夫人はなにかおかしいと思った。そして心配しながら横になっていた。

「あなたは最初の電話が鳴るのをたしかに聞いたんですね？」ニコルソンは夫人に念を押した。アンガス・プラットがその電話の話を創作したのでないことを確かめる必要があった。

「ええ、聞きました。それはお話ししたでしょう。それに犬も吠えましたわ。あれは電話かドアのベルが鳴るとき以外は吠えません」

「プラット夫人、あなたははじめから息子さんが死んだと思ってましたね。彼になにが起きたと思われたのですか？　事故か、自殺か、殺人か」

「あなたはわたくしの言うことを聞こうとしなかったわ」気難しそうに言った。「あなたは聞くべきだったのよ」

「今は聞いてます、プラット夫人」

「イアンはおびえていました。逃げようとしたのはそのためです。彼は怖がっていました」

「なにを怖がっていたんです?」

プラット夫人はため息をついた。「わからないわ」気のなさそうに言った。

日曜の昼食後、ニコルソンがウッド刑事と入っていったとき、フィンゲッティのフィッシュ・グリルは空だった。ただ店主だけがカウンターのいつもの場所でポテトフライを金網のかごにすくい入れていた。

パオロ・フィンゲッティは小柄な禿《は》げた男で、血色の悪い陰気な顔をしていた。フィッシュ・グリルと隣のカフェは週に七日、年に五二週開店していて、閉まるのはクリスマスだけだった。パオロは白い前掛けをつけて毎日、終日店にいた。一度だけ、父親が死んだときに、葬式と後の始末をつけるためにイタリアに戻った。それを除けば彼は一日も欠かさず仕事に出た。仕事は彼の生活そのものだった。

彼が支払う人件費はわずかなものだった。なぜなら、雇っているのは妻と娘たちだけだったから。それに今度はルシアの代わりとしてフィレンツェから連れてきた甥がいた。一家は一見裕福には見えなかった。家族はこの店とカフェの上階の部屋でつましく暮らしていて、車も持たなかった。しかしフィンゲッティがシルブリッジではもっとも金持ちの住人の一人であることは広く信じられていた。

「ルシアだって?」ニコルソンが来たわけを話すと、彼は言った。「でも、もう話しましたよ、べつの一人、眉毛の人に」——マーンズ主任警部だ、とニコルソンは思った——「もう知って

「たしかに。しかしかまわなければ、もう一度聞きたいんです」

フィンゲッティは娘のことを話すのに愛情を込めなかった。「あの子はくずだったよ、あいつは。厄介者の黒い羊って、あんたがたの言うやつさ。それになまけ者で！　あんななまけ者の女の子は見たことがない。働かなきゃならないときはお客に色目をつかって、な？　あの子をお取りになったのは慈悲深い天の思し召しさ、神よ、あの子の霊を休ましめたまえ！」

「彼女の友達はだれでした？」ニコルソンは訊《き》いた。

「友達？　あの子には友達はいない」

「男たちのことを言ったんですが」

革ジャンパーにヘルメットの若者が二人入ってきてポテトフライを頼んだ。フィンゲッティは慣れた手早さで対応した。

「男たち？」客が行ってしまうと彼は繰り返した。「男なら何十人、何百人といたさ」彼は身振りで怒りを表した。「いいかね、もしルシアが今ここにいたとしたら、あの二人の男の子がドアを出るまえにデートの約束をしてただろうよ」

「名前を教えてくれませんか？　その、彼女の男たちの――」

「大勢すぎて……」彼はカウンターから出てくると、上の部屋に通じる階段口に行き、「マリア！」と呼んだ。

「妻が覚えているかもしれない」彼は言った。

フィンゲッティ夫人が降りてくるのを待っていると、カフェからジュークボックスの騒がしい歌が聞こえてきた。日曜の午後の商売が始まっていた。

「甥ごさんがカフェをやってるんですか？」ニコルソンは訊いた。

フィンゲッティは顔をしかめた。「彼はなまけ者の役立たずだ。ルシアと同じさ。アンナのほうは仕事ができる」彼の顔はゆるんだ。「アンナはいい子だ」

ニコルソンは去年の一一月にカフェで彼の注文をとった黒髪の美人を思い出した。彼はウッド刑事に言った。「チャーリー、隣で一杯やっててくれ。そしてわたしに二〇本入りたばこを買ってくれるか？」

彼に一〇シリング札を渡し、かすかにうなずいた。チャーリーは了解した。彼は黒髪の美人の扱いを心得ていたから……。

重い足音をたてて女が階段を降りてきた。ぶかっこうに体形の崩れた太った女だ。アンナも二五年後は、とニコルソンは悪いことを考えた。

フィンゲッティ夫人はルシアのことを、夫よりも寛容に見ていた。「のんき過ぎたんですよ」というのが夫人の裁定だった。慎重であれば答は「ノー」と言うべきところをすぐ「イエス」と言ってしまう。楽しいことが好きでなまけるが――夫人はなまけ癖は認めた――悪意はないのだ、と言った。

夫人は、上に戻ってルシアの写真を持ってくると言い張った。その写真でも、家族が似ていることははっきりわかった。そこに写っているルシアは、まるでもっと成熟してもっと世間慣れしたアンナのようだった。

フィンゲッティ夫人の話では、ルシアは男たちとのつき合いを楽しんでいたけれども乱交はしていなかった。彼女の最初の愛人は船乗りで、その彼がすでに結婚していたことを知ってルシアは深く傷ついた。それ以来本気でつき合った男はほんの二人か三人だ。

夫人は名前を知らなかったし、どんな男たちだったかも言えなかった。父親が騒ぎを起こすかもしれないので、ルシアは彼らを家へはつれてこなかった。それに母親に打ち明け話をするような娘でもなかった。

「フィンゲッティ夫人、その『つき合い』とおっしゃるのは情事の意味ですか？」

「もちろんよ。ほかになにがあります？」

「うわさでは」――母親を傷つけたくはなかったが、これを持ち出さなければならなかった――「娘さんは何人か商売上の客をもってたそうですが」

「あの子が娼婦だったと言うの？　それはないわ。わたしのルシアがそんな」

ニコルソンはハバート・ネルソンとアーサー・ブラーの名前を出した。二人ともルシアをひいきにしていたことで知られていた。その名を聞いたことがないらしく、フィンゲッティ夫人の顔は無表情だった。夫人が心底からショックを受け、憤慨しているのは明らかだった。ということは、娘の私生活についての彼女の証言は価値がなくなった。

客の応対をしていたフィンゲッティが戻ってくると、ニコルソンはイアン・プラットのことを訊いた。

イタリア人は首を振った。「名前は覚えてない」彼は言った。

ニコルソンは彼に写真を見せた。

「ああ、そうか。この子はここへ来る。しかしもう何週間も見ないよ」

「一連隊は今でもここのカフェに集まってますか？　ギャマンズとその仲間だが」

「ときどきはね」フィンゲッティは用心しながら認めた。「でも警部さん、彼らは行儀いいよ。ここはちゃんとした店だ。ちょっとでも面倒を起こせば、さっ！」――彼は指を鳴らした――「――と彼らは出てく」

「苦情を言ってるんじゃないんです。わたしはただ、彼らのうちのだれかがルシアと親しかったのではないかと思ったので」

フィンゲッティはきっぱりとうなずいた。「そうだ。彼らに色目を使って――」

しかし彼の妻が口をはさんだ。「そんなことないわ。ルシアは――こちらではなんて言うの？――もっと大きな魚を捕まえてたもの」

「プラット少年でもだめですか？」ニコルソンは訊いた。

「若過ぎるわ。あの娘は男が好き、男の子はだめ」

フィンゲッティは眉をひそめて不賛成の意を表した。「ああ、マリア。おまえは自分の娘がわかってない。言っとくが、わたしには彼女がわかる。彼女はわたしの客みんなに色目を使うんだよ。年寄りにも、小さな男の子にもね。あの娘をわたしたちから取り上げたのは、神様のお裁きだ」

フィンゲッティ夫人は前ぶれもなくわっと泣き出すと、二階へ上がっていった。夫は当惑して妻を見送った。

ニコルソンはそこを通り抜けてカフェに行った。ジュークボックスは今は鳴り止んでいた。三人の少女が黄色い小テーブルの一つでコーヒーを飲んでいた。べつのテーブルでは中年の男がニューズオブザワールドを読みふけっていた。

ウッド刑事はカウンターでアンナ・フィンゲッティと差し向かいで話していた。彼はぐっと身を乗り出し、二人の頭《テート》はほとんどくっついていて、文字どおりの打ち解けたおしゃべり《テート・ア・テート》をしていた。きわどい冗談でも言っているのだろうか。

どうもそのようだ。ニコルソンが見ていると、少女はウッドが言ったことばに嬉しそうに歯を見せて笑った。二人はニコルソンに気づいていなかった。そこで彼はそっと外に抜け出した。五〇ヤードほど歩いてポッター・ストリートの角に来ると、そこから通りを見た。通りは狭く、切り立っていた。片側はべったりと倉庫の壁がつづき、反対側は板囲いで、囲いの向こうでは解体工事が進んでいた。だれかが車を寄せてきたら、とっさに逃げ込むドア口もなかった。

ニコルソンが戻ると、ウッド刑事がカフェの前で待っていた。彼はたばことつり銭を渡した。

「ようやく離れてきたか」車に乗り込みながらニコルソンはそっけなく言った。

刑事は顔を赤らめた。「うまく説き伏せなきゃなりませんから」

「なにかわかったか？」

「ルシアはすごかったとアンナは思ってます。しかしアンナはそれほど知ってません――たぶんルシアは妹に話すのを用心したんでしょう。どうやら船乗りがいたらしいが、それは以前に終わった話です」

「男は結婚してたんだ」

ウッドの顔は元気がなくなった。「すっかりご存じで?」

「いや、続けてくれ」

「それで、当時彼女はやけになったようです」

「そこで自分のサービスに値段をつけたのか?」

「そうなんです。でもアンナが言うには、ルシアはとても選り好みをしました。少数の客を選んだということです。二、三人を越えることはなかったそうです」

「名前は?」

「プラーとかいう男がいたそうです」

「アーサー・ブラーかな?」

「かもしれません。アンナはその名前を一度聞いただけです」

「知ってたのはそれだけか?」

「それがそうでもないんで。ルシアにはボーイフレンドもいました。客ではなくて彼女が好いてた男です。教師の」

「教師? アンナはたしかに教師だと言ったのか?」

「ええ、そうルシアから聞いたそうです。ともかく彼は教養があって――アンナはその男と一度電話で話したそうですよ」

「その情事はどのくらい続いたのかな?」

「ルシアが終わりにするまで、三か月くらいです」

「それで、彼の名前とかどんな男とか、アンナは知らないのか?」

「ええ。アンナと話せばわかるでしょうが、彼女はいい子なんですが、口の固さに関しては、まったく信用できません。ルシアはおやじさんが知るのを恐れたんでしょう。あなたには想像もつかないでしょうが、あの小男は家族にはそれは怖がられてるんです。アンナは彼をひどく恐れてます」

しかしニコルソンは驚かなかった。

「教師だって?」マーンズはその言葉をすばやくとらえた。「そりゃまた、おもしろいじゃないか、モーリス」

ニコルソンはパイプをもてあそんでいる彼を眺めた。

「眉毛の人」――それはぴたりと彼を言い当てていた。眉毛は、彼を戯画化しようとする漫画家に天が贈った素材だった。

マーンズの顔には奇妙な機能が備わっていて、気分によって造作が変わるように見えた。波に乗った今日、彼の目鼻立ちはいつもほどげっそりしていないし、口もとのしわもそれほど厳しくなかった。目つきにもいつもの優柔不断は見られなかった。

とはいえ、彼の幸福感を正当づける確かなものがあったわけではなかった。むしろ逆だった。ジョージ港地区の家を一軒一軒尋ねて回った結果はなにもなかった。アイリーン・プラットの自転車にも、懐中電灯にも、識別できる指紋は見つからなかった。それに、これまでのところイアン・プラットの死体の捜索も成果がなかった。それでも、大きな殺人捜査を初めて任された興奮は、まだ心配に取って代わっていないようだった。それがやってくるのは明日、首脳部が彼をつつき始めてからだろう。それと新聞も……。

マーンズは病院から戻ったばかりだった。病院ではアイリーン・プラットと短い面談を許されたが、それさえある意味では期待に反したものだった。マーンズはニコルソンにそのことを話した。アイリーンは彼女を襲った者を見なかったし、ことばも聞かなかった。だから襲撃者が黒い靴を履いていたという以外は顔かたちを言うこともできなかった。

しかし彼女は、その男は自分の知っている人だと確信していた。

「どうしてそう信じるようになったのですか？」ニコルソンは訊いた。

マーンズは肩をすくめた。「察するところ、直感かな。それにしてもモーリス、フィンゲッテイの娘が教師と関係をもってたという話はおもしろいね。つまり、もしそれが高校の教師だとしたら――ミス・プラットの同僚の一人だとしたらどうだ？　わたしの言う意味がわかるか？」

そんなわずかな材料で話を仕立てるとはマーンズらしくなかった。

「ほかにもあるんでしょう？」ニコルソンは訊いた。

マーンズはにやっと笑った。「そのとおりだ、モーリス。プラットが夜遅く学校から出てくるのを見られた話、覚えてるか？」

そうだった！　ダグラス・トループが彼を見ていた。しかも水曜の夜に。そうだ、これは重要なことかもしれない……。

「モーリス、賭《か》けないか？」主任警部は言った。「明日の今頃までに死体を見つけることに五ポンド」

4

賭けていたらマーンズは負けた。月曜の夕刻になってもイアン・プラットの死体は見つからなかった。運河と湖と悪魔の谷は調べが済んで除外され、火曜日には荒れ野《ムーア》の探索が強化され、範囲も広げられた。

少年が死んでいるという可能性は、思いがけない方面から出てきた証言で強くなった。月曜朝の新聞で行方不明の少年の捜索が再開されたという記事を読んだエドワード・コールマン夫人がエディンバラの警察署へ電話をかけてきた。彼女は、彼女と「夫」が二人して昨年一一月ニコルソン警部にうそを言ったことを認めた。夫妻は、イアン・プラットがいなくなった週に、彼を迎えるはずだった。イアンが来て彼らと住むことはすでに取り決めてあった。

自転車が着いて少年が現われなかったとき、コールマンはたいへん動揺した。警察に訊《き》かれてもなにも言うな、と夫人に約束させた。しかし新聞が殺人をほのめかしている今となっては、コールマン夫人はもう黙っていられなかった。

マーンズ主任警部はその夜エディンバラに行って、自らコールマン夫妻を尋問した。

火曜の朝、ニコルソン警部はアイリーン・プラットに会いに病院を訪れた。

彼女はベッドに座って新聞を読んでいた。頭にはまだ包帯が巻いてあったが、顔色はよかった。

彼女は笑顔になった。「会えてうれしいわ、モーリス。まあ大変、びしょぬれじゃないの！」

彼女の声を聞いて彼は暖かい幸福感につつまれた。これは仕事の訪問だぞ、と自分に言い聞かせた。

「いかがですか？」水の滴《したた》る帽子とコートを、まだふさがっていないもうひとつのベッドの足元に置きながら、彼は尋ねた。

「助かりそうよ……まだ知らせはないの？」彼女は新聞の写真――警官たちがシルブリッジ上方の丘陵地帯を捜している写真――を指した。

「ええ」彼は椅子を引き出して座った。「アイリーン、この話はマーンズ主任警部にすでにしているでしょうが、とても重要なんです。きみを襲った男についてなにかほかに覚えていることはありませんか？」

「あるとすれば昨夜アラン・キャメロンに話したことだけだわ」

「キャメロン？　彼はここに来たとは言いませんでしたよ」

「あれは仕事の訪問じゃなかったのよ、モーリス」

アイリーンがキャメロンをそんなによく知っていることを、彼はどういうわけか、すぐ忘れた。フィオーナと子供たちがエアドリーの実家の母のところへ出かけていて不在なのだから、アランが病院にアイリーンを訪ねるのは自然の成り行きだった。

「なるほど」ニコルソンは言った。「あなたはキャメロンになにを話したんです？」

「わたしがその男を知ってるとわかったのは……ゴムの防護物につかまって水中にいたときだったの。もちろん生命の危機に瀕《ひん》したときには五感が鋭くなるものだわ。わたしは溺れそうだと感じていたから……」

「男を見たというんですか、アイリーン？」

彼女はじれったそうに首を振った。「わかってないのね。わたしが言いたいのは、その瞬間にわたしはそれがだれかわかった、ということよ。どうしてわかったかは、説明できないわ」

「そして、今は思い出せない？」

「その時点までのことはなにもかもはっきり覚えているの。でもそこでわたしの心は閉じてしまって、恐怖感が戻ってくるの。シンガ先生が言うには、それは遅れて来たショックですって。わたしの潜在意識はそれを思い出したくないんですって」

「しかしそれは戻ってくるんだろう？」

「いつでもあり得る、ってシンガ先生は言ってるわ」

ニコルソンは心配そうに彼女を見た。「アイリーン、きみはこのことをキャメロンとぼくのほかに何人くらいに話した?」

「先生だけよ。それに、もちろんダグラス」

「それなら、もうだれにもその話をしないように、いいですね?」

彼女はほほえんだ。「かわいそうなモーリス。あなたはわたしのことを心配してる、そうでしょ?」

「ええ」

「だれかが心配してくれるって、すてき。ダグラスはわたしを責め立てようとするの、なぜならわたしを訪ねてここに来なきゃならないから。彼は病院が嫌いなの……それに母は、母は会いに来もしないわ」

「お加減が悪いんです、アイリーン」

「そうは言ってもあの人はわたしの母親よ。他人が見たらあの人はまるで――」彼女はため息をついた。「それにしても、いつもイアンだったわ。母は彼を溺愛《できあい》してるの……母は今、どう受けとめてます?」

「日曜の朝はぼうっとされていて、事態がはっきりわからないようだった」

「それはきっと睡眠薬のせいだわ。薬のせいで母は毎晩明かりが消えたようになっちゃうの」

「でも、夜中の二本の電話は聞いたんですよ」

「ほんとに?」アイリーンは懐疑的だった。「そうとすれば、母は電話も聞かずに寝入ってたと認めたくなかったんだわ」

隣接する病棟からナースが入ってきた。お茶とビスケットのトレーを持っていた。カップは二つあった。

「錠剤を飲むのを忘れないように、ミス・プラット」

アイリーンはうなずいて、白いカプセルを二つ口に入れ、お茶を一口含んでのみ込んだ。

「それはなんの薬？」ナースが行ってしまうとニコルソンは訊いた。

「神経のだと思うわ。悪い夢を見てばかりだから……」彼女は身を震わせ、はおっていた黄色い部屋着をしっかりと肩に巻きつけた。「わたしはイアンのことを考えつづけてるの。あれは――恐ろしいことだわ。いったいどんな人がイアンを殺したいと思うんでしょう？」

「ゆすりは危険なゲームだ」ニコルソンは静かに言った。

彼女は吐息をついた。「イアンがゆすりだなんて考えられない。あんないい子だったのに。あなたも彼を好きになったでしょうに、モーリス、きっと好きになったと思うわ」

「わたしはきみのことの方が心配だ、アイリーン。きみはまだ危険だと思う。知り過ぎているから」

アイリーンは驚いた顔をした。「でも知ってることはみな警察に話したわ」

「本当に？」

ニコルソンはこれまでそのことを懸命に考えていた。仮に、アイリーンが襲われた原因は彼女が先週の土曜に見つけたことにあるとする。ということは、襲撃者は彼女のグラスゴー行きは知っていたが、彼女がその情報をすでに土曜の夜に警察に伝えたことは知らなかったことになる。だがそれはばかげていた。だれが考えても、彼女がまずやるだろうことは警察に行くことだからだ。

ということは、殺人を試みた理由はほかにあるのだ。アイリーンのグラスゴーでの発見によって、弟失踪の調査が再開されることは必定《ひつじょう》だった。仮に、殺人者が恐れるのは調査の再開ではなく、アイリーンがその経過で漏らしてしまうかもしれないなにかだとしたら、イアンの死に直接かかわるなにかだとしたら……。

「イアンがいなくなった夜のことを話してほしい」ニコルソンは言った。

「でもあのとき話したでしょう」

「かまわない、もう一度話して。どんなに些細《ささい》なことでもいいから、あらゆるこまかいことまで頼む」

あの日、彼女は学校が終わるとダグラスとお茶に行った。霧のなか、学校の外で彼を待っていると、イアンが自転車に乗って通り過ぎるのを見たような気がした。しかし見間違いかもしれなかった。

二人はダグラスの部屋でお茶を飲み、レコードを聴いた。六時を少しまわったときにダグラスは車で彼女を家まで送った。

母親はブリッジから帰ったばかりだったが、イアンも父もいなかった。父は七時ごろ戻ってきた――いつもの時間だ――それから三人で夕食をとった。

アイリーンは毎週水曜にフィオーナ・キャメロンを訪ねた。その夜は霧が濃かったので、父親が車に同乗させてくれなければ訪問を延期していただろう。父は七時四五分ごろ彼女をキャメロンの家で降ろした。

アランは出かけるところだった。彼は水曜はいつも出かけた。できるかぎりアイリーンを避けていたのだ。いつものようにその晩もまたたくまに時は過ぎ、アイリーンは一一時二〇分の最終バスに乗るために走らなくてはならなかった。フィオーナは、アランが送るから彼が帰るまでいてほしいと言ったが、こんな夜にそれは無理だとアイリーンは思った。

帰ってみると、母親はイアンが戻らないのでパニック状態になっていた。父もまだ帰宅していなかったが一二時五分前ごろ帰ってきた。屋根裏へのはね上げ戸が開いているのを見つけたのは父だった。

「わたしは上がって調べたの。そしてグリーンの大型スーツケースがないのに気がついたんです。それを覚えていたのは、去年の夏の休暇にわたしがそれを使ったからなの――実をいうと、わたしが錠《じょう》のひとつを壊したのよ。それで、わたしたちイアンの寝室をのぞいたら、彼のものがみんななくなってたの」

「続けて」とニコルソンは言った。

「でも、これで全部よ。母は彼がリヴァプールの姉のところへ行ったと決めこんだわ。わたしはそうは思わなかったけど、母にはそう思わせときました。わたしたちはベッドに行きました」

「ではつぎの日。つぎの日のことを話して」

アイリーンは疲れているようだった。彼女にしつこく迫るのはいやだったが、そうすることで重要なことがわかるかもしれない。

翌木曜日で彼女の記憶に残っているのは、母がイアンからの電話を待って、夕方から電話にしがみついていたことだ。姉娘のアネットに自分から電話するにはプライドが許さなかったのだ。しかし時間が刻々とたつにつれて母はますます心配になった。

アイリーン自身はイアンが永久に出ていったと信じていた。そして喜んでいた。しかし彼女は弟の欠席を校長に報告するだけはした。驚いたことに校長は調査を始めた。

「もちろんまったく無駄なことなのよ。だって、たとえイアンがなにか危害に遭ったとしても、校内でそうなるはずはないんですもの。彼が前夜学校を出たのは、数人の人が見てたわ」

「ハドルストン博士は自分をアマチュア探偵だと思ってるんだ」ニコルソンが説明した。

アイリーンはうなずいた。「そうね、わたしは彼の研究室で三〇分も『証言』させられたわ。それでわたしの一日は狂ったのよ。それやら、ほかの人が起こした騒ぎやらで、お昼までてんやわんやだったわ」

「なんの騒ぎ?」

「なに?　ああ、この件とは関係ないことなの。くだらないこと」

「それでも聞きたいな」

アイリーンは物憂げにほほえんでみせた。「あなたって、徹底的にやるのね、モーリス。……それなら、体育館のすぐそばにある大きな木造の小屋を知ってるわね?」

「体育関係の備品をしまっておくところだね？」

「ええ。あそこは庭師が使う道具小屋でもあるの。トム・キングとわたしがそれぞれ鍵を持ち、三つ目の鍵は用務員が保管してるわ。庭師のおじさんのマッケンドリックは鍵が必要になると用務員詰所まで取りにいくことになってるの。でも彼はよく体育館に駆け込んできてわたしのを借りるのよ」

その木曜の朝、マッケンドリックが鍵を借りにきたとき、アイリーンは自分のキーホルダーに鍵がないのに気づき、トム・キングの鍵を借りに行った。その日はとりわけ（余計な）世話をやきたい気分でいたキングは、まず、なぜマッケンドリックは詰所まで鍵を借りに行かなかったのか、つぎに、どうしてアイリーンは彼女の鍵を失くしたのか、問いただした。彼は二人を従えて堂々と小屋まで行進し、ドアの錠を開けた。するとマッケンドリックは叫んだ。だれかがなかを荒らした、彼の鋤《すき》がいつもの場所にない、と……。

「そのおかげでわたしたちは、失くなっているものはないか、小屋にあるものを総点検するはめになったわ。おまけに最後に、鍵を子供らが盗めるようなところに置いたことでお説教されたのよ。それならあなたはどこに置くの、とキングに言いたいところだったわ……どうしたの、モーリス？」

ニコルソンは話も上の空で彼女を見つめていた。「鋤、と言ったね？」

彼が初めて高校を訪ねた去年の一一月の情景が心によみがえった。庭師が生垣の前の地面を掘り起こしていた。掘り返されたばかりの濃い茶色の土が……。

5

学校は午前の授業が終わったところで閉鎖され、昼食後、掘り起こしが始まった。その日は、シルブリッジの天候はバラエティーショウのようだという評判をもたらした天気そのままで、真っ黒な垂れ込めた空からは早朝から豪雨が、衰えを知らないようにつづいていた。

防水服を着た六人の警官が、イボタノキの生垣の前の固い粘土質の土に鍬を打ち込んでいた。キャメロン部長刑事がゴム長靴でビシャビシャ歩きまわりながら作業を監督していた。ずっと離れた舗装面には少人数のグループが固まって見物していた。青白く沈んだ顔のハドルストン博士は金髪のアポロのような男とひとつ傘を分け合っていた。これがアイリーンの同僚のキングだな、とニコルソンは思い当たった。アンガス・プラットがいた。これはニコルソンが要請したのだ。アンガスの隣には庭師のマッケンドリックが立っていた。赤毛でめがねをかけた、痩せて筋張った小男だ。あとは新聞記者たちだった。

ニコルソンはすこし離れて、手をポケットに入れて立っていた。雨が帽子から滝のように流れ落ち、レインコートを伝った。彼の目はしじゅう門の方へいった。マーンズがもう着くころだった。エディンバラにいた彼に電話を入れると、彼はまっすぐにこちらへ向かった。

マッケンドリックがニコルソンに近づいてきた。

「あの人たちが掘ってるのは違うとこですよ」彼は言った。「刑事さんには言ったのに」

ニコルソンもそう思っていた。彼らが手をつけている部分は、昨年一一月に彼が学校に来たときには掘り返されていなかった。あのとき庭師が掘っていたのは、一〇ヤードか二〇ヤード東寄りのところだった。しかしニコルソンは、定めた区画を端から端まで組織的にやっていくというキャメロンの几帳面癖《きちょうめん》がわかっていたので、あえて口出しはしなかった。

「今にその場所にいくだろう」と彼はマッケンドリックに言った。

「ああ、でもまったくのろくさいことだ」小男は愛想がつきたようにつばを吐いた。

「あの朝なにか気がついたかね?」ニコルソンは彼に訊《き》いた。「地面が荒らされてたとか、そういったことだが」

「あそこじゃないが、小屋でだれかがいたずらしたことは確かだよ」

「鋤《すき》がいつもの場所になかったからか?」

「ああ、それとわしの長靴さ。ねば土だらけになってたんで」

マッケンドリックは毎日仕事が終わると、園芸用の長靴の泥をざっと落として道具小屋にしまった。しかしあの木曜の朝は、長靴が泥だらけになっているのを見つけた。失くなっていたものはないし、傷ついてもいなかったので、生徒のだれか、あるいは数人の生徒が「悪ふざけ」をしたのだろうと決めこんだ。

「きみはイアン・プラットを知ってたかね?」ニコルソンは訊いた。

「あの子にはよく、おやじさんにと言って挿し木用の切り枝をやったよ」

「プラット氏を知ってるのか？」

「うん、彼は自分の庭に夢中だからね」

作業現場は今度は一〇ヤード東に移った。最初のます目にはなにもない、と宣言された。掘り起こした四フィートの深さは今ふたたび埋め戻されていた。

キャメロンが二、三鋭く命令を下すと、第二段階が始まった。彼はその区画をもっとも有効に掘り進むように部下を配置した。キャメロンにはなにか数式があって、それに従って正しい位置を決めているのではないか、とニコルソンは勘ぐった。

鋤が濡れた粘土に当たるグサリという音、ときどき金属が石とぶつかる鋭いチャリンという音、土を積みあげるドサッという音、ニコルソンは魅せられたようにそれらに聴き入っていた。彼の背後では、小屋の屋根の雨どいから水が音を立ててほとばしり出ていた。外のグリーン・ロードでは、かなりの群衆が柵に沿って広がり、なかをのぞき込んでいた。マーンズはまだ現われなかった。

第二のます目は三時一五分に完了した。またもや現場は移動した。雨はこれまでになく強くなっていた。汗をかいた掘り手たちから反抗的なつぶやきが漏れたが、キャメロンがこれが一段落したら休憩だと言うと、静まった。

記者たちはそわそわしはじめた。けれどもニコルソンが開始時に、プラットの死体が学校の敷地に埋まっていると思われる証拠がある、と言ったきり口を開こうとしないので、彼らは留まっていた。

三時四二分に黒い車が校門を大きく回り込んで入ってくると、ニコルソンのそばに止まった。マーンズ主任警部がころがり出てきた。

「パンクしやがって」彼は怒った口調でつぶやいた。「まだなのか?」

その時、警官の一人が叫び声を上げ、ほかの警官たちが彼を取り囲んだ。ニコルソンとマーンズは駆け寄った。

「よし、離れろ」キャメロンが叫び、警官たちは退いた。

この掘削《くっさく》場は三フィートほどの深さになっていた。ニコルソンは見下ろしたが、最初は黄色い粘土と水たまりしか見えなかった。しかし掘り返されたばかりのところにはもっと濃い色の部分があった。濃い茶色に見えた。目を近づけてじっと見ると、それは布であることがわかった。それに黄色いところの一部分は粘土ではなかった。それは腐りかけた人間の手の肉だった……。

パートⅣ　アイリーン

1

アネットとピーターが帰ってしまうと、家はとても静かになった。彼らは葬式の翌日の日曜に発っていった。ピーターは仕事に戻らなければならなかったが、アネットはもっといたいようだった。リヴァプールの姑のところに残してきた二歳の双子だ。それにアイリーンも、わたしは大丈夫だからと二人を安心させた。

アイリーンは身体的にはよくなっていた。頭痛も今ではそれほどひどくなくなった。しかし一人になるやいなや、憂鬱《ゆううつ》感と身を切られるような罪悪感が戻ってきた。イアンを救えたのではないか？　母の助けになることができたのではないか？

母が倒れたことは、アイリーンにとってイアンの死以上にショックだった。イアンのことは少しずつ慣らされていたから、学校の敷地で死体が発掘されても、それは胸が悪くなるようなこととはいえ、すでに心のなかで覚悟していたことの確認にすぎなかった。

しかしアイリーンが先週水曜日に——病院の忠告を押しきって——家に戻ったとき、そこで見たのはまったく予想もしないものだった。彼女は救急車から降りて歩いて家に入り、二階の母の部屋に行った。ベッドにいたのは見知らぬ人だった——うつろな、不審そうな目でアイリーンを見つめる女だった。

プラット夫人は今、ラドグローブ精神病院にいた。予後はいいと言われたが、アイリーンの直感では母は二度と正常には戻らない気がした。

その間アンガス・プラットは、こうした災難は自分の知ったことではないというように、彼流の無関心を通していた。アイリーンが聞いたところでは、彼はイアンの死体が掘り出されると気絶した。しかしそれは肉体的な拒否反応にすぎなかった。彼は少年が死んだことに対して悲しみを感じていなかったし、そのことをだれにも隠そうとしなかった。その正直さは父の長所だ、とアイリーンは思ったが、妻が倒れても無関心でいるのと同様、それは非人間的だった。

今になって思うのだが、アイリーンは父親のことをほとんど知らなかった。父が心でなにを思っていたのか、ほとんどわからなかった。昔、母が権力を握っていて、アンガス・プラットが尻に敷かれた亭主の典型だったころ、そのころでさえその図柄にはなにかうそっぽいものがあった。今振り返ってみると、アイリーンが思い出すのは、その服従を裏切るように父が時折見せる薄笑いだった。父は口やかましい小言に耳を傾け、それから自分の庭に、あるいはパブに、逃げていった。

少なくともアイリーンは、パブに行ったと思っていた。アンガス・プラットは暇さえあれば飲んで過ごす、と皆が思っていたし、プラット夫人もよくそう言っていた。プラットはそれを否定しなかったが、確たる証拠があったわけではなかった。それに彼は酔って家に帰ったことはなかった。

最近では彼の不在はますます頻繁になっていた。ほとんど毎晩外出し、週末も出かけた。日曜の今日も朝食を済ませると出ていき、まだ戻らなかった。アネットとピーターを見送りもしなかった。

すでにアイリーンは姉を帰してしまったことを後悔していた。家の静けさは彼女を威圧し、おびえさせた。殺人者が野放しになっている。弟を殺し、彼女を殺そうとした男が。しかもそれは彼女の知っている男なのだ……。

ドアのベルが鳴って、彼女は出ていった。ダグラス・トループだった。

「放蕩《ほうとう》息子のご帰還だよ」彼は言った。アイリーンは冷たく彼を見つめた。

ダグラスは彼女の肩に手を置くとキスしようとした。アイリーンは彼を押しやった。

ダグラスはすねて言った。「きみ、ぼくはちゃんと、出ようかと言ったよ」

たしかに彼は言った。葬式に出なければならないだろうか、と言った。彼は週末にニューバトルの修道院で開かれる美術教師の会議を欠席したくなかったのだ。

アイリーンはため息をついた。「入って」彼女は言った。

それはダグラスには降参の合図ととれた。

「女の典型的な態度だよ、きみ」後について入りながらダグラスは言った。「イエスと言っといて、ぼくが言葉どおりに受け取るとふくれるんだから」

「その話はやめて、ダグラス」彼女は強く言った。

　ダグラスは、彼女がいちばん彼を必要とするときに彼女を見捨てた。会議だけが口実でないのはわかっていた。彼はいつも、ありがたくない義務はごまかして逃れるのだ。

「実を言うと会議は時間の無駄だった。ペチャクチャペチャクチャ、おしゃべりばかり。ぼくは早々に帰ってきたんだ。うれしくないのか?」

　アイリーンは返事をしなかった。

　ダグラスはにっこりした。「こっちへおいで」彼は言った。「いや、ソファーの、ぼくのそばに」

　彼女は座った。彼が腕を回してきても今度は逆らわなかった。ダグラスには多くの欠点があるが、あるがままの彼を受け入れなければならない。一人の男を自分が理想とするタイプに造り直すことなんて、できやしない。母だってやってみたが、結果は……。

「まだ逮捕されないのか?」ダグラスは訊《き》いた。

　まだ、と首を振った。彼女は状況に疎《うと》くなっていた。アラン・キャメロンは葬式に来ていたが捜査についてはなにも言わなかった。モーリス・ニコルソンもそうだった。モーリスの心づかいを思い出して彼女の心はなごんだ。彼は、彼女によかれと思うことはなんであれ、できるかぎりのことをやった。

「警察はシルブリッジの家を一軒一軒まわっている。知ってた？」ダグラスはつづけた。

そうだ、彼女は昨日の新聞でそれを読んだ。軒並みの尋問、と新聞は書いていた。

「ちょっと念入りすぎると思わないか？」彼は感想を述べた。「きみが、だれか知ってる人だ、と言ってるんだから、きみの友達に限ればよさそうなものを……。ところでボディーガードをつけてもらうのはどんな気分だい？」

「ボディーガード？」

「道路の向こうをうろついてるあの筋骨たくましいやつさ。だてや粋狂《すいきょう》であそこにいるわけじゃないだろう」

「ああ、あの人？　記者がうるさくしないようにとモーリス・ニコルソンがつけたのよ」

ダグラスは声を出して笑った。「アイリーンたら、なんてきみはうぶなんだ。そんなことのために警察が人ひとりを出せると思ってるとしたら……」

「じゃあなんのためにあそこにいるの？」

「言っただろう、ボディーガードさ。警察はきみが今も危険だと思ってるんだろう……。まだ思い出さないのか、だれが――」

「ええ」

「なんなのさ、きみ。彼の声なのか、彼の匂いなのか、それとも――」

「話したじゃないの」彼女はぴしゃりと言った。「思い出せないのよ」

「しかしなにか特徴があったはずだよ。たとえば仮にそれがぼくだとしたら、きみはぼくの足を引く音を覚えていただろう、そうじゃないか？」

「それは告白なの？」アイリーンは冷たく言った。

「ほら、ほら、きみったら、きみのそういうところが好きだな。ものごとを文字どおりに受け取る人なんだ」

ダグラスの上からの物言いはときに我慢のならないほどだった。しかし彼はまだ彼女の腰に腕をまわしていた。

「ニューバトルから早く戻った本当のわけを知りたいかい？」彼はなだめるように言った。「きみが恋しかったのさ。もう一分も我慢できなかった」

それはたぶんうそだろう。しかし問いただして確かめるには彼女はあまりに疲れすぎていた。


六時にアラン・キャメロンが来た。「仕事の用です」と彼は言い、入ってきて座った。

ダグラスは立ち去る口実ができて喜んだみたい、とアイリーンは感じた。ダグラスは彼女といて落ち着かなかった。家族を失った彼女の状況は彼には不利に働いた。ふさぎの虫にとりつかれるというふうにいつもの特権を行使できなかったからだ。

そうはいっても、もしキャメロンが来なかったら、彼はそのままいたかもしれないのに。アイリーンはわけもなくキャメロンにいら立った。これはアイリーンとキャメロンの、めぐり合わせの悪い関係をよく表していた。二人の出会いはいつもこじれた。唯一共有するフィオーナというきずなのお陰で、彼らの関係は見せかけの丁重さを保っていた。

キャメロンは原則としてはアイリーンが高く評価するタイプだった。努力して成功した男だし、正直で、良心的で、自分の職業に身を捧げている。彼がこれほど怒りっぽくなく、すぐに軽蔑されたと勘ぐることなく、狭量でなければいいのだが。彼はダグラスをよしとしなかった。これまでずっとそうだった。ダグラスの無責任な行動、節制のなさ、権威への尊敬を欠いていること——こういう特性が、キャメロンのような前歴をもち、訓練を積んだ男には気に入られないだろうことは予測できた。しかし彼はモーリス・ニコルソンをも同様に不可とした。これはアイリーンにはどう考えても嫉妬としか思えなかった。

「お父さんは家にいない？」キャメロンは言った。

「ええ」

「そうか。じつは先日の夜彼の供述をとったんだ」キャメロンは持ってきた書類かばんのフォルダーから一枚の紙を取り出した。質問事項を印刷した用紙に、答がインクで書き加えられていた。「一か所か二か所なんだが……」

「父のアリバイをわたしに崩させたい、そういうこと？」アイリーンは無愛想に言った。

キャメロンは顔をしかめた。「これは通例の手続きだよ、アイリーン。きみのお父さんだけじゃない、シルブリッジのすべての成人男子に対してのものだ」

「でもわたしはマーンズさんに、キーホルダーから鍵を盗んだかもしれない二〇人か三〇人の名前を教えたわ。なぜその人たちから始めないの？　それにもし——」

キャメロンは怒ったように口をはさんだ。「おれはホッケーチームのコーチの仕方をきみに教えようとは思わないぞ」

「わたしはなぜかと訊いてるだけよ。シルブリッジには九万人の人がいて、その半分が男性だわ。それならなぜここだけで止めるの？　つまり、男がグラスゴーから来たとしたら？　そしたらさらに百万の――」

「いやみを言うなよ、アイリーン。われわれは徹底を期している。こうすることで犯人を網から逃さないようにするんだ」

なるほど、キャメロンがやりそうな仕事の仕方だ、と彼女は思った。秩序立った取組み方で臨めば、天の報いは遅れても必ず行なわれる、か。彼に無縁なのは手っ取り早い方法やひらめきの推理だ。筋の通った仮説さえ受けつけそうになかった。とくに、ネヴィショー校の少年をイアンと取り違えて以来そうだった。アイリーンが思うに、あれは、細部にこだわるという彼の規範をたまたま逸脱したために生じたキャメロンの失敗だった。

「質問表を見てもいい？」アイリーンは訊いた。

キャメロンは未記入の別の用紙を出して、仏頂面《ぶっちょうづら》で手渡した。

まず氏名、住所、年齢、身長、体重などがあった。つぎに質問事項があった。あなたはルシア・フィンゲッティを知っていましたか？　一〇月二〇日の午後一〇時から一〇時三〇分までどこにいましたか？　車を持っているか、使える立場にいますか？　一〇月二一日と二八日、一一月四日、一一日、一八日の夜はどこにいましたか？　アイリーン・プラットを知っていますか？　一一月二五日より少し前にミス・プラットのキーホルダーに近づく機会はありましたか？　一一月二五日・二六日の午後八時から午前八時までどこにいましたか？　シルブリッジ・ハイスクールと庭師の小屋をよく知っていますか？　一月一六日土曜日の午後一一時五〇分にどこにいましたか？　同じ夜の〇時から午前二時まではどうですか？　黒い靴をもっていますか？　最後に「補強証拠」と題した欄があった。

「この日付けのいくつかがわからないわ、アラン」アイリーンは言った。「一〇月二〇日はルシアが死んだ日だったわね？」

「ええ」

「それにもちろん一一月二五日はイアンが――でも去年の一〇月と一一月のほかの日付けはなんなの？」

「弟さんが、ゆすってた男と会った夜です」

ゆすりか。アイリーンはいまだにイアンとゆすりを結びつけられないでいた。きっとほかの解釈があるに違いない……。

質問表の目的は理解できた。基本となる憶測が正しいとすると、これらの日付けのどれか一つにでも適切なアリバイがある人は除外されることになる。質問対象者の数は多いから、ふるいに残るのはほんのわずかな名前だろう。そのうちの一人が殺人者というわけだ。

「お父さんがこれらの日付けの日にどこにいたか、きみに確認してほしい」キャメロンはてきぱきと言った。

「ずいぶん前のことだし」アイリーンは自信なげに言った。「それに——」もう一度日付けを見た。「——ほとんど水曜日だわ、そうでしょ?」

「ああ。それがなにか?」

「だって、あなたもわかってるはずよ、アラン。わたし、毎週水曜はあなたの家にいるわ。父が血に飢えて走り回ってたって、知るわけがないわ」

「そうだ、忘れてた」とキャメロンは狼狽《ろうばい》して、認めた。彼はアンガス・プラットが答を書き込んだ用紙を調べた。「でも、一一月四日の水曜はどうだろう? その日を覚えてるかな?」

「ねえ、どこにいたかなんて、わからないわよ」彼女はいらいらと言いはじめたが、そのとき思い出した。彼女のおじ、アンガス・プラットのいちばん上の兄が一一月の初めに亡くなった。葬式はたしか一一月五日のガイ・フォークス・デイで、父は前日四日に北に発っていった。

キャメロンはうなずき、質問表をたたみ、かばんに戻した。「そうか、じゃあそれで決まりだろう」

彼はかばんからあと二枚用紙を取り出すと、隣の住人について訊きはじめた。「この、ダンレヴィー氏だが——」

アイリーンはあきれて彼を見た。「まさかアラン、彼を疑ってはいないでしょう? 彼は車椅子よ」

「われわれはだれも疑ってない」キャメロンは訂正を加えた。「除外してるだけだ」用紙になにか印をつけるとそれを脇にどけた。「ではつぎは——」

「ええ、そうね！　反対のお隣はクライヴ・フェリスよ。たぶんあなたのお目当ての男だわ。大きくて、強そうで――どう見ても五フィート三はあるわ。彼がわたしの鍵を借りにきたの、話したかしら？　そうよ、一一月二四日の午後一〇時四四分に。そして――」

「アイリーン！」

「――そしてもちろん彼はルシア・フィンゲッティと関係があったわ。彼女は――」

「アイリーン！」彼はほとんどどなっていた。「どうしてきみはそんなに軽率なんだ、こういうときに――」

しかしアイリーンも怒っていた。「それがどうだっていうの」彼女は言った。「こんな調子で仕事してたら、何か月もかかるわ。ダンレヴィーさんやクライヴ・フェリスのような人たちのことを用紙に書き込んで、隣人の裏付けを取るなんて。滑稽だわ。モーリス・ニコルソンならそんなやり方は許さないでしょうよ」

今度は本当に彼を怒らせた。「ああ！　きみはそこから妙な考えを仕入れたんだな。彼にはなんの関係も――」

「このことを彼と話したことはありません」アイリーンは冷たく言った。自分の憶測が正しかったのがわかった。捜査方法について犯罪捜査部内で――キャメロンとニコルソンの間で――争いがあり、ニコルソンが負けたのだ。

「それでも」と彼女はつけ加えずにはいられなかった。「もしあなたが初めからニコルソン警部の言うことを聞いていたら、イアンの死体を見つけるのに二か月もかからなかったでしょう」

「そうさね、彼は偉大な男だよ、ニコルソン警部は。われわれに仕事のやり方を逐一《ちくいち》教えてくれる。おれらはただの田舎者の群れだから。カルヴァートンで教育を受けちゃいないから」

「やめて、アラン」彼の悲痛な声に、怒りは同情に変わった。

「おれたちゃ教養のない俗物だ」彼は耳も貸さずにつづけた。「そうさ、そういうことさ。でもなかには善悪の区別がつく者もいるのさ。モーリス・ニコルソンについて一つ二つ教えてやってもいいよ――」

アイリーンは立ち上がった。「聞きたくないわ」鋭く言った。

「座れ！」これまでこんなに怒った彼を見たことがなかった。「アイリーン、あんたの洗練された友達の本当の姿をもう知ってもいいころだ。ニコルソンはここに来る前、警察を首になりかけた」

「興味ありません」

「なんのためだと思う？　名の知れた犯罪者の縁故の女と同棲してたんだ。不倫の関係さ」

彼は不倫という言葉を、非国教派教会の牧師のような口調で言った。瞬間のひらめきで、アイリーンはキャメロンの敵意の根源を見分けた。彼は道徳に非常に厳格なピューリタンなのだ。

「そうさ、母校のパブリック・スクールの色柄のネクタイがここでもものを言ったのさ」彼はつづけた。「もしそれがおれだったら、即刻首だったろう。しかしとんでもない！『二度としないと約束したまえ、きみ。そうすれば楽な、いいところへ転勤させよう』で済むんだ」彼は陰気に笑った。「おれは昇進するはずだった、知ってたか？　それは確実だった。しかしわれらが友のための居場所が必要だったから……」

アイリーンはことばもなかった。アランは怒りが冷めたとき、この激発を悔やむだろう。それを誘発したのは彼女で、彼はそのことを忘れないだろう。今となっては友好回復の望みはなくなった。

見せかけの表面の下を探ると、なんと奇妙なものが見つかることか！　アラン・キャメロンは穏やかで落ち着いた外向型の人物で、口数は少ないがきわめて信頼できる、と広く認められていた。広い肩、引きしまった口元、静かな声で、彼はたしかにその役柄にふさわしく見えた。しかしその内側は、つねに感情の抑圧と、偏見と、不満のとりこになっていたのだ。

かわいそうなフィオーナ！　フィオーナはアラン・キャメロンと結婚したことで思った以上の重荷を背負い込んでしまったのだ。アイリーンは友達を気の毒に思った。

同時にモーリス・ニコルソンのことも気の毒に思った。写真に写っていた女、あの女の本当の話を知りたいと思った。

2

水曜日にアイリーンは学校に戻った。これも医者の忠告に逆らってのことだった。一日中家にひとりでいるのがあまりに気が重かったからだ。

ひとりとはいってもラスティがいた。しかしこの大きな雑種犬はアイリーンの慰めにはならなかった。それはイアンの犬で、イアンがいなくなって以来ふさぎ込んでいた。犬はアイリーンをかろうじて我慢していた。

彼女は怖かった。ドアに人が来るたびに、電話が鳴るたびに、心臓の鼓動は速くなり、のどの奥に乾いた恐怖を味わった。あの夜のジョージ港での記憶はまだ生々しかった。そして彼女は自分がまだ危険だと知っていた。

「知っていた？」ダグラスならその言葉に飛びつくだろう。彼はいつも、彼女の直感的で非論理的な心の動きをからかった。彼は五感以外が認知したものを信用しなかった。

アイリーンはもう議論はしなかった――ダグラスと論争して勝てる人はいない。しかし彼はわかっていなかった。彼女が「直感的」に知っている状態とは、事実と事実から論理的に推理したことに基づいていた。ただその推理は、彼女の潜在意識のなかで行なわれた。自分の命がまだ狙われているという確信には、彼女にそれがわかりさえしたら、合理的根拠があるに違いなかった。

アイリーンが犯人を見分けたこと、それがだれか今にも思い出しそうなこと、それを犯人が知るはずはない。そのことを口にしたのは警察とダグラスに対してだけだったし、ダグラスはそれを口外しないよう警告されていた。

アイリーンがまだ危険な立場にいるということは、犯人にとって危険になりうる知識を彼女がまだ持っているからだろう。しかしそれもまたおかしな話だった。なぜなら、知ってることはすべて、すでに警察には話してあるのだから……。

学校の子供たちの目にアイリーンは新たな像として映るようになっていた。水曜の朝、自転車を漕《こ》いで校門をくぐると、校庭の活動はいっとき止まり、好奇心に満ちた目が尊敬を込めて彼女を見つめた。ある生徒などは近づいてきてサインをねだった。サンドラ・カウイーだ――サンドラがしそうなことだ。

悪いニュースで得たこの名声は、イアンの姉であることに由来するのか、それとも岸壁から突き落とされた彼女自身のせいなのか、とアイリーンは顔をしかめて考えた。そういえばアドヴァタイザーに載ったあのひどい写真もあったっけ。新聞は葬式で彼女の写真を撮り、それをページ半分の大きさに引き伸ばして載せた。

職員たちの出迎えはもう少し洗練されていた。不明瞭な小声で漠然と同情のことばが言われた。殺人は、ガンと同じく、その名称がけっして口に出されないできごとなのだ。

しかし校長にはそんな抑制はなかった。彼はアイリーンを自分の部屋に呼んで質問した。

「ミス・プラット」彼女の健康についておざなりの言葉をかけたあとで、彼は言った。「弟さんがこの学校の教師に殺害された可能性を考えたことがありますか?」

「ええ、考えました」

「わたしもですよ、わたしもです……教えてください、キーホルダーはあなたの机にしまってあったんでしょう?」

「わたしの机の上にあったんです」

ハドルストンは悲しげに頭を振った。「ああ！　ミス・プラット、なんと愚かなことを！

とにかく……最後に鍵を使ったのはいつですか？」

それについては一週間前にニコルソン警部に話していた。あの霧の水曜の午後、庭師のマッケンドリックが彼女の鍵を借り、小屋を閉め、それから彼女に鍵を返した。三時ごろのことだった。彼女は鍵をキーホルダーに戻し、それを机の上に置いた。

「たしかに」ハドルストンは言った。「わたしの情報でもそのとおりです。すると鍵が盗まれたのは午後三時から――あの日は何時に帰りました？　四時一五分？」

「わたしが学校を出てからどこかほかで取られたのかもしれませんわ」アイリーンは指摘した。

校長は顔をしかめた。「なるほど。しかしその可能性は当面無視しましょう。さて――」

「それなら」とアイリーンは口をはさんだ。「時間を限定できますわ。わたしは三時一五分から四時まで授業がありました。鍵を見ていなかったのはその時間帯だけです」

ハドルストンはにっこりした。「ああ！　すばらしい、すばらしい。そう言うだろうと思ってた……わたしもちょっとした実習をしてみたんですよ、ミス・プラット」

ウサギを取り出す手品師の手つきで彼はデスクから紙を取り出すと彼女に手渡した。そこには五つの名前が書いてあった。ブラッドレー、フライ、キング、サマーズ、ユーイル。

アイリーンはぼんやりと紙を見つめた。

校長は説明した。「ミス・プラット。この五人の先生だけが、あの日三時一五分から四時までの間にあなたの部屋から鍵を取る機会がありました。ほかの先生がたは授業があって――」

「ブラッドレー先生は授業がありましたわ」アイリーンは異議を唱えた。「第六学年をもってました。なぜ知ってるかというとイアンが――」

「ブラッドレー先生はあの午後、一〇分遅れてクラスに出た」

「どうしてそんなことをご存じなんです、ハドルストン博士？」

「証人調べをしたのさ。先生がた全員と――そうだな――五〇人を下らない生徒と面談した。いいかね、わたしには校長として、警察にはない利点がある。相反する証言のどちらに重きを置くべきか、わかるんだ。それにもちろん」――と彼は控えめな笑顔をつくった――「頭も訓練されてるし」

彼が言うには、一一月のあの霧で彼の仕事はやりやすくなった。霧は人びとがその日を特定するのに役立った。人びとはその日をまるで昨日のように覚えていた。

「警察はどうなのかしら？」アイリーンは訊《き》いた。「警察はあなたの発見を受け入れまして？」

笑顔が消えた。「さあね」彼はそっけなく言った。「週末にマーンズ主任警部にわたしのメモを渡した。しかしあの若いほうの警部ニコルソンが学校に入り浸《びた》りだった。彼はすこぶる話の通じない男だ」

アイリーンはまた名前のリストを見た。「まずブラッドレー先生を消せるわ」彼女は言った。「彼が病院から出てきてわたしを港に投げ入れたのなら別だけど」

「たしかにそうだ。ほかには？」

「そうね、トムも――キング先生もそうです。彼は自分用の小屋の鍵を持ってるから、わたしのはいらないわ」

「そうかな?」ハドルストンはまた笑顔になった。笑顔をつくることでこれほど多くのことを表現できる人を、彼女はほかに知らなかった。

「あなたはまさかトム・キングを疑ってはいないでしょう?」彼女は驚いて言った。キングはいつも校長のお気にいりだったからだ。

しかしアイリーンの質問はあまりに率直すぎた。「プラットさん、わたしは証拠がないかぎりいかなる告発もしません。そこで、もしこの五人のだれかに不利な証拠をあなたが持っていたら……」彼はことばを途中で止めて、問いかける形にした。

アイリーンは首を振った。

「いや!　これはただの思いつきですから。来ていただいてありがとう、ミス・プラット。しばらくは気楽にしててくださいよ」彼女をドアから送り出すときも、まだ笑顔でいた。

あの笑顔にはむかつくわ、歩きながらアイリーンは思った。人当たりはいいが、誠意のない男。仕立屋のマネキン。いや、それはフェアじゃない、彼は利口だもの。でもなんてうぬぼれやなの!　いつも自分がどんなに賢いか宣伝してる。

それでも、毒は効果を発揮してきた。気がついてみると彼女はハドルストンが言った五人の名前を検討していた。ブラッドレーは消えた。サマーズに殺人者の役割は似合わなかった。彼はおとなしい老人で、臆病なオールドミスのようだった。フライは——そう、フライのことはほとんど知らなかった。彼は九月に職員になったばかりだ。ユーイルは戦争で片足を失っていた。港のへりに沿って彼女を追いかけたのはユーイルであるはずがなかった。この四人のうちで、当たらずといえども可能性があるのはフライだけだった。

最後に、キングがいた。アイリーンが見るところ、数ある同僚のなかで計画的殺人ができそうなのはトム・キングだけだった。彼には、冷血の殺人鬼がもっているのと同じ自己中心癖があった。つまり、ほかのなによりも、人の命よりも、大事なのは自分の利益だと思い込んでいた。それに彼はルシア・フィンゲッティを知っていた……。

「アイリーン!」うわさをすれば影だ……彼の部屋を通り過ぎたとき、開いていたドアから呼びかけられた。

「あら、トム」なにげない声を出そうと努めた。

「入って、話してったら」

キングはトラックスーツを着ていた。第五学年の少年たちと走ってきたところで、運動あとの火照《ほて》りでつやつやしていた。親たちは真冬にクロスカントリー競技をすることについてブツブツ文句を言っていた。しかし生徒たちはそれを楽しんでいるようだった。

「座って、アイリーン」キングは近寄ってくると彼女の後ろのドアを閉めた。ひやりとした恐怖が背骨を駆け上がったが、彼女はそれを無視した。昼日中、こんなところで、なにも起こるはずはない。

「きみはやつれて見えるぞ」彼は言った。「戻るのが早過ぎたんじゃないか?」

彼女は肩をすくめた。「ケンプ先生が週の終わりまでいてくださるから、わたしもそのうちに慣れるでしょう」ミス・ケンプはアイリーンの前任者だった。病欠中のアイリーンの授業を受け持つために、引退生活から引っ張り出されたのだ。

「イアンのこと気の毒だね」キングはついでのように言い添えた。「ぼくは彼を掘り返したときあそこにいたんだ」

「なんで?」彼女は尋ねた。彼のぶしつけな言葉に腹を立ててはいけない。トム・キングを扱ういちばんいい方法は、同じもので、つまりぶしつけにはぶしつけで、お返しをしてやることだ。

このときは彼は平静に受け流した。「H.M.がぼくに頼んだのさ――精神的支持が必要だったんだと思うよ。あれはすごい一日だった、ほんとに! 絞め殺されたんだって?」

頭を殴られ、それから絞殺された、というのが病理学者の見解だった。アイリーンとしては、イアンが最初の一撃で気絶したと考えたかった。

「怖い怖い」しかし彼の言葉には残忍な満足感が透かし見えていた。

あるいはアイリーンがそう感じるだけなのか。たぶん彼女は神経過敏になっているのだろう。しかしアイリーンはキングの大きな強そうな両手から目を離すことができなかった。それがイアンの首にかかっている図を想像した。あるいは波止場のへりから彼女を突き落としている図を。

アイリーンは身震いした。

「ほんとに大丈夫か？」彼はいつも他人の不幸の兆候を見逃さなかった。

「わたしは大丈夫」アイリーンは言ってやった。「先週の火曜日のことを話してらしたわね」

「そうだっけ？　そうだ、あれはたしかにすごい一日だった！　あれ以来われわれ全員が責めを受けて叱られてる。H．M．がシャーロック・ホームズを演じてね」

「H．M．」は生徒たちが校長《ヘッドマスター》を言う呼び名だった。職員のなかでキングだけがそのことばを使った。アイリーンにはそれが耳障りに聞こえた。

「そうなんだ」彼はつづけた。「それにきみの友達のニコルソンが同じようにわれわれを悩ましてる。なぜだかわからんよ」

「わからない？　イアンはここに埋められたのよ。そして小屋から鋤《すき》を取るのにわたしの鍵が使われたのよ。先生たちは疑われて当然だわ」

「わたしにはなぜだかわからない」彼は強情に繰り返した。

休み時間の終わりのベルが鳴った。

「失礼するよ、アイリーン」彼は言った。

「ええ」彼女は立ち上がった。行きかけたとき、机の上にタイプ原稿の束があるのに気づいた。何ページもある分厚いものだ。

「これ、あなたの論文、トム？」彼女は訊いた。

一瞬警戒の表情が彼の顔に浮かんでから、消えた。「そう」と穏やかに言った。「モリー・マクレーがタイプしたんだ。今週仕上げたいと思っている」

思い違いだったのかしら？　試してみるために言ってみた。「読んでもかまわない？」

キングは彼女をじっと見ると、とてもゆっくりと言った。「いや、読んでもらっては困る」

思い違いではなかった。

3

アイリーンが昼食のために体育館から出てくると、ニコルソン警部が待っていた。

「学校に出たと聞いたものですから」と彼は言った。「お昼をご一緒します」

「あら、だめよ！」彼女はすばやく言った。「ごめんなさい。お昼はいつもダグラスとなの」

彼はにっこりした。「あなたのフィアンセがご親切にも許可してくれたんです。もちろん、仕事のためのランチです」

「もちろんそうでしょう」アイリーンは控えめに笑うと、彼について車に行った。

ニコルソンはロイヤルホテルに連れていった。「弟さんはよくここに来てました」入りながら言った。

「そうですってね」

二人はコンチネンタル・バーで一杯飲んだ。「舌をゆるめてしゃべらせるために」と彼は言って、彼女のためにダブルのジンを注文した。「話がしたいんです」

「なにについて?」

「手始めに、イアンについて。かまいませんか?」

かまわなかった。最初の痛いような悲しみは薄れて、間断のないうずきになっていた。今では彼のことを考え、思い出せるようになった。人は時が来れば死を受け入れ、死に慣れる。そうしなければ、母のように気が狂ってしまう。すでにアイリーンの心のなかでは、イアンの像はわずかずつ変わってきていた。彼に立体としての寸法を感じなくなった。彼には未来はなく、過去だけがあった。年若くして死んだ弟、という伝説ができつつあった。

「いいですか」ニコルソンはつづけた。「わたしには彼のことがはっきりしないんです。一度はわかったと思ったんだが。感受性の強い少年が養子であることを知って、常道をはずれてしまった、とね」

「問題はその知り方だったの、モーリス。それと、母が彼についたうそ……それにもちろん、コールマンとかかわったこと」

ニコルソンはたばこに火をつけた。「そのとおり。彼が言うことをきかなくなり、悪い仲間に入ったことは理解できる――ダンスホールでのけんかだって。そういうことにはむしろ同情もしています。しかし女が殺されるのを見ていて、殺したやつをゆする子供、これはどう言ったらいいんだろう?」

「わたしは信じてないわ、言えるのはそれだけ。イアンにかぎって」

「信じざるを得ない、アイリーン」彼はいらいらした口調で言った。「今では補強証拠があるんだ。彼の父が――実の父が――それを知ってた。それを認めた。イアンはゆすっていた男の名前以外はすべてを父親に話した」

「なるほど、あなたはあのひどい男の言うことを信じたのね」

「エディー・コールマンは必ずしも進んで情報をくれたのではないんだ。われわれが苦労して聞き出したんです。彼はルシア・フィンゲッティのことを知っていた――それも、新聞で見たのでないことはたしかだ」彼はため息をついた。「きみの幻想を壊すのはいやだが、アイリーン、きみはイアンを、むずかしい時期を過ごしてるいい子だと言っている。ほかの人も――彼の保護観察官まで、同じことを言っている。しかし、その像は間違ってる、間違ってるはずだ。彼には悪い血が流れていたんだ……バラ色のめがねをはずすんだ、アイリーン、そして弟が本当はどうだったのか、話してほしい」

「弟はむずかしい時期を過ごしてるいい子だったわ」

彼は笑って降参した。「さあ食事にいこう」

昼食をとりながらニコルソンは彼女に仕事のことを話すようにしむけた。彼は好意的な聞き手だったので、アイリーンは最初、彼が少しずつ学校の同僚のことを聞き出しているのに気がつかなかった。

話題の主についての話を洗いざらいしてしまったあとで、彼女は訊《き》いた。「今のは誘導尋問？」

彼は笑って、認めた。「興味があったんです」

アイリーンは軒並みの調査について尋ねた。すでに新聞は浮き足立って結果を催促していた。「あれは今日で終わるはずですよ」とニコルソンは平静に答えた。「しかしこれから全部を図表にする作業がある」

「あの調査は本当に必要だったの？　だって、すでに一週間が過ぎて――」

しかしニコルソンは如才なかった。「アイリーン、ジグソーパズルをやったことがありますか？」彼は言った。「わたしは子供のころよくやった。色合いの違いを見分けるのがうまくてね。つまり、空《そら》を作ってるときは一つ一つのピースを試したりしない。青いピースに目をつける」

「それは当然じゃないの、でも――」

「ええ、しかしときどき当てがはずれることがあった。長いことかけて空の色の破片から特別な形を捜している。ところがそれが、色が違うからと除けておいたピースのなかにあったりするんです。たとえばそこに黒雲かなにかがあって」

「その教訓は？」

「そうだな、この事件になぞらえれば、わたしは空のピースを捜してる。そして学校が正しい色だと思っている。しかし間違っているかもしれない。もし必要なピースが学校外にあるとしたら、マーンズの調査がそれを明らかにしてくれるはずだ」

モーリスは、同僚に対してアラン・キャメロンよりも忠誠を守っていた。

ウエイターがコーヒーを運んできた。

「ブラックで、そしてお砂糖はなし、ね？」

ニコルソンはにっこりした。「なんですか――直感？」

「観察よ。お昼を一緒にいただいたのはこれが初めてではないわ、覚えてる？」

彼は声を上げて笑った。

コーヒーを注ぎながらアイリーンは訊いた。「学校ではなにかわかって？」

「ある程度のことは」

「校長はトム・キングを疑ってるわ」何気なく口にした。

ニコルソンは推し量るように彼女を見た。「わかってます」

「彼を疑ってる？」アイリーンはしつこく言った。

ニコルソンはたばこに火をつけるのに時間をかけてから言った。「きみの助けがいる、アイリーン。きみは犯人を見た唯一の人だ。彼に触れてもいる。今はまだ、その人物を思い出せないのもわかってる。しかし、ある人たちを除外することはできるんじゃないか。つまり、きみを襲った男は絶対――たとえば、キングではないと、言い切れるのではないか」

「あなたはわたしの質問に答えてないわ、モーリス」

「そういう質問には答えられない」彼はそっけなく言った。「たとえきみでもだ。きみがそんなことを訊くなんて、心外だ」

「あら、そうなの？　だれかがわたしを目の仇にしてるのなら、わたしはそれがだれか知りたいわ」

彼の表情は柔らかくなった。「悪かった、アイリーン。たしかに、きみには知る権利がある。では、これだけは言おう。キングに不利な証拠はいくつかある。さあ、わたしの質問に答えてほしい、あの夜の男はキングだった可能性はあるか？」

アイリーンは考えた。「彼を除外はできないわ」とうとうこう答えた。「ただ――」

「ただ？」

あの夜埠頭《ふとう》で追いかけられたとき、アイリーンの印象では、つまずくまでは彼女のほうが男を少し引き離していた。アイリーンは駆けるのが速かったとはいえ、トム・キングとは比較にならなかった。

「あまり重要視しないで」彼女はニコルソンに警告した。「ストップウォッチを持ってなかったんですから」

彼はうなずいた。「それでも重要なことだ……それにきみは『せわしい息づかい』を聞いてる、覚えてますか？　そのことからも、キングのような体調万全の男だとは思えない」

そのことは思い及ばなかった。でもあのあえぎ声は緊張によるものだったことは大いにあり得る。

アイリーンは腕の時計を見た。「たいへん！　戻らなくては。ケンプ先生に――」

「だいじょうぶ。きみは午後の最初の授業はない」

彼女は笑った。「わたしの時間表を見たのね？」

「当然です」

「いいわ。たばこをください、モーリス」めったに吸わなかったが今は欲しかった。火がつくと、彼女は言った。「ではなぜあなたがトム・キングを疑うのか、教えて」

「そうは言ってない、わたしは――」

質問を言い直した。「わかったわ。彼に不利な証拠はなに？」

「まず、彼はルシア・フィンゲッティを知っている」

「ではルシアの死とイアンに起きたことには関係があると確信したのね？」

「どうもそのようだな」

「それなら、キングはたしかに、わたしが行ったダンスの会にルシアを連れてきてたわ」

「ええ。彼女を連れ出したのはあのときだけだと言っています。彼によれば、同僚の一人はもっとよく彼女を知っていたとか……」

何気なく言ったことばの調子に、アイリーンははっと彼を見た。

「もしダグラスのことを言っているのなら、彼はたしかにルシアを知ってたわ。でもよく知ってたというのは当たりません」

ニコルソンはほほえんだ。「ええ。すみません。物事をまっすぐ言わないのはわたしの悪い癖です。人に罠《わな》を仕掛ける習慣からきたもので。そう、たしかにダグラスのことです。ダグラスもルシアを知ってることを認めてます。でも、あなたの言うように、ほんのちょっとだとか」

だが、彼がこの場合も罠を仕掛けていたことは確かだ、とアイリーンは思った。ダグラスとルシアが面識があることを彼女が知っていたかどうか、探ったのだ。

こういう状況のときのニコルソンは手ごわい男だった。今日はアイリーンが彼個人に影響を与えた兆候はほとんどなかった。

「キングに不利な第二の点は、小屋の鍵です」と彼はつづけた。「ほかの先生のだれよりもあなたの鍵を取りやすい立場にいた。たとえばスペイン語科のフォックス先生が体育館に来たとする。だれかが見たら、なにをしてるのかと思うでしょう。でもキングがあなたの部屋に入るのを人が見たとしても、忘れてしまう。もちろんキングは、疑惑を自分からそらすために鍵を盗まなければなりませんからね」

たしかに、そういう細かい点はハドルストン博士も考えついたことだった。

「第三に、キングは夜も学校で仕事をした」

「それがなにか?」

「イアンは昨年一一月の水曜の夜遅く、学校から出てくるのを見られている。毎週水曜に彼が出かけたのは学校だったとわれわれは考えています――ゆすりの相手から金を取り立てるために」

「相手がキングだとどうしてわかるの?」

「キングはずいぶん残業をするでしょう?」

「週に一、二回ね」

「そうです。ほかの先生たちは、キングがいるかもしれないのに学校で脅迫者と会う約束をするだろうか?」

「キングについてはそれだけ？」

「しないでしょうね」彼女は認めた。

「大体のところはね」彼はためらった。「あと、彼は少し神経質になって、びくついているでしょう。でも彼はいつもそうなのかな？」

「いいえ、これまで神経質の兆候には気がつかなかったわ……今朝、彼の博士論文を読ませてと頼んだときはべつだけど」

アイリーンはたばこをつついて消した。「その言い方なのよ、モーリス、『いや、読んでもらっては困る』って。まるで――まるで脅《おど》すように。それとあの目つき――体に震えがきたわ」

そのできごとを彼に話した。

「なにについての論文です？」

「運動による筋肉の発達とかなにかよ。彼はそれに何年もかけてたの。資料を山のように集めてて――生徒たちは彼のモルモットなのよ。ここ数か月は執筆にかかってたの。あの人が実際になにかを書き上げるとは思わなかったわ。『研究してる』というのを自分のステイタス・シンボルにしているだけかと思ってたの」

「博士論文のことで彼がそんなに険悪になるのがわからないな」

「でもたしかに――」

「きみを疑ってるわけじゃない、アイリーン。タイプをしたそのモリー・マクレーってどんな人だろう。その人に訊いてみたかい？」

「校長の秘書よ。トム・キングの今のガールフレンド」

ニコルソンはうなるように言った。「遊び回っているんだな？　よろしい、わたしが調べよう」

二時半近くになっていた。アイリーンはもう行かなくてはならない。ニコルソンは一度として彼女に個人的な関心を示すような言動をしなかった。彼女は喜んでいいはずだった。彼のためにはそれでいいのだ、と思えた。しかし残念に思う心のうずきがあるのも事実だった。

しかし二人が出ようとしたとき、ニコルソンはとつぜん言った。「アイリーン、なぜあなたは署の者をどけるように頼んだのですか？」

家の前の道路にたえず「ボディーガード」の姿を見ることは、神経に障った。理屈に合わないかもしれないが、彼女はそれがないほうが安全に感じた。

「あなたはまだ危険かもしれないんですよ」彼は指摘した。

「わかってます」

「あの男は冷酷だ。二度殺しているから、またやるでしょう。もし――」

「わかってます、モーリス。その先を言わないで」

彼は車に座るまで黙っていた。「運にまかせてはいけない、アイリーン。それだけです」彼は静かに言うと、エンジンをかけた。

「トム・キングに対して、ということ？」

「だれに対してもです。だれも信用しないように。夜は家にいて、ドアに鍵をかけてください」

アイリーンは身を震わせた。「あなたは犯人を捕まえるわね、モーリス？」

彼は道路からちょっと目を離して彼女を見た。「警察は彼を捕まえます」彼は言った。「問題は、間に合うように早く捕まえられるかどうかです」

困ったことに、あの夜の波止場のことを考えるたびに思考停止の状態になってしまう……。

「モーリス、もしその人物を思い出したら、十分な証拠になるかしら?」

「助けにはなります」

ニコルソンの口調にはなにか妙なところがあった。

「あなたはわたしを信じてないの?」彼女は問い詰めた。「犯人を見分けたことを信じてないの?」

「いいえ、あなたを信じてますよ」彼はきっぱりと言った。「でもあなたが思い出すかどうかは疑問です」言葉の底に、彼女に理解できないなにかがあった。

車はカーブして校門を入り、駐車場に止まった。

「お昼をごちそうさま」アイリーンは固い声で言うと車から降りた。

ニコルソンは聞いていなかった。彼は校舎の方角を見つめていた。

「なんて変なやり方なんだろう」彼は言った。「金を取りにここに来るなんて。それにどうしてそんなに時間がかかるんだ?」

「時間がかかるって、どういうこと?」

「だって、彼は毎週水曜日に数時間は外出していたらしい。きみのフィアンセが彼を見たのも夜一一時だった」

「ダグラス?　この場所なの——」

「そう。ダグラスの話では、水曜日に一度、イアンが門からここに出てきたのを見たそうだ」

アイリーンにはその証拠はかなり弱いように思われた。一晩見ただけではほかの晩も来ていた証拠にはならない。それに、イアンは帰宅するときに自転車をとりに寄っただけなのかもしれない。

彼女はその点をニコルソンに持ち出した。

「それが確認できればいいんだが」と彼も同意した。

「きっとだれかが知ってるわ」

「犯人が知ってる……」

学校のベルが聞こえてきた。

「これから授業があるの」アイリーンは言った。「ほんとにありがとう、モーリス」

彼は笑顔を向けた。「アイリーン、忘れないで、どうか、気をつけて」

どんなことでも許せるほど、その笑顔は温かかった。

4

夜は家にいて、ドアに鍵をかけること、とニコルソンは言った。

それなのにアイリーンはその同じ夜、出かけようとしていた。出たくはなかったのだが、あの子の願いを無視するわけにはいかなかった。

ノラ・シップストーンがその日の午後四時に部屋にやってきた。青い顔をして、幾晩も眠っていない赤い目をしていた。

「イアンについてみんなが言ってること、本当じゃないでしょう、プラット先生?」

「なんて言ってるの?」

「ゆすりのことです」

だれがそれを言い広めているのだろう、とアイリーンは思った。新聞にはゆすりについての言及はなかった。

「あれはイアンらしくないわね」アイリーンは当たり障りなく言った。

「卑劣なうそにきまってるわ」少女は怒って言った。「イアンはそんなことしないわ」

アイリーンは彼女に親しみを覚えた。忠誠はアイリーンが高く評価する資質だった。でもノラはあまりに若い――こんなことでくよくよしているべきではない。

「彼を忘れるようになさい、ノラ」優しく言った。「あなたの人生はこれからよ。男の子はほかにもいるわ」

少女は聞いていないようだった。「あの人たちはなにか知ってるわ」彼女は言った。

「どの人たち?」

「イアンがつき合ってた連中よ。ジョー・ギャマンズとその仲間」

「なにか知ってるって、なにについて?」

「イアンについてよ。イアンに起きたことについて」

ドアにノックがあり、トム・キングがのぞいた。

「きみはもう帰る時間だぞ、アイリーン」彼はてきぱきと言いはじめたが、ノラがいるのに気づいた。「おや、失礼」彼はつぶやいた。

ノラは立ち上がった。

「行かないで」アイリーンはすばやく言った。ニコルソンの話を聞いたあとではなおさらのこと、キングと二人だけになりたくなかった。

「それじゃあ、ぼくは行くよ」彼は言った。「たまには早く帰ろう。仕事ばかりで遊ばないのはなんとやらってね……」彼は仕立てのいいオーバーを着ていた。きっとモリー・マクレーが待っているのだろう。

彼はまだドアのところでうろうろしていた。「わたしだったらこれ以上長居はしないな、ミス・プラット」彼は言った。「復帰した初日なのを忘れないように。きみはやつれて見えるよ」

「すぐに帰ります」いら立ちを押さえてアイリーンは言った。彼を怖いと思っているときでさえ、その月並みなきまり文句には腹が立った。

キングは出ていった。体育館を抜けて足音は遠ざかっていく。錠《じょう》に鍵をかけるカチリという音がした。それから廊下に出るスイングドアのきしる音。そして彼は去った。

「あの、わたしプラット先生のおっしゃったとおりにやりました」ノラが言っていた。「レニー・ファーガソンと会って、そして――」

しかしアイリーンは聞いていなかった。キングは自室のドアに鍵をかけた。そんなことは、少なくとも彼女がここに勧めてこのかた、なかったことだ。

「――それで今夜彼と会います。でもわたし恐ろしいの、プラット先生。もし一緒に来ていただけたらと思ってるんです」

「レニー・ファーガソンと会うの？」

少女の傷ついた顔つきで、アイリーンは自分が失言したことがわかった。

「ごめんなさい、ノラ。ほかのことを考えてたの。もう一度話して」

ノラは進んでレニー・ファーガソンに近づき、以前の友達イアン・プラットについて知るかぎりのことを聞き出した。それは容易なことではなかったはずだ。レニーは打ち明け話はしないだろうし、女の魅力に影響されることもなかっただろうから。

しかしアイリーンの推察するところ、ノラの武器となったのは女の魅力ではなかった。彼女の一途《いちず》さ、彼女の粘り強さにレニーが負けたのだ。

結果として彼には提供できるものがたいしてなかった。彼自身は警察に話した以上のことは知らなかった。ノラもそれで納得した。しかし彼は最後に、マイラ・テクスフォードがなにか知ってるはずだ、と漏らした。

「マイラ・テクスフォードって、だれ？」アイリーンは口をはさんだ。

「あの、イアンの元ガールフレンドです。今はギャマンズと暮らしてます」

ノラは彼女に会いにいった。しかしマイラはノラの手に負える相手ではなかった。

「ああ！　怖かったわ、プラット先生、ほんとに怖かった。あの人の話し方ったら！」

それでもマイラは、マーンズ警部が目をむくようなことを知ってるわよ、と認めた――というよりも、自慢した。

「だからわたし、今夜ジョー・ギャマンズと会うんです」とノラは締めくくった。

「ギャマンズと？　なぜ？」

「マイラは彼には隠し事をしないの。レニーがそう言ったわ」

レニーは今夜、フィンゲッティのカフェでギャマンズにノラを会わせる手はずをととのえた。病気中のマイラを除く一味の全員が、そこに来ることになっていた。

そしてノラは怖がっていた。非凡な勇気をもつ彼女は、必要ならばひとりでも行くだろう。だが彼女はこれまでギャマンズのようなやくざ者を相手にしたことはなかったから、怖かった。

「プラット先生、一緒に来てくれます？」彼女は頼んだ。

「そんなにひどい目にあうことはないはずよ、ノラ」アイリーンは行きたくなかった。とても疲れていたし、彼女自身ノラとは別の理由でもっと怖かった。

しかし訴えかけるハシバミ色の目を、無視することはできなかった。


「今夜は車を使うわ、お父様」

アンガス・プラットは新聞から顔を上げ、めがねの上からじっと見た。

「すまないが、おまえ、わたしは外出するんだよ」

「そうでしょうけど、車でなくても」

するとと彼は新聞を置いて、言った。「悪いが、車はいるんだ、アイリーン」声は穏やかだが、有無を言わせない調子だった。

「たまには家にいたらどうなの？　もうアドヴァタイザーに目を戻していた。

彼は答えなかった。もうアドヴァタイザーに目を戻していた。

アイリーンは新聞を彼からつかみ取ると、投げ捨てた。「訊《き》いてるのよ、お父様」

彼女の怒りは、長年の鬱屈《うっくつ》した恨みが累積したものだった。母親とはずいぶんよくけんかをしたものだが、アンガス・プラットには人を近づけないところがあって、けんかをするにも至らなかった。彼は圧力をかけられるとうまくするりと逃げた。相手にしようとしてもいつも確たる実体をつかめないので、いったい彼は存在しているのだろうかという疑問さえ起きた。

今の場合でも彼は衝突を避けた。「それならいい」彼は言った。「無理にとは言わないよ。車を使いなさい」かがんで新聞を拾い上げた。

彼は怒ってさえいなかった。無関心、なによりも無礼に思えることはそれだった。彼はいつの時点でか、家族への関心を失くした。養子の息子の死、妻の精神障害、これらは彼にはなんの意味ももたないようだった。

アイリーンは目的を達した。それなのにあまりに動揺してそこで止められなかった。

「だいたいお父様は家に帰るのも面倒なのではないかしら」と彼女は言いつづけた。「そこで寝たほうが簡単なのじゃなくて？」

今度は彼の注意を引いた。

「どこで寝るって？」彼は訊いた。

「どこでも、お父様が毎晩行くところよ」

彼の目にちらと現われた関心は消えた。彼はあくびをし、鼻をこすった。

アイリーンは顔をそむけた。父の締まりのないむくんだ顔、だんご鼻、大きな耳、乱れた髪にうんざりした。椅子にぶざまにもたれている姿やだらしない服装をいやだと思った。着ているあの古ぼけた上着ときたら、みっともなくて恥ずかしいくらいだ。

ある人を一度尊敬できなくなると、その人のちょっとした癖とか体の特徴さえ苛立《いらだ》ちの種となる。アイリーンがいちばんつらいのは、罪の意識だった。「汝の父母を敬《うやま》え」と言われるが、彼女には父も母も敬えなかった。母に対して感じるのは、心を病んでいる人だれでもに感じる哀れみだけだった。そこには愛はなかった。そして父親には、哀れみさえ沸かなかった。

アイリーンはモリスをバックさせて道路に出た。街灯の明かりで、塗ったばかりの門柱の片方のグリーンのペンキがこすり取られているのが見えた。父は運転までだらしなかった。ノラを七時半に迎えに行くことになっていた。時間があるので安心してゆっくり車を走らせ、怒りを鎮めようとした。あんなにかんしゃくを起こすなんて、悪い兆候だ。神経が参りはじめている兆候だ。アイリーンは、ひとつの不幸からつぎの不幸へ、その時その時をやり過ごすようにしてきた。途方もなく悪いことが起きている現状をじっくり考えないように努めてきた。

反射的自己防衛策だ。しかしその防衛策も効果が薄れてきていた。

わざと牧師館を通り過ぎ、そのブロックをゆっくりとまわった。腕時計の針は七時半に近づいていた。あと二分、使っても大丈夫だろう。アイリーンはつぎの場面を始めたくなかった。車のなかにいたほうが安全だ、外の危険から隔離されているのだから。

むかし、小さかったころ、アイリーンはどこか北部の父の親戚の家でみじめな一週間を過ごしたことがあった。どうしてそこに行ったのかは思い出せなかった。たぶん母が病気だったのだろう。アイリーンはそこの女の人が恐ろしくて、朝はベッドに横になって、時計の針を、それが容赦なく進んで起きなければいけない時間になるまで、見ていた。八時になると寝室のドアが大音響でノックされ、耳障りながさつな声が呼ばわるのだった。「起きてるかい、子供」アイリーンはあと二分このままでいたいと思うのだった……。

こうしてぐずぐずと、厳しい現実に直面するのをためらうのは、彼女の弱点だった。これがジョージ港でのあの夜の記憶を覆っている被膜の原因であることも彼女にはわかっていた。心の奥底で、思い出したくないと思っているのだ。

「プラット先生、すごい」ノラは言った。

そう言ったのは、たぶん厚化粧していたからだろう。アイリーンはことさらにマスカラとアイシャドウをたっぷりつけてきた。というのは、こういう場合には自己主張し過ぎるくらいのほうが強みになるだろうと踏んだからだ。彼女はジョー・ギャマンズを見たことがあり、彼の評判を知っていた。そしてこの場面をどう演じればいいかを本能的に嗅ぎ取った。

一方ノラは、滑稽なほど幼く、純情な娘役に見えた。その顔には抑えようとしても抑え切れない好奇心があった。彼女の肩から責任が取り除かれた今では、これは愉快な冒険だった。一六歳という年齢は、いつも悲しんではいられないものだ。

二人は早くついた。フィンゲッティの客は隅のテーブルで手を取り合っているカップルだけだった。カップルはたった今髪の毛から結婚式の紙吹雪を取り除いてきたように見えた。

アイリーンは自分にコーヒーを、ノラにホット・チョコレートを頼んだ。注文を聞いた女は疑いもなくフィンゲッティの一族だった。見るからにルシアにそっくりだ。同じ黒髪とオリーヴ色の肌、長いまっすぐな鼻。こちらの女のほうが若いが、それほどの美人ではない。

八時少し前にティーンエイジャーのグループが入ってきて、騒々しくカフェを占領した。わが物顔の彼らの様子から、それが常連客で、ギャマンズの一味だとわかった。しかしそのなかにギャマンズはいなかったし、レニー・ファーガソンもいなかった。

アイリーンの頭はズキズキしていた。

「ここは暑くない？」彼女は訊いた。

「なにか言いました？」ノラは一行を眺めて楽しんでいた。グループはジュークボックスのまわりで笑い、しゃべっていた。彼らの服装は一様に、男の子は革ジャンパーに細いズボン、女の子はだぶだぶのセーターにミニスカートだった。「いいえ、とくに暑くはないわ」ノラは上の空で答えた。

きっと熱があるのだろう。アイリーンの額は汗で湿っていて、うねりのような熱気を感じていた。しかし彼女はコートを脱がず、前を開けもしなかった。後でいい……。

レニー・ファーガソンが入ってきた。若いほっそりした、きれいな金髪の少年を連れていた。彼はすばやく見回し、ノラを見つけた。わけ知りの笑顔を浮かべたが、ノラの連れを見ると笑顔はこわばった。一瞬、信じられないようにアイリーンを見つめてから、仲間のところへゆっくりとにじり寄った。

騒がしかった話し声は、オーケストラが楽器の調子を合わせるときのように、抑えた音になった。実際、この場の状況はコンサートの始まるまえをアイリーンに思い出させた。まず楽団員が舞台に出てきて位置につく。それからコンサートマスターが出てくる。最後に期待の間合いがあって、指揮者が登場する。

ギャマンズはそのあとすぐ現われた。その登場は静かだが効果的だった。彼はみなのへつらうような大声の挨拶を無視して、ドアを入ったところでそのまま立ち止まった。レニーが急いで迎えにいき、アイリーンとノラのいるテーブルを盗み見ながら彼にささやきはじめた。ギャマンズはぐるりと顔を回して、おもしろそうに二人を見た。それからゆっくりとやって来た。

「おまえがノラか、え?」若いほうにだけ、声をかけた。

「ええ」ノラはささやき、不安そうにアイリーンをちらと見た。

「レニーに聞いたが、おれと話したいんだって?」

ノラは無言でうなずいた。

「オーケー、ひよっこ。けつを上げてあそこに来いよ」

彼はジュークボックスのそばに合わせた二つのテーブルを指した。椅子のきしる音がして一団はテーブルを囲み、楽しみを待つ顔になった。端に二つの空席があった。

アイリーンはこれを見て、今夜来てよかったと思った。ノラをここに呼んだのは、からかうためであるのがわかった。ノラは今夜の座興にされるところだったのだ。

「ギャマンズさん、ここに座ったらどう?」アイリーンは言った。「席もあるし、プライバシーもあるわよ」

彼はちょっとアイリーンを見た。「よけいな口出しはしないでくれよ、レディ」

アイリーンは答えなかった。答えずに、ゆっくり、ものうげに、ボタンをはずし、コートから腕を抜き、肩からすべらせて椅子の背に落とした。

ノラがはっと息をのんだ。向こう側からは口笛がとんできた。アイリーンはからだにぴったりの薄い白いセーターを着ていた。明らかに下にはなにもつけていなかった。

「もう一杯コーヒーを頼んでくださる?」彼女はさりげなくギャマンズに言った。

彼はためらった。背後では彼の一味が卑《ひ》猥《わい》なことばでけしかけたり忠告を叫んでいた。ギャマンズにとってアイリーンは挑戦を意味した。彼の評判への挑戦であり、それを避けて通ることはできない。

「わかった、ねえさん」彼は言った。「コーヒーを一杯、ただいま」彼はカウンターに向かった。

ノラは口を開けてアイリーンを見つめていた。アイリーンはそのままの表情でノラに大きなウインクを送った。だが少女はショックを受けた顔のままだった。

アイリーンは、自分がジョー・ギャマンズの性格を正しく摑《つか》んでいますように、と願った。彼が引き出す価値のある情報を持っていますように、とも願った。もしこの思惑付きのストリップの成果がなにもなかったら、がっかりしてしまう。

コーヒーを持ってくる彼を観察した。がっしりした体格で、長年の肉体労働で鍛えた体力を感じさせた。ごついがハンサムな顔だちは、左頰を走る傷跡があっても損なわれていなかった。無視できない男だ。生まれついてのリーダーであることは、彼の物腰や自信にあふれてほとんど人をばかにしたような口元を見ればわかった。べつの環境にいたら高い地位まで上ったはずの男だ。それなのに……二〇歳にもなって未熟なティーンエイジャーの哀れっぽい一群を率いているとは、生まれ育ちの不幸があったにせよ、不可解だった。

彼には欠けているものがあるのだろう。それは知能ではないか、とアイリーンは推察した。額の広さと脳の容積にはなんら関係がないと今日では言われているが、アイリーンは昔の迷信にこだわった。彼女の見るところ、ギャマンズのＩＱは異常に低いに違いなかった。

彼はアイリーンの前にコーヒーを置いた。彼自身はコーラを飲んでいた。

「ありがとう、ギャマンズさん」アイリーンは言った。

「名前はジョーだ」

彼女は笑顔をつくった。「ありがとう、ジョー」

彼はくしゃくしゃになったたばこの箱を取り出した。

「たばこは?」

アイリーンは一本取った。彼はそれに火をつけ、自分のに火をつけ、思い出したようにノラにも勧めた。ノラは首を振った。

たばこはひどい味がした。トルコたばこかしら、あるいは、もしや――いや、この連中はそれほど悪くはないはずだ。

「あんた、イアン・プラットの姉さんだって?」ギャマンズが訊いた。

「そうよ」

「似てないな」

「イアンは養子だったもの」

「ああそうか、そうだった」

ギャマンズは自分のとるべき態度を探って小手調べをしていた。アイリーンには彼の心が読めた、いや読めると思った。彼の目は絶えず彼女の顔から下に逸《そ》れた。彼は好奇心をそそられると同時に当惑していた。

「あのね、ジョー」打ち明け話をするように言った。「イアンはあなたは最高だって思ってたわ」

「ほんとか?」まんざらでもない様子だった。そんなせりふを真に受けるとは、愚かな証拠だ。「そうなんだ、もしあいつがおれたちにくっついてたら、だいじょうぶだったのにな」彼はつけ加えた。「なにをやってたのか、打ち明けてくれてたらな。でもおれが知ったときにゃ、もう遅かった。てっきり女の子を追っかけてるのかと思ってたよ」

チャンスがやってきた。話を聞き出すために来たと彼にわかってしまう。しかしアイリーンはまだ早過ぎると判断した。彼はみずからその話題を持ち出した。彼がそんなにすぐに、そんなにわずかな見返りで、屈服するとは思えなかった。ノラが口をはさみませんようにと祈った。しかしそんなことはなかった。ノラはすくみ上がって、口もきけないでいた。

「そうなのよ。あなたの言うとおりだと思うわ。彼はとても秘密主義になったの。家でもだれにも話さなかったわ」

ギャマンズはにやっと笑った。「そうか、でも彼を責められるか？　あんな父ちゃんと母ちゃんではよ、え？」

ギャマンズはかがんで顔を近づけ、声を落とした。「まあ聞きなよ。おやじさんについてのあいつの考えを正したのはおれだったんだぜ」

「『あいつの考えを正した』って、どういうこと？」

「あいつはしょっちゅうお袋さんのことをぐちってた。おやじのほうがその一〇倍も悪《わる》だってことを知らなかったんだ」アイリーンの不審顔を見てギャマンズは笑った。「驚いたな、あんたまったく知らないのか？　あんたとこはなんてひどい家族なんだ？　みんな目が見えてないんじゃないの？」

彼の話によると、アンガス・プラットはシェパーズ・ブッシュ亭というパブの女主人ミス・

マクドナルドと長年にわたって情交関係があるという。そのパブはシルブリッジから五マイル内陸の小さな町イーデンクレイグズにあった。

アイリーンはショックを受けなかった。さほど驚きもしなかった。多くのことがそれで納得がいった。

ギャマンズはしばらく前から自分の椅子をじりじりと回し進めて、アイリーンとの間をせばめていた。テーブルに置いた彼の手が彼女の手のほうに伸びてきた。アイリーンは身を引かなかった。彼がついに手を重ねてきたときも、心を決めてたじろがなかった。

部屋の向こうではトランジスタラジオが大きな音を出しはじめた。ギャマンズは怒って振り向き、叫んだ。「止めろよ――そのやかましいのを」

とつぜん、アイリーンは彼が怖くなくなった。ギャマンズは振り向きざまに彼女の腕をぐいと引き上げたので、二人が手を握り合っていることがみなに見えた。彼は観客に見せつけていた。彼自身も彼女と同じくらい緊張していたが、そのうえギャマンズは自分の評判を保持しなければならなかった。

機は熟した。「ジョー?」彼女は口説くように言った。

「なんだ?」

「イアンはあなたのことをとても尊敬してたわ、ジョー。彼を助けてくれない?」

彼はにやっとした。「死体になっちゃ、たいしたことはしてやれないだろ?」

「じゃあ、わたしを助けて。だれが彼を殺したか、見つけて」

「警察がもうおれんとこに来たよ」彼はうんざりしたように言った。「あそこの──キャメロン、それにニコルソンとかが」

「なにを話したの？」

彼は鼻を鳴らした。「なにをって──みんなだよ。みんな話した」

「わたしにも話してよ、ねえジョー、お願い、ジョー」彼の手をぎゅっと握って笑いかけた。

二人が演じているのは手の込んだ見せかけ芝居だった。ジョー・ギャマンズは愚かだとはいえ、アイリーン・プラットのような女が会ってから一〇分もたたないうちに自分に参ったと考えるほどばかではなかった。でも彼は引きつけられた。その欲望をアイリーンは目にした。しかしギャマンズは不安だった。アイリーンは彼と同じ階級に属さない、彼が経験したことのない女だった。彼としては、女の愛情を勝ち取ったと見せかけることで満足したのだ。

アイリーンは、もし彼を読み違えたら結果は重大なことになるだろうと覚悟していた。責めは自分が負わなければならない。そのリスクを彼女は引き受けようとした。

それほどせっつくこともなく、ギャマンズは知っていることを話してくれた。マイラ・テクスフォードは、毎週水曜の夜、イアンが訳も言わずにいなくなるので嫉妬し、疑った。イアンが裏切って浮気をしていると思ったのだ。マイラの頼みで、ついにギャマンズがレニーに跡をつけさせた。しかしレニーは霧でイアンを見失った。それきりイアンは二度と現われなかった。

イアン自身もマイラに責め立てられて、水曜は高校の先生を訪ねるんだと話したことがあった。マイラは彼のことばを信じなかった。イアンはよく、マイラがよく理解していない言葉を取り上げては彼女をからかっていたからだ。けれどもイアンが消えて数週間後、学校の近くに住む少女が、夜学校に入っていくイアンをよく見かけた、とマイラに話した。

「イアンはどの先生とは言わなかったの？」アイリーンは訊いた。

ギャマンズは鼻息も荒く言った。「おまえったら、そこまで知りたいのかよ！ いいや、言わなかったよ」

「じゃあ、なぜ先生に会いにいったかは？」

「言わない……でもあんたが考えてることは違うよ。イアンはホモじゃなかった。仲よしのレニーとは違ってね」

アイリーンはイアンが夜学校に入るのを見た少女の名前を尋ねたが、ギャマンズはそれには答を渋った。無理に訊くのはやめておいた。警察なら簡単に少女を割り出せるだろう。

「それじゃ、ほんとにありがとう、ジョー」

「いいってことよ」彼の右手は彼女を抱えていた。そうか、これが代償だわ、高すぎることはない。しかし彼の手がもっと大胆になりそうだったので、彼女はそっと身を解いた。

「行かなくちゃ、ジョー」残念そうに言って、ノラの方を見た。「ノラを帰す時間だわ」

彼は了解した。悪い感じは持たなかったようだ。「ああ、そうだな、ベイビー。そうだとも」彼はちょっと声を高めて言った。「それじゃあ、電話するから、な？」

アイリーンは彼に合わせて言った。「ええ、そうして、ジョー。シルブリッジの二二九八よ」

アイリーンはコートを着た。彼は腕をさりげなく彼女の肩に置いて、ドアまで導いた。ノラは夢うつつの状態でついてきた。部屋じゅうの目が彼らを追っていた。

「じゃあな……アイリーン」――とちりそうになりながら名前を言った――「またな」

5

ああまでする価値があったのだろうか？　新しいことはなにもわからなかった。ニコルソン警部がすでに考えていたこと――イアンが水曜の夜、学校へ行っていたこと――だけだ。ある教師に会いに。それだけ？　ニコルソンは考えが確証されて喜ぶだろう。それは彼だけでは決して引き出せなかった証拠だった。

それだけの手柄のために払った代償は大きかった。現にノラは、アイリーンからできるだけ離れるように車のシートの隅に体を押しつけて、非難するように黙っていた。

「あれだけのことを、彼があなたに話したと思う？」アイリーンは訊《き》いた。

ノラは答えなかった。

アイリーンは疲れて、頭痛がひどくなっていた。ノラを降ろして家に帰って寝たかった。しかしこのまま帰すわけにはいかない。なんとか説明しなければならない。彼女は車を止めた。

「あなたの考えていることはわかるわ、ノラ」彼女は言った。「あれは安っぽくて下品だったと思ってるのね。そうだったかもしれない。でも、イアンを殺した者を見つけるためなら、わたしはもっとひどいことだってするわ……あれしか方法がなかったんだから。ああしなければ彼は話さなかったでしょう。彼は自分の手下のまえで目立ちたかったのよ」

それでもノラは黙っていた。

アイリーンは思わずいら立った声を上げた。「わかってくれないの、ノラ?」

「なんて——汚らわしい男なの」ノラは叫んだ。

「わたしはもっといやな人も知ってるわ」アイリーンはそっけなく言った。

「それにほかの人たちも、長髪で、ひどい言葉を使って。恐ろしくて、ぞっとする」

「イアンはそう思わなかったわ」

ノラはやっきになってイアンを弁護した。「あれはただの——一時的なものだったのよ。なにが彼をそうさせたか、あなたも知ってるでしょう。彼はああいう——ああいうくずみたいな下層の人たちとは属するところが違ったわ」

独善的な口調は父親のジョージ・シップストーン師を思わせた。牧師は、信仰を盛んにすると同時に肉体を強健にすることを旨とする筋肉的キリスト教《マスキュラー・クリスティアニティ》の唱道者だった。彼は、社会は無軌道な若者たちにもっと厳しくすべきだという意見をつねに唱えていた。

「彼らも人間よ」アイリーンは静かに言った。「彼らを理解して力を貸す必要があるわ」

しかし言っても無駄だった。ひと言で人の人生観と価値観を変えることなどできはしない。いや、やるべきではないことだ。

アイリーンは吐息をついた。「家に送るわ」と言ってエンジンをかけた。二人は黙って帰路についた。

ノラは車から出るとき、ぎごちなく言った。「悪かったわ、プラット先生」

「悪いって？」

「無作法な態度をとったこと。あなたはいちばんいいと思ったことをなさったんでしょう」車のなかでその言葉を練習していたのだろう。

アイリーンはそのあいまいな謝罪にけちをつけるのはやめた。「わかったわ、ノラ、おやすみなさい」

「おやすみなさい、プラット先生」ノラはまるで悪魔に追いかけられてでもいるように門のなかに駆け込んだ。

アイリーンは気が抜けてしまった。ギャマンズとの一騎打ちは、しばし脚光を浴びる快感を彼女にもたらした。彼女の思春期の夢は舞台女優になることだったから。しかしその興奮は苦いものをあとに残した。彼女はノラの顔に見た痛ましい幻滅の表情を忘れられなかった。あれは衝動だった。ジョー・ギャマンズにどうしたら近づけるかを直感的にわかってやったことだった。そういう衝動に抵抗できる人をアイリーンはうらやんだ。どういう結果になるかを冷静に判断し、用心に越したことはないと決断を下す人たちを。アイリーンはそういう計算をしそこなった。

彼女の直感は正しかった。たぶんあれがギャマンズに話をさせる唯一の方法だっただろう。しかしその成果が忘れられたずっと後まで、彼女の恥知らずのふるまいは物笑いの種になるだろう。レニー・ファーガソンが見ていたから、彼から話はすっかり伝わるだろう。ノラ・シップストーンに軽蔑されるのもありがたくなかった。

家に帰って寝たいという思いは消えてしまった。ダグラスと話したかった。

彼はこのところ彼女を避けていた。電話が二本、それに今日職員室でちょっと言葉を交わしたこと――日曜以来、彼との接触はそれだけだった。そのときでさえ、彼は長居はしなかった。

アイリーンには理由がわかっていた。死のオーラがまだ彼女にまつわりついているからだ。弟の葬式がまだ記憶に新しいからだ。ダグラスは意気地のない男だった。とはいえ恋に落ちた相手の男を自分の公式で書き直すことなどできない。それに、ダグラス自身はすばらしい才能を持っていた。それに、彼は彼女を愛していた。そのことを考えれば、すべてが取るに足らないことに思えた。

彼の家のドアの外に車を止めたのは九時一五分だった。ダグラスは水曜はいつも、映画か、劇場か、ときにはパブに出かけた。水曜はアイリーンがフィオーナ・キャメロンを訪ねる夜だったからだ。

しかし今夜はアトリエの窓に明かりが見えた。彼女はベルを鳴らした。

しばらく間があって、ダグラスがドアにやってきた。

「なにかまずいことがあったのか？」彼は訊いた。アイリーンを見てもさほど嬉しそうではなかった。

「そうじゃないけど……入れてくれないの？」

彼はためらっていたが、脇に寄って彼女を通した。「前もって知らせてくれなきゃ」気難しそうにぶつぶつ言った。「仕事なんだ」

アトリエの床にはくしゃくしゃにして捨てた六枚ほどのスケッチがあった。イーゼルには描き終えた絵が載っていた。髪をくしげずっているヌードだ。ダグラスのほかの作品同様、この顔も一目で見分けられた。彼のお気に入りのモデル、ジェニファー・カウイーだ。

キッチンから陶器のふれ合う音がして、女の声が呼びかけた。「お砂糖が見つからないのよ、ダーリン」一瞬の後にアトリエに彼女が入ってきた。

アイリーンはカンバスの上を除けばジェニファー・カウイーに会ったことがなかった。それなのにこれまでずっと知っていたような気がした――知っていて、嫌っていた。ジェニファーは妹のサンドラと同じ、小さくてきかん気な顔をしていた。きれいな顔ではないし、かわいくもなかった。ジェニファーのからだは――ダグラスが正確に描いているとすれば――やせ過ぎていて、脚は長過ぎた。しかし全体としてはいい、とアイリーンはしぶしぶ認めた。

ジェニファーは部屋着を着ていた。前をゆるく結び、ダグラスのスリッパをはいていた。持っているトレーには湯気の立つネスカフェのカップが二つとビスケットの皿が載っていた。彼女はアイリーンを見ると、ちょっと立ち止まった。「もう一杯入れたほうがいいわね」

「ああ、ジェニー。そうしてくれ」ダグラスが言った。

彼はアイリーンの方を向いた。「コートを脱いだら、きみ」

アイリーンは首を振った。例の格好で競い合うつもりはなかった。

「それじゃあ、ともかく座って……知らせてくれればよかったのに、アイリーン」それから急ににやっと笑った。「なんといっても、画家であるってことには利点もあるんだな。そうでなければこの状況は説明に窮しただろうからね」

ジェニファーがアイリーンのコーヒーを持って戻ってきた。

「お砂糖は？　ミス・プラット」サンドラに似て、残酷そうな笑顔だった。

「いいえ、けっこうよ……それと、アイリーンって呼んでちょうだい」彼女は優しげにほほえみ返した。

ダグラスはその底にあるものを感じ取った。「さあ、さあ、お嬢さんたち！」なだめるように言った。「爪は引っ込めて……ぼくたちは終わったところだ、そうだね、ジェニー？」

ジェニファーは頭をかしげて冷やかすように彼を見た。「そうだった？」それからイーゼルの絵をちらりと見た。「ああ、あれね！……そのとおりよ」

彼女はアイリーンに向き直った。「あたしたち、あなたが来るとは思わなかったのよ、アイリーン。水曜はフィオーナ・キャメロンの家に行くんだと思ったけど？」

なんて失礼な態度なの！　モデルは口実だったと吹聴《ふいちょう》しているも同然じゃないの。ダグラスを信じることができたらいいのだが。

「わたしはフィンゲッティの店でジョー・ギャマンズと話してたの」彼女は言った。

「ジョーってだれ——」ダグラスは言いはじめたが、すぐ言い直した。「ああ、彼か。スラム街を訪問してたってわけか？」

「アイリーンは犯罪捜査部予備軍なのよ、知らなかった？」ジェニファーが言った。「捜査部のニコルソン警部の個人助手ですもの」ジェニファーは「個人」という言葉に悪意を込めて言った。

「イアンのことでか？」ダグラスが訊いた。

「ええ」アイリーンはたばこを受け取った。今日三本目だ。

「もう教訓を学んだかと思ってたよ、きみ。一度嚙《か》まれたら、って言うだろう……なぜそんなことをするんだ？　新聞によればスコットランドじゅうの警官がシルブリッジに召集されてるそうじゃないか。きみの奉仕を彼らが必要とすると思うかい？　それはインテリの傲慢《ごうまん》だよ、きみ」

今夜フィンゲッティの店に行ったのは、ノラを守るためだった。いや、そうだろうか？　正直に動機を言うのはとても難しい。あの変化に満ちた行動は、アイリーンの良心を鎮めておくのに役立った。ジョージ港での夜の記憶と格闘しないですむ口実になった。彼女の心はまだあのことにおびえ、しりごみしていた。

アイリーンはダグラスと二人きりで話がしたかった。しかしジェニファーはソファーにゆったりともたれ、足を折って座り込んでいて、立ち上がる気配も見せなかった。

アイリーンは半分も吸っていないたばこをつついて消した。これもいやな味がした。きっと体の具合が悪いんだろう。

「それで、ギャマンズ氏は期待に応えてくれたかな？」ダグラスは訊き、ジェニファーはクスクス笑った。

「たしかに、一つ二つ話してくれたわ」

「たとえば？」

アイリーンは答えずに、もう一人の女を意味ありげに見つめた。

「あたしのことはかまわないで、アイリーン。ダグラスとあたしの間には秘密はないの、ねえ、あなた？」冗談めかして笑ったが、言葉のとげは少しも和らがなかった。

「こらこらジェニー！」おざなりに彼女をとがめてから、ダグラスはアイリーンに向き直った。

「彼はなんと言った？」

それなら、話してやろうじゃないの。「水曜の夜イアンが会ってた男は教師で、彼らは学校で会ってたの」

「じゃあ、トム・キングだわ」ジェニファーが即座に言った。「夜いつもいるのは彼だけですもの。老H.M.を勘定に入れなければね」

ハドルストン博士の家は学校の敷地内にあって、テニスコートの隣だった。

「ともかくも、あなたは疑われないわ、ダグラス」ジェニファーは言っていた。「必要ならばどの水曜の夜も、あたしがアリバイを証明してあげるから」

「ばかを言うなよ、まったく」ダグラスが言った。

ジェニファーは彼に向かって指を左右に振った。「怒らない、怒らない！……ねえ、お願い、アイリーン、バッグを取って……あなたの椅子の脇の床よ……ありがと」

それはビニール製の、装飾過剰なハンドバッグで、悪趣味な、奇をてらったものだった。アイリーンは冷酷な笑顔でそれを取ってやった。ダグラスが彼女と同意見なのはわかっていた。こんなものを持ち歩いている人は審美眼がないにきまってる。だからダグラスはいつも彼女の服を脱がせて描くんだわ。

ジェニファーはバッグからティッシュペーパーを取り出すと唇をたたき、「おいしかった」と言って、カップとソーサーをトレーに戻した。

たぶん今度は立ち上がって、服を着て、帰るのだろう。しかし違った。「もう一本たばこをくれる？　レンブラント」と言った。

ダグラスは箱を投げてやった。

彼が火をつけてやると、ジェニファーは吸いつけながら言った。「アリバイのこと、あまり軽く考えないほうがいいわよ。あんたは高校の教師だってことを忘れないでね」それからアイリーンに向かって言った。「心配しないで、アイリーン。彼のことはあたしが保証するから。なにしろあたしは彼のモデルをしてたんだから」ころころと声を立てて笑った。

アイリーンは立ち上がった。「楽しいおしゃべりだったわ、ダーリン」とダグラスに皮肉を言った。

「急ぐなよ」彼は言った。「ジェニーはおてんばだが、悪意はないんだ。とにかく、もう帰るところだから。そうだろ、かわい子ちゃん？」彼はジェニファーの腕を取ると、立ち上がらせようとした。

ジェニファーは乱暴に彼を振り解いた。「あたしは行きたいときに行くわよ」にらみながら言った。

アイリーンはもう外に出ていた。「おやすみ、ジェニー」肩越しに呼びかけたが、女は返事をしなかった。

ダグラスが追ってきた。「これについては本当に悪いと思ってる、アイリーン、でも――」

「わかってるわ。わたしが来るとは思ってなかったんでしょう」

「でも、そんなにぷりぷりして帰るなよ、ダーリン。きみたち二人は気が合わないことはわかってた。だからいつも別々にしてたんだ」

「情婦とフィアンセを、という意味？」

アトリエでジェニファーの声が呼んだ。「ダグラス！」

「黙れ！」彼は怒って叫んでから、アイリーンに向き直った。「それはないよ、ダーリン！あんなつまらんやつにぼくがかかわり合うなんて、きみだって信じないだろう？」

「そうかしら？　彼女はいい体してるでしょ？　情婦に必要なのはそれだけだって、聞いてるわ」アイリーンの頭は割れるように痛んでいた。世間から冷酷な扱いを受けていると感じ、だれかを思いきり罵《のの》りたかった。

「きみ、お願いだ。ぼくを信じてくれ」

彼女ははっと我に返り、手を握りしめて手のひらに爪をくい込ませた。「ごめんなさい、ダグラス」疲れ果てたように言った。「ええ、もちろんあなたを信じるわ」

「やれやれよかった」彼は言ってキスした。

「ダグラス！」ジェニファーの声は怒っていた。「いつまでそこにいるつもり？」

アイリーンは体を離して、なかばヒステリックに笑った。

「行って、彼女を描いたら、ダグラス」


アイリーンはたしかにダグラスを信じた。彼はだましたりしない。彼女は彼に絶対の信を置いていた。

それでも、ダグラスはあの女に帰り支度をするように言うべきだった。彼だけと話がしたいというアイリーンの必死の思いを、彼はわかっていたはずだ。それなのに、ジェニファーをそのまま居させ、アイリーンをあざけるままにさせた。彼女が公然と愚弄《ぐろう》されているのに、彼は仲裁しようとはしなかった。そうすると、結婚しても夫の保護は得られないだろう。つまり、彼女は自分で戦っていかなければならないということだ。

ヒューエンデン・ロードに戻ると、居間の窓の明かりがついていた。父は出かけなかったようだ。きっといつものチェスの問題に取り組んでいるのだろう。

門の外に車を止めた。すぐ入っていく気になれなかった。父がどう迎えてくれるかはわかっていた。チェス盤から目も上げずに「戻ったか」と言うだけだろう。彼女がお茶を入れると「ありがとう」と言って、ビショップを動かすだろう。そしてもし忘れなければ、彼女が寝に行くときにおやすみと言うだろう。

アイリーンは落ち着かず、みじめな気分だった。親身に話ができる友達が、しゃにむに欲しかった。ダグラスは今夜彼女の期待に背いた。フィオーナを思い浮かべたが、時間が遅過ぎる。それにアランも在宅だろう。モーリス・ニコルソンを訪ねることまで考えた――だがコートの下に着ている薄物のことに思いが至ると……彼女は顔を赤らめた。

そうやって車に座っていると、窓のブラインドを父の影が横切った。それを見てアイリーンはシェパーズ・ブッシュ亭と、父がそこに訪ねる女を思った。同時に好奇心に駆られた。そこに行ってみなければ。このうずくような抑圧感をすこしの間でも麻痺させるには、そうするのがいいかもしれない……それに今は車もあるのだし。

6

アイリーンがシルブリッジを出てヒル・ロードに入り、イーデンクレイグズへの長いジグザグの上りにそなえてギアをサードに落としたとき、時計は一〇時半を打った。ミス・マクドナルドを訪ねるにはたしかに遅過ぎた。イーデンクレイグスの営業許可時間がシルブリッジと同じであるなら、パブは半時間前に閉まっているはずだった。

イーデンクレイグズには、ほかの土地と共通するものはそうたくさんはなかった。そこは非産業地帯で、グラスゴーやシルブリッジに通勤する普通よりも裕福な人びとが眠るための場所であり、初老の金持ちが引退して住む土地だった。スコットランドでも有数の美しい小さな町で、片やシルブリッジ、片やガーノックからじわじわと入り込んできている郊外居住者に将来を脅《おびや》かされているものの、とてもお高くとまっていた。

シェパーズ・ブッシュ亭は本通りの郵便局の隣にあった。チューダー様式を模した長くて低い建物で、壁は最近塗ったばかりで白く輝いていた。オーク材の大きなドアは閉まっていた。

アイリーンはモリスを道の反対側に止めた。パブの外では男と女が話していた。ずっと遠くでは年配の男が犬を散歩させていた。それ以外は道路に人影はなかった。この時間のシルブリッジとは大違いだ。そもそもイーデンクレイグズには若い人はほとんどいないのだ。

シェパーズ・ブッシュ亭の外の二人はおやすみを言うと、男は足早に去った。女のほうはためらっていたが、やがて道を渡って車のそばに来た。彼女はナンバープレートを覗《のぞ》いてから運転席の窓にやってきた。アイリーンは窓を巻き降ろした。

「彼の車だと思ったわ」女は言った。その声は高地人のものだった。

「あなたはミス・マクドナルドね？」とアイリーンは言った。

「そうよ。ではあなたがアイリーンかしら？」

二人は互いに相手を品定めしようとした。暗がりのなかで、それは容易ではなかった。

「お入りになったら――」

二人が道路を渡ると、女は大きなドアを開けた。左手にバーに通じる入口があった。ミス・マクドナルドは右のドアにアイリーンをいざなった。

明かりがつくと、アイリーンは居心地のいい居間にいるのを漠然と感じた。しかし彼女の目はミス・マクドナルドに注がれていた。これほど驚いたことはなかった。女の顔はしわが刻まれ、髪はほとんど真っ白だった。痩せてもいた――ほっそりしているのではなく、角ばっていて、性を感じさせない、初老の人の痩せ方だった。

「コートをこちらへ、ミス・プラット」

「いえ」アイリーンは頬が熱くなるのをおぼえた。「けっこうです……少し寒けがするので」それは本当だった。とはいえコートを着たままでいるのはそのためではなかったが。

ミス・マクドナルドは彼女をじっと見た。「あなたは外出すべきじゃないわ」と厳しく言った。「熱いトディーをつくってあげます。座って」

「どうかおかまいなく、ミス・マクドナルド」

しかし女はすぐに部屋を出ていった。

まわりを眺める余裕ができた。この部屋にはすがすがしい簡素さがあった。座り心地のよさそうな椅子が数脚、やわらかな照明、装飾品がないこと――それは全体として安らぎをもたらす効果を生んでいた。ヒューエンデン・ロードの家の居間とは大違いだ。

小テーブルにはキルト姿の若い男の額入り写真があった。ハンサムな若者――いや、ハンサムとは言えない、鼻が大き過ぎる――しかし力強い顔と、いい姿かたちをしていた。

男の顔だちにはどこか見慣れたところがあった。アイリーンは寄っていって近くで見た。それは父だった。

「それを撮ったとき、彼は一八だったのよ」ミス・マクドナルドがひっそりと入ってきていた。

「ちょうど彼が大学に行く前だった」

「そのころ知ってたの？」

「わたしは彼を生まれてこの方知ってるわ。わたしたちは一緒に育ったの。わたしは――いえ、わたしたちは婚約したも同然だった」

アイリーンはふたたび彼女を見た。父は――ええと――四八か、たぶん四九歳だ。きっとこの人のほうが年上なんだろう。

「わたしは今度の四月で四九歳になるわ」ミス・マクドナルドは彼女の考えを読んだようにそっけなく言った。「あなたのお父様はうまく年をとったのよ、それだけ……さあ、熱いうちにお飲みなさい」

ウイスキーにレモンと砂糖をたっぷり加えてあった。一口含むと熱いタールのような味がしたが、体の震えはとまった。

「あなたはきれいだ」とミス・マクドナルドは言った。「あなたのお母さんよりきれいだわ」

「母を知ってるの？」

「会ったことがあるの」

アイリーンは飲み物をすすった。「婚約のことを話してらしたけど」促《うなが》すように言ってみた。

女はほほえんだ。「わたしはしなかったの」と言った。

笑顔でいる人の口と目がどうなっているかを見れば、その人の性格を読むことができるという考えをアイリーンは信奉していた。笑顔は、ハドルストン博士の不誠実さ、ジェニファー・カウイーとその妹の残酷さ、トム・キングの独りよがりをさらけ出した。同時にミス・マクドナルドの場合のように、笑顔が純粋な親切と善良さを映し出すこともあった。

「話していただきたいわ」アイリーンは言った。

ミス・マクドナルドは彼女に鋭い目を向けて言った。「きれいな話じゃないのよ」

「かまいません。わたしには聞く権利があります」

「なぜ？」

「彼はわたしの父ですから」

女はまだ彼女を見つめて当惑していた。「彼はあなたがどんな娘さんなのか、話してくれなかったわ」ゆっくりと言った。「話してくれていたらよかったのに」ため息をついた。「いいでしょう。でも忘れないで、わたしは偏見を持ってます。言うことはすべて割り引いて聞いたほうがいいわ……」

ジャネット・マクドナルドはアンガス・プラットと同じ村の学校に通っていた。小さいときからいっしょに遊び、アンガスがインヴァネス・アカデミーに行ったあとも、休みの日には会っていた。二人の間柄は年月とともに熟し、村の人たちも二人は「予約済」だと考えていた。たしかにジャネットもそう考えていた。しかしある年のクリスマス休暇に大学から戻ったアンガスは、医学生のマーガレット・バーと婚約したというしらせを持ってきた。

それまでになんの予告もなかった。ジャネットに宛てた彼の数々の手紙には、その女のことに一度も触れていなかった。彼は生来秘密主義だったから、決心がつくまでなにも言わなかったのはいかにも彼らしいことだった。

ジャネットは深く傷つき、面目を失った。それまでは郵便局兼雑貨屋で母親を手伝っていたのだが、村を出てアバディーンで職についた。戦争が始まると彼女は空軍婦人補助部隊に入った。

アンガスに再会したのは一九四四年、カイロでだった。彼女は食事に誘う彼に応じた。彼に捨てられてから七年がたっていた。長い年月がたっていたし、とくに戦時の興奮した環境では、恨みは薄れていた。

その夜アンガスは酒を飲み過ごし、自分の結婚は誤りだったと告白した。マーガレットの活気と洗練に心を奪われて、それを除けば彼女にはほとんどなにもないことがわからなかったと言った。彼は戦争が終わるのを恐れてさえいた。そうなれば妻のもとへ戻ることになるからだ。アンガスはその夜、ジャネットにベッドに行こうと誘った。彼女は断わった。その誘いはいかにもその場のはずみのようで、感傷と酩酊《めいてい》から出たものだったからだ。それにそんなことになってはマーガレットに悪い。ジャネットは当時マーガレットとは面識がなかった。

ジャネットとアンガスはその後三年間会うこともなかったが、ジャネットは彼のことをもはや憎しみをもって考えることはなくなった。ただ残念に思う気持ちは残った。二人はとりとめもなく文通を続けた。アンガスは自分の養鶏農場に彼女を一度ならず招待した。「マーガレットはきみが来るのを喜ぶだろう」と彼はいつも書いてきた。

ジャネットはこうした招待を辞退した。まだアンガスを愛していたから、そうした状況に置かれた場合に潜む危険を察知した。彼女は自分の抑制力を試しにかける気はなかった。

ジャネットは戦後、グラスゴーの大きな店で売り場の主任補佐の職を得ていた。マーガレットに会ったのはそこでだった。

マーガレットのほうは「故郷の女の子」のことは知っていて、嫉妬していた。彼女はアンガスからジャネットの働いている場所を聞き出し、彼女を見にグラスゴーへ来たのだ。

マーガレットはどこまでも優しく、親切だった。ジャネットに、夫の旧友としてぜひギャロウエイの自宅に来て泊まってほしいと言った。ジャネットは騙《だま》されなかった。この招待には罠《わな》が仕掛けてあるにちがいないと思った。しかし、誘惑はあまりにも大きかった。彼女はその年の二週間の休暇を農場で過ごすことにした。一九四七年の秋だった。

「わたし、それを覚えてるわ」アイリーンは口をはさんだ。

「でもあなたはほんの子供でしたよ」

「七歳だったわ。あなたを覚えています。あなたは屋根裏の寝室で寝て、わたしの人形に服をつくってくれたわ」記憶がよみがえってきた。アイリーンはいつでも遊んでくれる「ジャネットおばさん」が好きだった。そしてある夜、どなり合いがあり、母がヒステリーになった。つぎの朝ジャネットおばさんはいなくなっていた。姉のアネットとアイリーンはそのことを、大人たちのいつもの訳が分からないふるまいのひとつと見て、忘れてしまった。

「騒ぎがあったわ、そうじゃない？」アイリーンは今になって訊《き》いてみた。

ジャネットは哀れみのこもった目で彼女を見た。「あなたのお父さんとわたしがしたことはひどいことだったわ。でもそれを仕組んだのは――すべて彼女だった。マーガレットはそうなるのを望んだの。彼女はあの当時でも正常じゃなかったわ」

ジャネットは、アンガスと妻の関係が破綻《はたん》しかかっているのを知った。マーガレットは彼女の前でも、子供たちの前でさえ、たえず夫に小言を言った。なんとしても息子が欲しい妻は、それがかなえられないことで夫に八つ当たりした。

毎晩マーガレットは、誘惑のための舞台装置を設定して、寝室に引っ込んだ。彼女がいなくなって緊張がほぐれると、誘惑はますます抗し難くなった。ある夜――ジャネットの滞在二週目の中頃――彼らは誘惑に負けた。そしてマーガレットは彼らを現行犯《フラグランテデリクト》で捕まえた。かけた罠のばねがはじけたのだった。

もちろんジャネットは去らねばならなかった。しかしマーガレットから見れば、ジャネットはこのゲームの歩駒《ポーン》にすぎなかった。マーガレットは今や必要なものを手に入れた。交渉事を有利にはこぶ切り札を。彼女の条件は簡単だった。アンガスは農場を売って都会に戻ること。男の子を養子にとるのを同意すること。彼はその時点まで、このどちらにも断固反対していたのだ。

「なぜ父は同意したんでしょう?」アイリーンは問いかけた。「なぜ母を置いて出なかったんでしょう?　家族のためじゃないわ。父はアネットにもわたしにも、関心をもったことはありませんもの」

「そのとおりだわ。あなたとお姉さんを母親の同類だと見てましたから。憎悪心が強いのよ、アンガスは……妻を捨てなかったのは、そうね——彼は自分の評判を落としたくなかったの。あなたのお父さんは自分の気に入らないことは絶対しない人だわ」ジャネットはほほえんでいたが、声には苦いものが感じられた。

アンガスは妻からひとつの譲歩を引き出した。スキャンダルにならないよう、慎重にするという条件で、ジャネット・マクドナルドとこれからも会う権利だ。マーガレットの思惑では、これに同意することで夫に対する拘束力が強まるはずだった。結果は、それは彼の救いとなった。

アンガスはもうひとつの点でこの取引を自分に有利に展開した。これは妻も知らなかったことだった。マーガレットは事業のことはなにもわからなかったので、養鶏農場を多大の損をして売ったという夫の言葉を信じた。

「本当はね」とジャネットは言った。「その売却で得たお金でこのパブを買ったの」

アイリーンはあきれた。「父はここであなたに店を持たせたの？」

「お金は全部返したわ。彼から借りたことにしたのよ……彼はわたしをそばに置きたがったの。同じ町でなく、近くにね」

ジャネットはパブ経営の経験はなかったから、それは賭《か》けともいえる一仕事だった。しかしよいバーテンを雇ってからは、ジャネットの生来の抜け目なさが効を奏した。

こうして一五年以上のあいだ、アンガスは妻の黙認のもとに週に一度はジャネットを訪ねた。

たまにジャネットの良心はとがめたが、しょっちゅうではなかった。アンガスの結婚は失敗で救いようがないのだから、彼女は彼の人生を耐えられるようにしてやっているのだ。ジャネットの側としては、この取決めはまあまあ妥協できるものだった。アンガスを自分だけのものにできないのなら、少なくともグラスゴーで報いのない独身生活をおくるよりましだ。彼女は店の経営に没頭し、時折バーでささやかれる自分についての評判や忍び笑いには無関心でいるよう自らを訓練した。

はじめは納得ずくの情事だった。しかし年月がたつにつれて、アンガスは情熱よりも友だちづきあいを求めるようになった。

「そういうことは通り越してしまうものなの」とジャネットは言った。「とくに女はね。アンガスはまだときどきどこかで遊んでるわ、でもわたしはなんとも思わない。ここは彼の家みたいなものなの――本当の家庭ね。わたしたちは座って、くつろいで、おしゃべりし、ラジオを聞くだけなのよ」

「バーのほうは？　あなたがいなくては――」

「ダーモットがみてくれているの――見たでしょう、今夜わたしと話してた人よ。彼の奥さんも手伝ってくれてる。わたしはときどき、ここにいますよと示すために覗くだけ……いえ、そうしたければ一晩じゅうでもアンガスとここに座っていられるわ。とても心が安らぐのよ」

彼女は自分たちの関係を理想化して話している、とアイリーンは感じた。ジャネットは年より老けて見え、自分に確信がないように見えた。彼女がそんなことはないとどんなに言おうと、良心との不穏な闘いはおそらく何度もあっただろう。厳格な高地人の狭い社会で育ったことからもそれはあり得た。それに、アンガス・プラットは気楽な相手とはとても言えないだろう。彼は根っから利己的な男だ。シェパーズ・ブッシュ亭という好ましい環境も彼を変えることはなかっただろう。

父がこういうことになっていたのを、もっと前に少しでも疑うべきだったかもしれない。しかし週に一晩か二晩は出かける父の習慣を、父は「友達に会うため」だと言い、母は「お酒を飲みにいくのよ」と陰鬱な口調でつぶやき、それを聞きながらアイリーンは育った。そのために、つい数週間前までそれに疑問をもったことはなかったのだ。母はその間ずっと知っていたとは……。

「ねえ、アイリーン」ジャネットがためらいながら言った。「もしお父さんが――ここに移るとしたら、あなたはどう思う?」

「もう移ってるも同然じゃありません? 家で会ったことがないんですもの」こんな攻撃的な言い方をするつもりはなかった。

「彼に家にいてもらいたいの? あなたにとって彼は大事なの?」

「彼はわたしの父だわ」自分の言うことが筋が通らないのはわかっていた。女の理屈、とダグラスからいつも非難されている類《たぐい》の言いぐさだった。父とのあいだにはなんの絆《きずな》もなく、互いに嫌い、軽蔑し合っていた。同じ家に住むのは双方にとってうんざりするだけだった。それでもなお、父が出ていくと聞くと、自分が不当な扱いをされたように感じた。

ジャネットはため息をついた。「そうだわね……ともかく、彼自身もあまり乗り気でないの。とてもご立派なかただわ、あなたのお父さんは」

たしかに、それもひとつの言い方だった。

「警察はこのことを知ってるのかしら？」アイリーンは訊いた。

「もちろん。キャメロンさんという人が先週話を聞きにきたわ。アンガスが話したのよ——わたしたちのことを」

するとと、ただ一人知らなかったのは娘のわたしだったわけか。

アイリーンはハンカチを取り出すと額をぬぐった。

「アイリーン、だいじょうぶ？」ジャネットの声は心配そうだった。

「ええ、だいじょうぶです」ただ、熱くて、疲れていて、意気消沈して、頭がズキズキして、背中が痛いだけだ……どこも悪くない。

「お式はいつ？」ジャネットは訊いた。「アンガスから、婚約したって聞いたわ」

「日取りは決まってません。夏の初めにと思ってます」

「学校の先生ですって？」

「高校の美術の教師なの」

沈黙があった。それから慎重にことばを区切りながら、ジャネットは言った。「ダグラス・トループ、ではない？」

「そうよ。彼を知ってるの？」

「聞いたことはあるわ」抑揚のない口調で言った。

アイリーンは待っていた。それから少しじれったそうに言った。「ミス・マクドナルド、それで?」

「ごめんなさい、アイリーン。聞かなければよかった。わたしの知ったことではないもの」

「そこまで言って、話さないって法はないわ」アイリーンは怒った。

ジャネットはかがんで火をかきたてた。「わかったわ……彼はアリソン・ライトのことを話したことある?」

「いいえ。アリソン・ライトってだれ?」

「わたしの友達の娘よ。その子はダグラス・トループを知ってたの。彼の子供がいるわ」

「信じません!」

ジャネットは肩をすくめた。「お好きなように……彼には非嫡出子扶養料支払い命令が出てるわ」

アイリーンは立ち上がった。一瞬めまいがして、椅子の背をつかんだ。

ジャネットはすばやく寄ってきた。「だいじょうぶなの――」

「なんでもないわ、ありがとう」アイリーンはぴしゃりと言った。言ってから後悔した。ジャネットのせいではない。ジャネットはその知らせを伝えただけであって、言い出した本人ではないのだ。「ごめんなさい、ミス・マクドナルド」と謝った。「今夜はわたし、どうかしてるの。それはどのくらい前の話?」

「子供は三歳半よ」

自己憐憫《れんびん》はある種の享楽であり、アイリーンは自分にはそれを許さなかった。彼女は母親がしばしばそれに耽《ふけ》るのを見て、軽蔑してきた。

しかし今夜、イーデンクレイグズから車で戻りながら、彼女は自己憐憫に浸った。それ以外にどうしようもなかった。ついさっき、ダグラスについて聞かされたことが決定的な打撃となった。

もちろんその話は間違いかもしれない。しかしジャネット・マクドナルドは根拠もないうわさ話を広めるような女には見えなかった。

ほんの四年前のこと——アイリーンがひっかかったのはそこだった。ダグラスはかつて、まだ学校にいたころに一つ二つ若気の放蕩《ほうとう》をしたことがあると告白した。しかしその後は正道からはずれたことはないと彼女に請け合っていた。

彼がもしそのことで彼女を騙しているとすると、ほかのことで彼を信用できるだろうか？ジェニファー・カウイーが彼の室内履きで歩きまわり、彼のコーヒーを入れ、彼を「ダーリン」と呼んでいたことが頭に浮かんだ。アイリーンを意識してやっていたことはたしかだが、それにしても……ジェニファーには画家とモデルの仕事関係以上を思わせる我が物顔のところがあった。

アイリーンがモリスをガレージに入れたとき、外の道路に側灯をつけたまま止まっていた車の意味に思い当たった。戻って、近寄って見た。

それは警察の黒い車だった。制服の警官が運転席で静かに居眠りをしていた。

7

みんなは居間にいた。ニコルソン警部とキャメロン部長刑事、それに父だ。

アイリーンはモーリス・ニコルソンの顔に心配そうな表情を見た。

「だいじょうぶですか、ミス・プラット?」彼は言った。

暖炉の上の鏡をのぞいた。ああ、ひどい顔、みんながだいじょうぶかと訊《き》くのも当然だわ。

彼女の顔はチョークのような色をしていた。

「飲み物がほしいわ」彼女は言って、座り込んだ。

「どこに行ってた、アイリーン」父が訊いた。

彼女は父を冷たく見つめた。「イーデンクレイグズのシェパーズ・ブッシュ亭よ」

「おや、そうか」一見関心なさそうに、彼は緩やかな足取りでドアに向かった。「飲み物を取ってこよう。ウイスキーがいいか?　みなさんにも強いのを一杯、いかがかな?」

二人は辞退し、プラットは出ていった。

「あなたはベッドにいなきゃいけません、ミス・プラット」ニコルソンが言った。

アイリーンは肩をすくめた。「わたしを待っていらしたの？」

「ええ。長くはかかりません。あなたが耐えられればですが？」

彼女はうなずいた。もう、どうでもかまわない気分だった。

ニコルソンはポケットから折りたたんだ紙を取り出し、彼女に渡した。「まだ見ないで」と彼はすばやく言った。軒並みに実施した調査の結果が分析されたのだった。ニコルソンはそのからくりを説明した。アイリーンは霧のかなたから「対照標準」とか「パンチカード」とか「パワーズ・サマス」という言葉を聞いた。手にした紙に載っているのは、弟を殺したかもしれないシルブリッジ在住の七人の男の名前だという大事な事実はのみ込めた。

父が二つのグラスを持って戻ってきた。彼は一つをアイリーンに渡し、もう一つをチェス盤が置いてあるテーブル脇の自分の椅子に持っていった。

彼が座ろうとすると、ニコルソンが急いで言った。「かまわないでしょうか、お嬢さんだけと話したいんですが」

プラットは抗議しそうに見えたが、思い直した。「そうか、ともかく寝る時間を過ぎているから……おやすみ、アイリーン」彼はグラスを手にしたまま、ふらりと出ていった。

「つまり、この七人がイアンが殺された夜のアリバイがなかった人なの？」

彼女はグラスから一口飲んで顔をしかめた。ウイスキーはほとんどストレートのようだった。

「というより、それ以上のリストです」ニコルソンが言った。「われわれの考えでは、ルシア・フィンゲッティと弟さんを殺し、あなたを殺そうとしたのは同じ男です。弟さんが死ぬ前の五週間、水曜ごとに会っていたのも同じ男です」

アイリーンの心にちくちくと疑いが芽生えた。「もっとゆっくり言って」と彼女は言いたかった。「一つ一つ段階を追って説明してほしいわ」

しかしニコルソンは話を続けていた。「その仮定に基づけば、シルブリッジにはわずか七人が可能性として――」

「実際は四人です」キャメロンが口をはさんだ。

ニコルソンはうなずいた。「そう、アランが言うように、そのうちの三人は絶対とは言えないまでも、ほとんど確実に消去できます。残るは四人です」

彼の話は形式的で、警察学校で講義をしているようだった。たぶんニコルソンは、個人的感情を排除することで彼女のつらい試練を軽減しようとしているのだろう、とアイリーンは推察した。それとも、押さえておかなくてはならないのは彼自身の感情なのだろうか。

「ミス・プラット、襲った者はあなたの知ってるだれかだと言いましたね」ニコルソンは話をつづけた。「その男の名前を見た衝撃で、あなたは記憶を呼び戻すかもしれない……。それで今夜うかがったのです」

アイリーンはのろのろと紙を広げた。ちょっと手がすべった。ウイスキーのせいか、それとも気が高ぶっているせいだろうか。

「上から四人が可能性のある人です」ニコルソンが言っていた。

アイリーンは目をこらしてそのページに焦点を合わせ、まず残りの三人の名前を読んだ。「ワイルドレッド・アンダーソン、フレデリック・マクラレン、ジョーゼフ・スミス」名前で思い当たるものはなにもなかった。でも彼の名字はマクラガンじゃなかったかしら？　フレデリック・マクラレンがロイヤル銀行の出納係フレディならべつだが。

ウイスキーを一口大きく飲んでから、上のほうに並んでいる四人の名前を勇を奮って見た。胸がどきどきした。「エドワード・ハドルストン、ジョン・レアド、トマス・キング、トマス・リチャードソン」

アイリーンは拍子抜けした。この気持ちはなんだろう？　落胆か？　安堵《あんど》か？　彼女の潜在意識が期待していた名前はそこになかった。

ほかの二人は期待を込めて彼女を見つめていた。

「わたしが知っているのはトム・キングとハドルストン博士だけだわ」気が抜けたように彼女は言った。「二人のうちの一人であるのは確かなの？」

「四人のうちの一人です」キャメロンが訂正した。

「ほかの二人は知らない人だわ」アイリーンはいらいらと言った。「それにこの人たちは高校の先生じゃないわ」

キャメロンは不満げに言った。「ええ、でも知ってる人だというのはあなたの印象に過ぎないのですから」

ニコルソンは彼を無視して言った。「それではミス・プラット、実験は失敗だったのですね？　われわれはあなたにドアを開けてあげられなかった？」

アイリーンはええと頭を振った。

「それではこれで。長居はしません。どうか――」

「でも、それは先生でした」彼女は口をはさんだ。「イアンが毎週水曜の夜に会いにいったのは、先生でした」彼女はジョー・ギャマンズに聞いたことを話した。

彼女は自分が肉体から遊離してしまったような奇妙な感覚を覚えていた。しゃべっている自分のそばに立ち、それを眺め、話を聞いている。極限の疲労のせいだろうか、それとも酔っ払ったのか。

彼女は同時にニコルソンをも眺めていた。丁重な表向きの顔の下に心配の表情を見ていた。

しかしニコルソンはこう言っただけだった。「では、ありがとう、ミス・プラット。とても助かりました」その声ははるか遠くから聞こえてくるようだった。「どうかそのまま。勝手に出ますから」

彼女はそれをありがたいと思った。

玄関ドアが閉まる音が聞こえ、まもなく車のエンジンがかかって走り去る音がした。

彼女は椅子にもたれて目を閉じた。あと一分、あと五分したら、頑張って二階のベッドに行こう……。

「まだコートも脱いでいないのか？」父の声で目が覚めた。

びっくりして身を起こした。「何時？」

「二時を過ぎてる。二階に上がってこないから、どうしたのかと……」

彼はパジャマ姿で、いつものみすぼらしい灰色のガウンをはおっていた。シェパーズ・ブッシュ亭にはもっと魅力的なガウンが置いてあるのかしら、と考え、病的な笑いの発作を起こしそうになった。

「ベッドにいなくていいのか?」彼は尋ね、答を待たずにまた尋ねた。「今夜ジャネットに会ったのか?」

頭に痛みが走り、アイリーンは顔をしかめた。

「ジャネット?」

「シェパーズ・ブッシュ亭でさ」

「ええ、会ったわ」

「どうだった?」

「お願い、お父様、今夜はやめてよ! もうたくさん」

「おまえに間違った感想を持ってもらいたくないんだよ、アイリーン。いいかね、おまえのお母さんは――」

「ええ、ええ、ミス・マクドナルドから恋愛事件のことはみんな聞いたわ。今度は――」

「イアンは彼女が好きだった」

彼はこの一言でアイリーンの注意を引きつけた。

「イアン? 彼は知ってたの?」そうだ、もちろんイアンは知っていた。そのことは今夜すでにだれかから聞いたっけ。たぶんギャマンズからだ。

「ああ、そうだよ。彼は最初は少し動揺したが、ジャネットに会うとすぐ仲良くなった」

イアンはなんと変わったことか！　かつて母親に傾倒していたころの彼だったら、父の情婦に好意を示すことなど考えられなかったのに。しかしその後――彼が養子であることを知った後は……そうだ、今振り返ってみると思い出すのだが、その後のイアンと養父のあいだにはあるきずなが生まれていた。いや、愛情のきずなではない――アンガスにそれは無理だったから――そうではなく、それは互いを許容することからくる結束だった。母に対する反発だ。おそらく彼らは、立場は違っても二人とも母の犠牲者だと認めたのだ。

アイリーンは新たな関心をもって父を見た。彼を自己中心の内向型人間と――実際そのとおりなのだが――片づけるのは簡単だ。しかし彼は利口だった。そして内向型人間といえども自分の身の回りになにが起きているか、見る目はあった。

「お父様」彼女は言った。「このことについて、どう思います？」

「このことって？」

「だれがイアンを殺したかについてよ」

彼は答えるまでに長い時間をかけた。「そうだな、それについては考えがあるよ」

「それで？」彼女はうながした。

彼の顔に奇妙な表情が浮かんだ。父を知らなかったら、アイリーンはそれを憐れみの表情ととったかもしれない。「言わないほうがいいだろう、たぶん間違ってるだろうからな」と彼は答えた。

アイリーンは父を問い詰めなかった。問い詰めるのが恐かった。

「考えていたんだが、アイリーン」彼は言った。「ジャネットのことが知れたからには、わたしが彼女と住むのはどうだろう？　あそこへ移り住むということだよ。おまえはいやに思うだろうか？」

彼はこれを訊くために階下にきたのだ。アイリーンが疲れていようと、イアンの殺害について思い巡らしていようと、彼の気持ちをそこからそらすことはできないだろう。

アイリーンのつかの間の共感は消え去った。

「もちろんいいわよ、お父様」彼女は言った。

8

アイリーンが目を覚ましたのは昼近くだった。ベッドに起き上がると頭が痛んだ。しかしひんやりした空気を感じ、気分はさわやかだった。昨夜の熱はなくなっていた。

階下で電話が鳴っていた。たぶんそれで目覚めたのだろう。彼女はガウンをはおると、走り下りて電話をとった。

「いったいぜんたいどこにいたんだ、きみ」ダグラスの声は心配そうだった。「ずっとかけてたんだぞ」

「疲れて、寝過ごしたの」

「よくなったのか？　ゆうべは死人みたいに見えたけど」

「だいぶよくなったわ、ありがとう」努めて声に感情を出さないようにしたのだが、憤《いきどお》りは現われてしまったようだ。

「まさか、まだすねてるんじゃないだろうね。正直言って、きみはほんとに聞き分けがないな——こうしよう、ランチはどうだい？　二人でランチを食べながら仲直りしようじゃないか」

「いえ、遠慮します、ダグラス」よそ行きの言葉で言った。

悪態をつく小声が聞こえたので、すぐ電話を切るのかと思った。ダグラスは、仲直りの申し出が拒否されてもめげずに言い続けるような人ではなかった。

しかし違った。彼は言い続けた。「きみは今朝ここで起きた劇的事件を見逃したよ」

彼女は息を止めた。「なんのこと？」

「きみの同僚のキングが拷問にかけられたのさ。マーンズとか、ニコルソンとかのお偉方にね。頰ひげの変なじいさんまでいたけど、あれは警察署長だと思うよ」

「みんなまだそこにいるの？」

「いや、半時間前にキングを引っ張っていったよ」

「彼を逮捕したの？」

「そうだな、手錠はかけられていなかったな」

その知らせを聞いて、なぜ憂鬱になったのだろう？　ダグラスの不実を疑うずくような気持ちさえも、これほどに彼女を憂鬱にはしなかった。

「もしもし！　いるのか？」彼は心配そうな声を出した。

「はい」

「いつ会える？　午後は出てくる？」

「行くかもしれません」こう言って電話を切った。

彼女は疑っていた。それが憂鬱の原因だった。キングの有罪に疑いの念をもっていたのだ。キングは、犯人についてわかっているすべての事実にあてはまった。高校の教師だし、ルシア・フィンゲッティと知り合いだったし、関連する時間のどれにもアリバイがなかった。そのうえ、性格的にも彼は確かに殺人者になり得た。しかし埠頭《ふとう》の岸壁で彼女を追いかけ、海中に放り込んだ男はキングではない、とアイリーンはほぼ確信していた。もし今警察が彼を逮捕するつもりなら、彼女がなにか手を打たなければならない……。

朝食にするか、それとも昼食にしようか？　結局スープを温め、それにベーコン・サンドイッチとコーヒーを加えることにした。

アイリーンはコーヒーを持って食堂の窓に行った。寒いが良く晴れた日だった。太陽が出てすでに数時間たつのに、屋根にはまだ霜があった。大気は澄んで風はなく、川向こうの家々の煙突から煙がまっすぐに上っていた。

ブライアントの仕事場から、いつもはこの距離では聞こえたことのない、一時を告げる警笛が響いた。病院を過ぎたあたりの登り坂をローギアで上がってくる車の低い単調な音が絶え間なくしている。昼食に家に戻る事務職の人たちだ。

アイリーンは決めかねてぐずぐずしていた。本心は、このまま家にいて成り行き任せにしたかった。彼女の干渉をダグラスは、インテリの傲慢《ごうまん》だと言った。たぶん彼は正しかったのだ。昨夜のことは悪夢のようだった。それを思い出すのもいやだった。舞台の袖に控えているほうがずっと簡単だ。それに安全だ。彼女にはまだ危険の予感があった。

しかし同時に、落ち着かない良心も抱えていた。

学校の自転車置き場に自転車を置いたのは一時二〇分だった。校庭はほとんど空っぽだったが、校長の家近くの霜の下りた舗装面に出来た滑りやすい斜面では、昼飯を急いで済ませたらしい生徒が一人二人すでに滑り下りていた。

アイリーンは脇のドアから校内に入り、階段を上って体育館へ行った。たばこのむっとする匂いがただよっていた。マーンズ主任警部のパイプからのものだろう。

トム・キングの部屋のドアをノックし、把手をまわした。鍵がかかっていた。彼女はいら立って罵《のの》りのことばを吐いた。

どの部屋にも使えるマスター・キーがあって、ひとつは用務員が持ち、校長も持っていたっけ……。

アイリーンはスイングドアを抜け、人けのない廊下を通って管理事務所に向かった。タイルの床にヒールがコツコツと響いた。恐る恐る外側のドアをノックしてからミス・マクレーの部屋を通り抜けた。今度は中の聖域のドアをノックした。

「お入り」と声がした。

アイリーンはパニックを起こしそうになった。この時間に彼がここにいたとは。校長はいつも一時に家に向かい、二時に戻ってくる。その動きで時計を合わせることもできるほどなのに。狼狽《ろうばい》を押し隠してアイリーンは入っていった。訪ねた口実を見つけるのは簡単だ。

「悲しいできごとだ」ハドルストン博士はあいまいな身ぶりで椅子を勧めながら言った。「昼食後に全校を召集して、ほんの一言二言述べようと思ってね。ざっとメモをとったところだ」机の上の手書き原稿を指さした。

「なんのことですか」アイリーンは言った。

彼はそこではじめてだれが来たのか気がついたように、彼女を見た。「これは失礼、ミス・プラット。一時ちょうどに知らせがきてね。老ブラッドレーがかわいそうに、今朝亡くなった」

「まあ、それは！」病院での、哀れを誘う小さくかがんだ姿が浮かんできた。

「苦痛から解放されたことをありがたいと思わなくてはならない」彼は悲しげに頭を振った。「われわれも死ぬべき運命であることを思い出させるできごとです、ミス・プラット。わたしたちは言うなれば、だれもがそれぞれの定めの日をもっているということです」しばらくうやうやしく口をつぐんでいたが、やがてきびきびと言った。「さて、なにか用ですか？」

「たいしたことではありません。またべつの機会に」アイリーンはつぶやいた。

「いやいや、かまいません。これはもう終えたんだから」と弔辞の原稿を指して言った。「短く簡潔に、そうブラッドレーも望んだだろうからね」

ブラッドレーの皮肉な嘲笑が聞こえてくるような気がした。

「そうなんですよ、ミス・プラット」ハドルストンは話をつづけていた。「わたしのような立場にいると、新しいことに気持ちを即座に切り替える能力が身につくのです。わたしは今日もすでに二つの急場をしのいだ――まず不幸なキングの件、つぎにこれだ」彼は笑顔になった。

「きっとあなたの問題も解決できると思いますよ」

「じつを言うと、トム・キングに関することなんです」とアイリーンは唐突に言った。

笑顔はいささかも動揺しなかった。「それで?」

「聞いたんですけど警察が――」

彼は力強くうなずいた。「そうなんだ。警察はさらに質問をするために彼を署に連れていった。それがお決まりの手順なんじゃないかな?……こう言ってもかまわないと思うが、わたしもキングを疑ってたんだ」

「昨日あなたから聞きました、ハドルストン博士」

「そうだったか?」彼は喜んだ。「これはこれは、話していたっけ……しかし脱線してしまったな。あなたの話は、ミス・プラット?」

彼女は思いきって本当のことを彼に話した。「マスター・キーをお借りしにきたんです。トム・キングの部屋に入りたいので」

その言葉を聞いて、校長の笑顔はついに消えた。「なるほど?」彼は冷たく言うと、しわ一つないグレーのスーツの襟元から見えない糸くずをつまみあげた。「では、もしわたしがここにいなかったら、きみは鍵を持っていくつもりだったのか?」

「すみません、ハドルストン博士。でもおわかりでしょう」――彼の関心をつなぎとめておかなければならない――「彼がいない間に入る必要があったんです」

「理由を聞いてもいいかな?」

「彼の論文を調べるためです。なぜ彼がわたしに読ませたくないのか、見つけるためです」

「著者というのは恥ずかしがるものなのだよ」彼は教えるように言った。

「彼の場合は恥ずかしいからでなく、恐れから出た拒否でした」

この申し立てを聞いて校長の関心はかきたてられた。彼は机の引き出しから鍵を取ると、言った。「来なさい、ミス・プラット」

いっしょに廊下を渡りながら、彼は自分の行動をもっともらしく説明した。「博士論文は広く一般に知識の蓄えに貢献するものでなくてはならない。広く一般にだ。ほかの人が恩恵を蒙《こうむ》れないところに鍵をかけてしまってあるのはよくない」ハドルストンなら銀行強盗をしても大義名分を見つけることだろう。

論文は机の上に、アイリーンがこの前見たままに置いてあった。キングはどうやら校正をしていたらしく、半分ほどを終えていた。

論文自体は短いもので、百ページそこそこのものだったが、付録の表が多量にあった。

「わたしが最初から読もう」ハドルストンは言って、キングの椅子に落ち着いた。「きみはこの図表などを見たらいい」付表を机の向こうから押してよこした。

黙って読み出した。二分たったところで、アイリーンはこの作業が無益であることを思い知った。これらの紙には大量の統計が記されていた。体格測定、時間、距離の表があり、赤、青、黒のカーブが交差するグラフがあった。あるページでは「微分」という致命的な言葉を目にした。初等数学を前にしても動揺するアイリーンとしては、目がくらんできた。

それに、彼女はここにいて居心地がわるかった。人の私的な論文を、その人のためになる証拠を見つけようとして読むならともかく、校長が捜しているのはその人に不利な証拠であるのを彼女は知っていた。校長は警察が見つけそこなった手がかりを捜しているのだ。

彼はすばやく読みながら、読み終わったページを机の上にきちんと重ねていった。なにを考えているのかとんとわからなかった。彼の顔は落ち着いて、いつもの温和で取り澄ました表情を浮かべていた。

始業のベルで彼は読むのを中断した。驚いて時計を見ると「おやおや」と穏やかに言った。

彼は用紙をまとめ、机でとんとんと揃えると、立ち上がった。

「ドアはまた閉めておいたほうがいいだろう」と言って、アイリーンが先に行くのを待った。

彼女は動かなかった。彼が机に戻した論文を指して「読んでもいいですか?」と言った。

ハドルストンは口ごもった。「いけない理由はない」とうとう言った。「読んでるうちに先生が帰ってくることはないだろう。終わったら鍵はミス・マクレーに渡してください」彼はドアのところで立ち止まると、つけ加えた。「それにしてもミス・プラット、あなたに問題点がつかめるとは思えませんな。論文はそれなりに難解だから」彼は出ていった。

アイリーンは読みはじめた。最初の章は調査の目的を定め、このテーマについてのこれまでの研究を要約し、キングが結果を得るのに使った方法を概説していた。その章を読み終えないうちに、アイリーンは著しい特徴に気づいた。文体の完成度の高さだ。論文は簡潔で正確な言葉で書いてあり、そのことに彼女は好感と驚きを感じた。トム・キングが科内の通信で使う、大げさな、決まり文句をちりばめた文章とは大違いだ。

彼女は読みつづけた。そしてすぐに、書いたのはキングではないと確信した。地の文は滑らかに、わかりやすく進み、一つの文は論理的必然的につぎの文につながっていた。

もしキングがこれを書いたのでないとすると、だれが書いたのか？　答えるのは難しくなかった。弟の最後の通知表にあった所見を思い出した。「……言葉に対する非凡な感覚」

これはイアンが書きそうな文体だ。セミコロンを多用した。セミコロンの使い方を見てもわかる。イアン特有の書き方の癖の一つなのだが、彼はセミコロンを多用した。一方トム・キングはセミコロンの必要性などこれまで考えたこともなかった。

イアンが水曜の夜、学校でやっていたのはこれに違いない。キングの論文を書いてやっていたのだ。でもなぜ？

「おもしろいですか？」

アイリーンは飛び上がった。タイプ原稿を散らしてしまった。トム・キングがドア口に立って、彼女を見つめていた。

「ごめんなさい、トム」彼女は言った。「助けようと思っただけなの」

「助ける！　きみはわたしをスパイしてたんだ、きみたちみんなは。忘れないぞ」彼は怒ったような笑い声を上げげた。「しかしきみは驚いたようだな。刑務所に入ったと思ったんだろう、え？」

「よかったわ――」

「もうけっこうだ。きみたちはみんな、わたしがやったと思ってる、そうだろう？　みんなで――」

「トム、わたしはあなたがやってないと知ってるわ」

これで彼は黙った。

「それじゃあきみはなにをやってるんだ」疑い深そうに訊《き》いた。

それには答えずに、彼女は論文を指して言った。「これはイアンが書いたのね、そうでしょ？」

「なにを言ってるんだ。これはわたしの論文だ。わたしが書いた」

「ばかを言うのはやめて、トム。これはあなたが書いたんではないわ。賭けてもいいけど、イアンが書いたのよ」

キングは強情に口を結んだまま、なにも言わなかった。

「ああ、なんだっていうの！」彼女はじれて言った。「わたしの知ったことじゃないわ」立ち上がってドアの方に行きかけた。

「わかったよ」キングはついに折れて言った。「でもきみの弟がやったのは文法にかなった語法に直したことだけだ。だってわたしは文法で学位を取るわけじゃないからね、そうだろう？　仕事自体はすべてわたしのものだ」

キングの話はつじつまの合わないことが多かった。なぜなら彼はイアンの貢献を認めまいと終始やっきになっていたからだ。アイリーンは、キングの性格とイアンの性格を知っていたから、絶えず話を判断し、修正して聞かなければならなかった。

そうやってわかったところでは、この論文は筋肉の発達における運動の生理的効果を扱ったものだった。イアンは実験用の多くのモルモットの一員だった。だがイアンはほかの生徒のように受け身の実験材料でいることに満足しなかった。話からわかったところでは、いくつかの有益な提案をしたこともあったようだ。しかし養子問題で母親ともめてからは、彼の関心はほかのことに対してと同様に薄れた。

論文を書きはじめる用意は昨年九月に整った。しかし論文を書いた先人たちは経験したことだが、書きはじめるのは容易な業でないことが、彼にもわかった。実際、その作業は彼の能力を超えるものだった。六週間たってもなにも進まなかった。アイリーンが思うに、文法や構文はキングが言うほど主要な障害ではなかった。資料が多過ぎて手に負えなかったのだ。キングは集めた証拠を論理的順序に並べる整理能力に欠けていた。

どうしようもなくなってキングはイアン・プラットに助けを求めた。イアンは彼がやろうとしていることを理解していたし、必要な知性と言葉の才をもっていた。キングは、一〇ギニーの報酬を出すから名前を出さずに執筆に協力してくれないかとイアンに頼んだ。

イアンは承諾した。なぜだろう、とアイリーンは考えた。金のためではない。当時——昨年の一〇月と一一月——はイアンはほかの資源からの金をたっぷり持っていた。金ではなく、この仕事に創作意欲をかきたてられたのだろう。

そこでイアンは毎週水曜の夜を学校でキングと過ごすことになった。彼は約束を守って、やっていることをだれにも話さなかった。いずれにしても、話す気もなかっただろう。ギャマンズとその一味が相手では、ばかにされるのが落ちだったろうから。

「彼は論文を書き終えた?」アイリーンは訊いた。

キングは眉をひそめた。「言ったはずだよ、アイリーン。イアンが書いたんじゃない。わたしたちは一緒にやったんだ」

「わかったわ。一緒に書き終えたの?」

「いや。彼は——わたしたちは最終章にかかっていた。彼はあの霧の夜に来るはずだった。例の夜だ、彼が——」

アイリーンはキングを見つめた。「あの夜イアンをここで待ってたの?」

「ああ。でも現われなかった。後から自分で書き終えなければならなかったよ」まだ恨んでいるような口調で言った。

「何時に来ることになってたの？」

「いつもは八時後半に来て、一一時過ぎまでいた。でもあの夜は遅くまではいられないと言っていた。どのみち、やることはたいして残っていなかったんだ」

「イアンをどのくらい待ってらしたの？」

「九時ごろまでかな」

「なにか物音を聞きませんでした？」

「なにも」

キングは警察での体験で動揺していた。それはいつにない青ざめた顔色にも現われていたが、アイリーンに会話の主導を許していることからも窺えた。今のところ、上司は自分だと思い出させるいつもの言動もなかった……。

「トム、あなたといたとき、イアンはどんな様子でした？」イアンの生涯の最後の四、五週間は、彼が殺人者をゆすっていたとされる時期だった。そんな時にだれかの論文を書いてやっていたとは、不可解なことだった。

「とても有能だった」キングはいやいや認めた。「仕事も速かった」

「そういうことではなく、心配してるように見えました？」

キングはちょっと考えた。「緊張してた、と言えるかな。ピリピリしてた。なにかから気をまぎらすためにこの仕事をしているのかと思ったときもあったよ」

ありそうなことだった。

「そういうことをどのくらい警察に話したの？」

キングは初めて笑顔になった。「なにも。それは弁護士がいつも忠告することだよ」

「警察がもしあなたを告発したら、その時はどうします？」

「取り越し苦労はしないことだな」

スイングドアがあちこちで動く音がして、体育館から更衣室に向かう男子生徒たちの話し声と足音が聞こえてきた。

キングは外をのぞいた。「わたしのクラスだ」腕の時計を見た。「もう行かないと――」

それから驚いて言葉を止めると、叫んだ。「二時半だ！　あいつら、今までどこにいたんだ？」

「校長が講堂で話をしてたのよ」アイリーンは言った。「ブラッドレー先生の。先生は今朝亡くなったの」

「本当か？　哀れなやつ！　もちろん、もう死にかけていたが、こう早いとは思わなかった」

アイリーンは彼の目が光り、肩がしゃんとするのを見た。これは彼が自信を取り戻せるたぐいのニュースだった。

「見てろよ！」彼はもったいぶって言った。「説教で時間割をめちゃくちゃにして、このままではすまないぞ。では、アイリーン、失礼するよ」ドアの外はますます騒がしくなっていた。

「ええ」彼女は立ち上がった。「知らせておくべきだと思うから言うけど、トム」彼女はことばを選びながら言った。「わたし、これから警察へ行きます」

「聞くんだ、アイリーン」キングは素早く動いてドアに行くと、行く手をさえぎった。「わたしは学位のためにこの四年間、身を粉にしてきた。それを今奪われるつもりはないぞ。もしきみが一言でもだれかにしゃべったら――」

「そこをどいて、トム」

「きみが約束してくれるまではだめだ」

「まあ、なにを言うの！」彼女はいら立って言った。「あなたが博士号を取ろうとナイト爵位をもらおうとわたしの知ったことじゃないわ。わたしはだれがイアンを殺したかを見つけたいの。望みはそれだけよ」

アイリーンは彼を押し退けたが、彼は逆らわなかった。しかしドアを開けると、彼は低い声で脅《おど》すように言った。「じゃあどうぞ、見つけたらいい、アイリーン、期待してるよ！」

アイリーンが自転車置き場のほうへ行きかけたとき、駐車場から声がかかった。サマーズ博士が自分の車、アングリアを運転していた。アイリーンは近寄っていった。

「乗っていきませんか、ミス・プラット」彼は言って、かぶっていない帽子を上げるしぐさをした。「町へ出るんです」

「ありがとう」彼女は言った。知らなかったとはいえ、それは致命的な決断だった。

彼女はサマーズが好きだった。もの静かな、世事にうとい男で、ブラッドレーの辛辣《しんらつ》な物言いに腹を立てようとしない数少ない人たちの一人だった。病院にも誠実に見舞いに行っていて、同僚の死に心底動揺していた。彼は、ブラッドレー夫人に弔電を送るために郵便局へ行くところだと話した。

「でもご夫妻は何年も別居してたんですよ」アイリーンは声を上げて言った。

「それでも夫人には知らせるべきだと思うんです」

「きっと病院のほうから――」

彼は首を振った。「アーサーは、病院にはやもめだと申請したんです。夫人と連絡がとれるのはわたしだけです。妻とわたしは以前二人のどちらも知ってたものだから。じつに残念なことだ、じつに残念だ……」

アイリーンは警察で降ろしてくれるように頼んだ。

「なにかわかりましたか？」車を寄せて止めながら彼は言った。

「いいえ」

「いたましいできごとでした、あれは。悲劇的なことだ。ねえ、ミス・プラット、アーサー・ブラッドレーとわたしはなにごとにも意見が一致するのはまれだったんです。彼はときに寛容とは言えない人でしたからね。しかし弟さんに関しては、われわれは同じ意見でした。これまで教えたなかで最も才能ある少年の一人、ということでね。弟さんは本質的に非常に善良な少年でした」

「警察は弟がゆすりをやってたと言ってますわ」アイリーンはうっかり口外した。

サマーズはショックを受けた。「まさか、ミス・プラット、それはないでしょう！　そんなことを信じてはいけません」

「すみませんね、お嬢さん」キューピット巡査部長はデスクに覆いかぶさるようにして言った。デスクからほとんど身を乗り出している。わたしの脚を眺めてるんだわ、とアイリーンは思った。

「署長と会議中なんです」会議という言葉を強調しながら、キューピットは言い足した。

「ではキャメロンさんは？」アイリーンはだめだという答をほとんど期待しながら尋ねた。

しかしアラン・キャメロンは手があいていた。彼女は廊下を通り、机が一つと木の椅子が数脚あるだけのがらんとした長方形の部屋に案内された。

いつものように、キャメロンが入ってくるのを見ると、彼女はむらむらといきり立った。なんの理由もない、自然に出てくる反感だった。その感情は相手にも同じにあった。

アランは先夜モーリス・ニコルソンのことで爆発したばかりだから、事態はいっそう悪かった。あの夜の軽率な言動の記憶はまだなまなましく、二人を落ち着かせなかった。

「トム・キングと話したんです」アイリーンは前置き抜きで言った。

「そうですか、それで？」

「彼が話したことで知らせておくべきことがあるの」

キャメロンは眉を寄せた。「きみはこれにかかわらないほうがいいのに、アイリーン」

「しかたないのよ、アラン。わたしは――そうね、責任を感じてるの。あの夜の男を思い出すべきなのに」

彼は肩をすくめた。「わかったよ。キングはなんと言った?」

彼女は話した。彼の目が光って、関心を持ったことがわかった。

「毎週水曜にイアンと会っていたと認めたのか?」

「そうよ」

「そしてイアンが殺された夜に彼と会う約束をしてたって?」

「ええ、イアンは現われなかったの」

「ああ、なるほど、そういうことか」キャメロンは疑わしそうだった。「とにかく、ありがとう、アイリーン。役に立ちそうだ。彼はわれわれにはそんなに話してくれなかったよ」キャメロンは彼女をドアまで案内した。

アイリーンはいら立った。明らかにキャメロンは、彼女の証言をトム・キングに不利な事例の補強証拠と見なしていた。

「ニコルソン警部と話したいわ」彼女ははっきり言った。「呼んでくれないかしら、二分間だけでいいの」

キャメロンは顔を上気させ、固い声で言った。「悪いができません。でもあなたの伝言は伝える。そうしてもいいと信用してくれたらね」

しかし結局彼女はニコルソンに会えた。当直室を通って出口に向かっているとき、マーンズ主任警部の部屋のドアが開いて、ニコルソンがコートをはおりながら急いで出てきたのだ。彼はアイリーンとぶつかるところだった。

「失礼」彼は言ったが、アイリーンだとわかると笑顔になった。「いかがですか？　今日は元気そうだ」

「モーリス――」アイリーンは言いはじめた。

「すまない。急いで出ないといけないんです。話はアラン・キャメロンに」それから思いついたように言った。「いいですか、アイリーン。昨夜のようなばかなことはしてはだめです。今夜は家にいるように。なにがあっても外に出ないこと」そして行ってしまった。

三時四〇分になっていた。学校に戻ってもしかたなかったが、アイリーンは自転車を学校に置いてきていた。彼女は決めた。もし3Aのバスが最初に来たら、それに乗って自転車を取りに行こう。もし6番のバスならまっすぐ家に帰ろう。6番のバスが来た。運命のいたずらはその時は目に見えないのだが……。

9

四時一五分。父が帰るまであと二時間はある。アイリーンは、今こそあの夜の波止場でのことを一分一秒にいたるまでたどり直すべき時だ、と覚悟した。

そう思いながらもぐずぐずと先延ばしにした。まずキッチンからたばこを取ってこなければ。イアンの部屋を通りすがりにのぞき込んだ。ベッド脇の床にラスティが眠っていた。そこはイアンが生きていたときからの犬の寝場所だった。

犬を見たことで決意は固まった。アイリーンは紅茶のカップとたばこを持って、居間のひじ掛け椅子に落ち着いた。心からすべてを消し去り、時計を戻す……。

たちまちその時の苦悩と恐怖が、打ち返す波のように戻ってきた。父のことばを聞いたときの衝撃、風雨のなかを懸命に自転車を漕《こ》いだこと、波止場の不気味な闇と静けさ、埠頭《ふとう》の海際をレールに沿って自転車を走らせたときの車輪のカチカチいう音、チラチラする灯火。それからあの、自分一人ではないことを知らせた別の音。ズボンの脚、黒い靴。追われる。かすれ声の息づかい。頭への強打と彼女をつかんだ力強い両手。

こうしたことすべてを、アイリーンははっきりと思い出すことができ、慌《あわ》てずおびえずに熟考できた。ここまでは、その男が知っているだれかであることを示すものはなにもない、と確信できた。

ではその後は？　氷のような水中で生きようともがいたこと、ゴムタイヤに必死でしがみついたこと、頭上で行ったり来たりしている男。それを考えたとき、アイリーンは身震いした。恐怖のおののきだった。なぜなら、男がわかったのはその時だったからだ……。

その足音は聞き慣れたものだった、そうだったのだ！　アイリーンは今、必死になってその足音を再び聞こうとした。しかし彼女の潜在意識はそれを拒んだ。

逃げようとする記憶を無理に追うな、と人は言う。ますます深みに追いやってしまうだけだから。それよりも、それが自然に浮かんでくるのを待つのだ。アイリーンは気持ちを切り替えて、盗まれた鍵のことを考えることにした。

彼女はこれまで無意識にその問題を考えていたらしい。即座に浮かんだのは、これまで忘れていたあるできごとの情景だった。アイリーンがダグラスの部屋でお茶を飲んでいたときのことだ。ダグラスが彼女のハンドバッグをひっくり返し、中身が床に散った。彼がひざをついてこぼれたものを拾い上げ、バッグに戻す姿はまだ目に残っていた。彼は、女が持ち歩く品々にはうんざりするというようなことを言い、この大きいのはきみの貞操帯の鍵かと訊《き》いた。その「大きいの」とはじつは学校の園芸用具小屋の鍵だった。

些細《ささい》なできごとだが、アイリーンにはそれが去年の一一月のひどい霧の日だったという強い印象があった。もしそうなら、それでトム・キングの疑いは晴れるし、同様にほかの先生たちの嫌疑も晴れる。あの日彼女が放課後も鍵を持っていたとすれば、彼らが鍵を盗んだはずがないからだ。

アンガス・プラットは六時三〇分に家に帰ってきた。彼はその朝、夕食は家でとるとメモを残していったのだ。近頃では珍しいことだった。

まもなくそれは、珍しいだけでなく、特別なことでもあるのがわかった。彼はいつもの、心ここにあらずといった沈黙のうちにスープを飲んでいたが、アイリーンがメインコースを運んでくると、言った。「今朝はおまえを起こしたくなかったのでね」

「ご親切に」アイリーンはそっけなく言った。

「でもおまえと話がしたかった。わたしは昨夜話し合ったことを考えていたんだ」

「なんでしたっけ？」彼女は父の話を助けてやるつもりはなかった。

「できたら――おまえが困らなければの話だよ、いいね――この週末にイーデンクレイグズに移りたい」

「わたしはかまわないわ。行きたければもっと早くても」

父をこんなに嫌だと思ったことはなかった。ぞっとするのは、それを言い出したタイミングだ。息子の葬式から一週間、妻が精神病院に収容されてから一〇日しかたっていないのに。

「お母様はどうするの？　もし回復したら？」

彼は肩をすくめた。「おまえの母親はこれまでわたしに用などなかったよ」

「訪ねてもあげないの？」

彼は驚いたようにアイリーンを見た。「おまえが行ってくれるんだろう？」

今のところは面会謝絶だが、いずれは自分が病院に定期的に行くことになるのだろう、とアイリーンは思った。行ってもどうにもならないだろう。母は、たとえ娘を見分けるほどに回復したとしても、アイリーンの見舞いで慰められはしないのだから。それでもアイリーンは行くだろう。それは自分の義務だった。

アンガス・プラットはもっと現実的だった。あるいは、見方によるが、もっと冷酷だと言えた。

アイリーンが驚いたのは、父がスキャンダルを甘んじて受けようとしたことだった。これまではずっと見せかけの体面を保ってきたのに。そのことはジャネット・マクドナルドも言っていた。労働局の職はどうなるのだろう？　役所はこの種の品行にはいやな顔をするだろうに。

その点を質《ただ》すと、仕事はやめるつもりだと父は言った。

「妾《めかけ》に養ってもらうということ？」

アンガス・プラットの冷静さを破ることはめったにできないのだが、アイリーンは今、それをやってのけた。

「いやなことを言うね、アイリーン。わたしはあのパブをジャネットに買ってやって、一部はまだわたしのものだ。あそこの経営を手助けするつもりだ……ともかく、わたしは金に困ってはいないんだからね」

そうだった。その事実になじむのは難しかった。これまでずっと母親は、家族が安楽な生活を送れるのは自分に金があるからだ、アンガスの給料ではみんなの衣食を賄《まかな》うにも足りやしない、と吹聴《ふいちょう》していたのだ。

「この家はどうするの？」彼女は訊いた。

プラットは肩を上げた。「ここはマーガレット名義だ。わたしには関係ない。おまえの好きなようにするさ」

これで話は終わりだった。彼は食事に戻り、いつもの食欲を見せて食べはじめた。

アイリーンはしばらく父を眺めていた。それから、手をつけていない自分の皿を脇にのけると、立ち上がった。

「オーヴンにアップルケーキがあるわ、お父様」冷たくいった。「コーヒーはパーコレーターよ」

彼は顔を上げた。「わかった。おまえは腹が空いてないのか？」

ドアをバタンと閉めたい気持ちを我慢しなければならなかった。彼女はゆっくりと階段を上がり、自分の寝室に行った。

アイリーンは怒り、傷ついていた。それは道理に合わない感情だった。父はこれまで、彼女に対する感情を偽って見せたことはなかった。今になって見せかけのふりをしてなんになろう？　それでも、たとえ偽善であろうと、この寒々とした無関心よりはましなのではないか。

電話が鳴った。玄関ホールで父がとる気配を聞いた。

「ダグラスからだよ」父が呼んだ。

アイリーンの胸ははずんだ。電話しようかと考えていたところだった。

彼女は階下に駆け下りた。

「ぼくは独りぼっちなんだ、きみ」彼は言った。「今夜はほんとに独りなのさ。そして会いたくてたまらない。どうしてくれる？」

「悪いけど、ダグラス」今夜は家にいるようにというニコルソンの警告を思い出して、こう言った。

彼は大きくため息をついた。「やれやれ！　まだお仕置きは終わらないのか？」

少なくともダグラスは気にかけている様子だった。ダグラスは自分本位だが、この家の、あのロボットのような無関心な態度をとる人とはちがう。

「ほんとにごめんなさい。明日は一緒にお昼を食べましょう」すでに彼女は、ジャネットが言ったダグラスのことはなにかの間違いだと半ば思いかけていた。

「ついでに、聞くことがあるの」彼女はつけ加えた。「あなたが部屋でわたしのバッグをひっくり返して、中身をばらまいた日のことを覚えてる？」

長い間合《まあ》いがあった。それから、「ぼんやりとね。なぜだ？」

「あれはいつだったかしら、ダグラス。日にちは？」

「日にちだって？　勘弁してくれよ、アイリーン。カレンダーに印をつけてたわけじゃないんだから……クリスマスごろか――それより一、二週間前かな」

「いいえ、それよりずっと前だったわ。一一月二五日だったと思うの。霧の日よ。イアンが殺された日だわ」

「アイリーン、これはいったいなんのためだ？」彼は言った。

「もし日にちが正しければ、トム・キングが四時前にとったと思われてた鍵は、四時半にまだわたしのバッグの中にあったってことよ」

「じゃあ、きみが日付を間違ってるんだ」

「まず間違ってないと思うわ」アイリーンは確信をもって言った。

また沈黙。それから彼は言った。「ねえ、海に突き落とした男を知ってるような気がしたと、きみは言ったね？」

「ええ」

「なんでそう思ったか、わかったかい？」

「ええ」彼女は言った。「足音なの。その男の足音を聞き分けたの」

「足音でだれかわかったのか？」

「そのときはね。今は記憶にないの。でも思い出すでしょう」

「きみ、もう許してくれよ。一時間でもいいから出てこられないか？　それともぼくがそっちに行こうか？」

父がうろついているこの家には来てもらいたくなかったが、会いたい気持ちはそそられた。だれかにそばにいてもらいたかった。

「お父様、今夜は車を使いますか？」彼女は食堂の開いたドアに呼びかけた。

「後でイーデンクレイグズに行こうと思ってるが、もしおまえが——」

「いいえ、けっこうよ」ぴしゃりと言った。父の好意を受ける気はなかった。

アイリーンは電話に向かって言った。

「ダグラス、あなたが車で迎えにきて、帰りは送ってくれるのなら——」

「すぐ行く」彼は言うと、電話を切った。

「なにがあっても今夜は外出しないように」とニコルソンは言った。でもフィアンセにずっとつき添ってもらうのだから、危ない目に会うはずはない……。

もしダグラスが、反省をもう少し態度で表し、アイリーンの考え方をそれほど軽蔑しなかったら、けんかは大きくはならなかっただろう。しかしそれではダグラスのダグラスたるゆえんはなくなってしまうが……。

始まりはとてもうまくいった。ダグラスは昨夜の大失敗を帳消しにしようと意気ごんでいるようだった。アイリーンをちやほやともてなし、シェリーやたばこを勧めた。そしておしゃべりをした。

彼はその気になれば人を楽しませることができた。なぜなら彼には画家としての観察の才と、風刺の効《き》いた言い回しの術が備わっていたからだ。今夜彼は、退学してから六か月を過ごしたパリのカルチェ・ラタンでの経験を話していた。

アイリーンの緊張はしだいにほぐれてきた。彼の語るおもしろい話にほほえみ、声を上げて笑った。彼女は幸せですらあった。こんなふうに活気づくとダグラスは別人のように見えた。口元の不機嫌なしわは目立たなくなった。これこそ彼女が恋に落ちた男だった。

この平穏無事な牧歌的情景を台なしにするのは残念な気がした。アイリーンはいつものように、ぐずぐずと時間を引き伸ばして、思いがけずに生じた幸せなひとときを楽しんでいたいと思った。しかし二人の間にある問題はとても深刻なものだったから、誤った記録は正しておかなければならなかった。

彼女は、ダグラスがコーヒーを入れて運んでくるのを待ってから、言った。「ダグラス、なぜアリソン・ライトのことを話してくれなかったの？」

まるで雲が太陽をさえぎったかのように、ダグラスの顔から光と輝きが抜けていった。用心深く、抜け目ない目つきになった。その目のなかにアイリーンは、否定しようか、どうしようかという彼の考えを読んだ。

彼は否定しないことに決めた。「あれはきみに会うまえに終わったことだよ、ダーリン。誓ってそうだよ」

「話してくれてもよかったのに」アイリーンは責める口調で言った。

「そうかな。でも、きみがどうとるかわからなかったから」彼はまだ悔悛《かいしゅん》の情を見せていたが、そこにちらと苛立《いらだ》ちの気配が加わった。

アイリーンは注意深く目と耳を働かせていた。これは重要なことだった。彼女は、アリソン・ライトの話は受け入れることができた。それは自分が登場する前のことだったから。しかしその種のことがここ三年間になかったのを確かめなければならない。

「ジェニファー・カウイーはこの部屋でとてもくつろいでいたわね」彼女は言った。

ダグラスの忍耐は切れかかっていた。「ゆうべも言っただろう、アイリーン、あの女はただのばかなモデルだ、それだけだよ。ぼくにとってはなんでもない。きみはぼくを信じるって言ったじゃないか」

「あのときはね」

「けんかがしたいんなら――」

「そうじゃないの。わたしはわたしたちの立場を知っておきたいの」

「きみに会って以来、そういうことはなかったと誓うよ。さあ、これで満足かい？」

「ええ」小さな疑いが残ったが、彼女はそれを無視することにした。

彼らは危機を迎えたが、今のダグラスの適切な言葉で裂けめは修復されるかに見えた。しかし、つぎに彼が言ったことで、二人はもう戻れないほどに隔たることになった。

「アイリーン、わからないかな、ヴァージンと婚約してるってことは男に不自然な負担を強いるんだ」

「純潔は罪ではないでしょう？」

「自慢することでもないよ。とくに近頃はね。正直言ってきみ、きみは五〇年は遅れてる……きみは、ぼくがあの夜ジェニー・カウイーとベッドで過ごすより弟を殺したほうがよかったと思ってるみたいだぞ」

「それはひどい言いぐさだわ、ダグラス」そのとき、彼の言い方のある調子で、アイリーンはそれが仮定の話ではないのがわかった。「あなたはあの晩どこにいたの？」彼女は訊いた。

彼は返事をしなかった。する必要もなかった。ジェニファーが昨夜その答を明かしていた。

それに、ジェニファーだけではなかった。去年の一〇月のラグビークラブのダンスパーティーをアイリーンは思い出した。ダグラスと話して笑っていたルシア・フィンゲッティ。ルシアを連れてきたのはトム・キングだったが、ルシアがすぐに寄っていったのはダグラスだった。

アイリーンはその時、二人は前から知り合いだと確信した。もっともダグラスはそれを否定したが。

「ルシア・フィンゲッティはベッドの中でとても上手だったんじゃないかしら」アイリーンは怒って言った。

ダグラスは彼女を見つめていたが、やがてにやっと笑った。「たしかにとてもよかった」彼は言った。

「この部屋で、どのくらい続いたの？」

どうやら彼は、ここは率直に行こうと決めたようだった。

「三か月さ。危なっかしい暮らしだった。二人とも、その――つきあいを見せびらかす気はなかったからね。そんなに長く秘密にしておけたのは、ぼくたちが賢かったからだと思う。そうじゃないか？」

「ねえ、ダグラス」アイリーンは落ち着いて言った。「警察がこのことを聞いたら、あなたは困ったことになるわよ。あなたの『ばかなモデル女』に証明してもらったほうがいいわ。あなたはあの夜、ジェニファーと一晩じゅう一緒にいたの？」

「一晩じゅうだ」彼はアイリーンの落ち着きを誤解した。そしてこうつけ加えた。「きみがわかってくれて、嬉しいよ、ダーリン。こういうちょっとした過ちにはべつに意味はないんだ。ぼくはあんな女の子たちとは結婚する気はないんだから」

アイリーンは思った。彼はたぶん本心を言ったのだ。なぜアイリーンがそれを重要視するのか、彼にはまったく理解できないのだ。それはダグラスの罪ではない。アイリーンの罪でもない。二人の価値観が違う、それだけだ。

アイリーンは立ち上がった。すべて、終わりだ。終了の儀式に時間をかけてもしかたがない。彼女は指輪をはずし、差し出して、言った。

「さよなら、ダグラス」

ダグラスは心底驚いていた。口をへの字にするのは、いつものふさぎと自己憐憫《れんびん》の発作の前兆なのだが、それを見てアイリーンは、むしろ彼がかわいそうになった。「家まで送ろう」彼は言ったが、その気もないように見えた。

「いいえ、いいわ。自転車が向こうの、学校に置いてあるの」

アイリーンはドアを閉め、階段を下り、道路に出た。

感情は麻痺していた。「明日泣くことにしよう」このことばは子供のころアネットが教えてくれたもので、傷ついたときや不幸なときに繰り返すようにと言われた。

「明日泣くことにしよう」アイリーンは自分に言い聞かせ、肩を上げて学校前の道路を渡った。ヘッドライトを下に向けた車が一台、町の中心部の方角へ走っていった。彼女の後ろで、車のドアが開き、閉まる音がした。

道路は霜で白くなっていて、吐く息は月光のなかで銀色の模様を描いた。アイリーンは校門を通り抜けた。静寂のなかで彼女の歩く音が響いた。右手の向こうに校長の家の窓明かりが見えた。

前方にぼんやりと灰色に陰っている自転車置き場に向かって、駐車場を半分ほど横切ったとき、アイリーンは自分の規則的な足音になにか不規則なリズムが伴うのに気づいた。彼女は足を止めた。しかし足音は続いて聞こえた。そのとき、彼女はその足音がわかった。

アイリーンは悲鳴を上げた……。

パートV　警部

1

マーンズ主任警部は指で机を小刻みにたたいていた。

「きみが正しければいいんだが、モーリス」彼は言った。「きみが正しいことを祈ってるよ」

警察がキングを尋問後釈放したのは今日で二度目だった。どちらの場合もニコルソンの忠告にしたがって帰したのだった。

マーンズ自身はキングの有罪を信じていたのだが、彼にはその判断を押し通す自信がなかった。この事件を指揮する経過で、マーンズの性格の欠陥——意志の弱さ、優柔不断、決断力のなさといったものが情け容赦もなくさらけ出された。事件の結末がどうなるにせよ、彼は機会をつかみ損なった。マーンズの最後の昇進のチャンスはなくなった。ニコルソンにはそれがわかり、署長もそれはわかっていた。マーンズだって胸のうちではわかっているに違いない。

キングの場合がよい例だった。マーンズはニコルソンとアラン・キャメロンの言うことに耳を傾けた末に、決定を下した。そしてキングを釈放した。即座に反動作用が起こり、疑いと苦悶に満ちた自己分析がはじまった。

「わたしが言いたいのは」と主任警部は言った。「なぜやつは隠すこともないのにうそをついたのか、だよ。それが気になるんだ」

「はい」ニコルソンは忍耐強く答えた。マーンズはこの一時間のうちにそれを三度も言っていた。

その朝キングは、イアン・プラットが夜間、学校に彼を訪ねたことがあるかという問いに対して、否定の答をした。ところが後にアイリーン・プラットの証言を突きつけられると、五週にわたって水曜には少年が来て、論文を書く手助けをしてもらっていたと認めた。これをキャメロンとマーンズは彼の有罪を確証するものととったが、ニコルソンはキングの無実を示すヒントと見た。

最初にトム・キングに注目したのはニコルソンだった。キングはルシア・フィンゲッティを知っていた。イアン・プラットと夜会っていた兆候もあった。アイリーン・プラットの鍵を盗む機会にはだれよりも恵まれていた。殺人者の条件を満たすシルブリッジの四人の一人としてキングの名前が分類機からはじき出されたとき、マーンズ主任警部はこれだと思った。

しかしニコルソンは、用心したほうがいいと忠告した。まだ十分な証拠がなく、疑惑だけだからということもあったが、ひとつの理由は彼がアイリーンの疑念を重視したからだった。アイリーンは、彼女を海に放り込んだのはキングだとは思っていなかった。

キングの言い逃れ、反抗、白々しいうそは今になってみれば理解できた。論文に手助けが必要だったとは認めたくなかったのだ。もし彼が、けちな不正ではなく殺人を隠していたのだったら、とうにプレッシャーに押しつぶされていただろう。ニコルソンはキングの性格を読んでこう考えた。

主任警部は腕時計を見た。「カードはまだなのかな」彼はつぶやくと、電話を入れた。

それはニコルソンのアイディアだった。仮にキングの話が真実で、イアン・プラットが水曜の夜はキングの論文の手伝いをし、ゆすりの相手を訪ねていたのではないとする。すると水曜の夜は関係ないことになる。それなら三つの夜に集中すればいい。すなわち、ルシア・フィンゲッティが轢《ひ》き殺された一〇月二〇日、イアン・プラットが殺された一一月二五日、アイリーン・プラットが襲われた一月一六日だ。もう一度機械にカードをかけて、この三夜にアリバイがない人を拾うのだ。今度のリストは長いものになるだろうが、なにかを知らせてくれるだろう。

マーンズは受話器を置いて言った。「あと一〇分だと」それからまたダイヤルを回してキュービット巡査部長に話しかけた。「アラン・キャメロンはまだ戻ってないか？　そうか、来たらすぐくるように言ってくれ」

マーンズは今でもキャメロンを聞き役として側に置きたがった。とはいえ近頃は、キャメロンとニコルソンの意見が食い違うときは、ニコルソンのほうに信を置いた。それはこのキングの件でもそうだった。キャメロンはキングを殺人で起訴するよう言い張ったのだが、却下されたのだ。

アラン・キャメロンはむくれているな、とニコルソンは思った。キャメロンはキングが釈放されるとすぐ、さっさと出ていってしまい、二時間になるのにまだ戻らなかった。

主任警部はいらいらと部屋を歩き回っていた。いつものことだが、物事がうまくいかないと彼は肉体的に消耗し、やつれ、今にも倒れそうに見えた。実際そうなのかもしれない。しかしニコルソンは、マーンズが立ち直る力をもっていることをこれまでに見てきた。雲に切れめができ、太陽が差し込みさえしたら……。

マーンズがこんなふうに人を巻き添えにしなければいいのに。人を頼りにして貴重な時間を奪うのだ。だらだらと続くいくつもの会議——変更するにはもう遅い決定についてあれこれ討議し、署長がこれをどう思うだろうか、新聞はあれにどう反応するだろうかと気をもむ。

今夜、ニコルソンはとくにいらいらしていた。キングを除いた今、犯行可能な容疑者は二人しかいなかった。この二人を心に留めて証拠のあらゆる断片を調べ直せば、重要な手がかりが浮かんでくるはずだ。犯人は、これまでどの犯人もそうだったように、どこかで誤りをしているはずだ。容疑者が一〇人、二〇人、あるいは一〇〇人もいれば見落とすかもしれないが、二人ならそんなことはない。

静かに集中して考えることができたらいいのに。マーンズがこんなにしゃべらなければいいのに。主任警部はまだアラン・キャメロンの遅延をぶつぶつ言っていた……。

グレイ巡査がドアをノックして、大判の紙を持ってきた。マーンズは待ちかねたようにそれをつかんだ。

「悪くないぞ」マーンズは人数を数えながら言った。「二三人だ。そのうち何人かは——」

「ちょっと待ってください」ニコルソンは口をはさんだ。ばらばらだった駒がとつぜん位置にぴしゃりと納まった。「この名前がリストにありますか?」

彼はマーンズのデスクのメモ帳から一枚をはがすと、そこに走り書きして主任警部のほうへ押しやった。

マーンズはそれを見てからリストを調べた。「ある、たしかにあるが……なぜだ?」

ニコルソンはそのわけを話した。

証拠があるわけではなかった。法廷で有効な証拠は今のところはなにもなかった。警察は証拠を捜すだろう。しかしそれには時間がかかる。アイリーンのことを考えなければならない。

マーンズは元気づいた。「今ごろ、またやっているかもしれないぞ」彼は言った。「犯人が不安でいるとすると、自分の安全を考えるだろうからな」

「そう思いたくありませんね」ニコルソンはむっつりと言った。「彼女に話しておこう」彼は電話を取り上げた。時刻は九時一五分……。

2

信号が青に変わるとパトロールカーは慎重にハイ・ストリートを曲がり、ドラムチャペル・ストリートに入った。

「もっと速く、クレイグ」ニコルソンは後部座席から呼びかけた。

「道路が氷結しているんです」運転手は責めるように言った。

たしかにそうだった。いったい急いでなんになる？　彼女はこれまで一週間家にいたが危害は受けなかった。今夜だけそんなに危険なことがあろうか？

理屈に合わないことだったが、危険の源を知った今、ニコルソンには危険がいっそう迫って見え、いっそうの脅威を感じた。一分一秒を争う気持ちだった。

彼女が今夜家にいてくれたらよかったのに。外出しないようにと警告はした。家にいれば比較的安全だ。これまでの殺人事件の例を見ても、開けた場所で匿名に隠れて犯行に及ぶことが多いのだから。

グリーン・ロードにさしかかった。

「あと少し上がったところですね？」クレイグが言った。

「そうだ。学校の向かい側の九三番地だ」

車はアパートの前に止まり、ニコルソンとウッド刑事は車を出た。そのとき、悲鳴が聞こえた。

「学校だ」ニコルソンは叫び、全力疾走で道を渡っていった。ウッドが後に従った。クレイグは止めたエンジンをかけ直すと、車を回して校門に向けた。

ニコルソンは一〇〇ヤード前方に、走っている二つの黒い影を月の光でとらえた。若い女と一人の男だ。彼らは四〇ヤードほどの間隔をおいて、本校舎の左側に向かっていた。

女は校舎に着くと立ち止まった。男との距離は急速に縮まった。いったいなにをやってるんだ？　ニコルソンは全速力で駆けていたが、あまりにも遠過ぎた。あそこに着くまでに間に合わないことになるだろう。車も、今校門を入ってきたが、間に合わないだろう。

女が立ち止まっていたのは五秒ほどだろうか。それは何分にも感じられた。まるでスローモーションで見る悪夢のようだった。そのとき鍵が錠《じょう》に収まり、ドアが開き、女は中に消えた。男はドアに身を投げるようにして閉まるのを阻止しようとした。一瞬もみ合いがあり、男も中に消えた。警察の車が音をたてて横づけしたとき、ドアはバタンと閉まった。そのあと、ニコルソンとウッドが着いた。

建物の中では石の階段を駆け上がる音が響いていた。一階の明かりがつき、つぎに二階がついた。女はまた悲鳴を上げた。

ニコルソンは窓枠によじ登り、ひじで窓ガラスを割り、手をいれて掛け金をはずした。ウッド刑事が彼に続いて入った。ウッドは懐中電灯をつけ、二人は机の列を抜けてドアに急いだ。

廊下のこちら側と階段の吹き抜けは煌々《こうこう》と明かりがついていた。男は走り過ぎるときにスイッチを入れていったようだ。頭上で聞こえていた悲鳴は、今はこもった音になっていた。

ニコルソンは一度に三段ずつ階段を上がり、廊下を走って体育館に向かった。巣穴に逃げ込むウサギのように、アイリーンが向かったのはそこだと判断した。

体育館には明かりはついていなかった。しかしニコルソンがスイングドアを押し開けると、廊下からの明かりでロープや肋木《ろくぼく》やトランポリンが見えた。そして床には、あえぎながら争っている二つの人影があった。仰向けになった女に、男がまたがり、手を女の喉《のど》にかけていた。悲鳴はもはや止んでいた。

ニコルソンはラグビーのタックルで臨んだ。後ろではドアがまた開いて、ウッド刑事が走り込んできた。懐中電灯の灯が、振り向いた男の驚きの表情をとらえた。

男が急に動いたのでニコルソンのタックルははずれそうになった。しかし突っ込んでいった彼のひざが男のあごをもろに打ち、男は気絶した。

「ウッド、ここの明かりをつけろ」ニコルソンは叫んで、男の体を女から引き離した。

彼女は静かにすすり泣いていた。両腕はまだ、力なく空をつかんでいた。

「もうだいじょうぶだ、アイリーン」のぞき込んでニコルソンは言った。「なにもかも、もうだいじょうぶ」

明かりがついた。ニコルソンが見ると、彼女の指は血で染まっていた。絞殺者の手首を爪でひっかいたのだ。彼女は恐怖で目を見開いていたが、かがみ込んでいるのがだれだかわかると、しだいに落ち着いてきた。

「なにもかも、もうだいじょうぶだよ」ニコルソンは優しく繰り返した。

彼の後ろで、ウッドが息をのむ音がした。「なんと」彼はつぶやいた。「おやじさんじゃないか！」

アイリーンはその言葉を聞いた。「ええ」彼女はささやいた。「父なんです」

エピローグ

アイリーンはおずおずと入ってきて、まるで見知らぬ人にするようにニコルソンと握手をした。彼女はレモン色のレインコートの下に濃い色のスーツを着ていた。

「警察で、あなたは非番の日だと聞いたので」彼女は言った。

「連絡を待っていました」家を売る用事のためにアイリーンがシルブリッジに来ていることは聞いていた。「久しぶりです」

「八週間になるわ」

「元気そうに見える」彼は言った。

「アネットに甘やかされてるの。体重が増えたわ」

「そんなふうには見えません。こちらに来て、座ったら。シェリーか、それともジン？」

「シェリーをお願い」

ニコルソンは、いつまであの話題に触れないでいられるだろう、と考えていた。

しかしアイリーンはひとつ深呼吸をすると、それに触れてきた。「わたしの命を救ってくれて、ありがとう、モーリス」

「もういいから、忘れてください」

「一生忘れませんわ。あなたはどうしてわかったの――」

「それを話すのはやめましょう、アイリーン」

彼女は眉を寄せた。「わたしを気づかってくれる人たちにはうんざりだわ。わたしは子供じゃないし、もう身体も直ったの。いくつかわからないことがあって、それを知りたいんです、モーリス」シェリーグラスを持つ手指の関節が白く緊張していた。

「なにを知りたいんです?」彼は訊《き》いた。

「なぜ父はあんなことをしたのか、どうやってしたのか。それよりもまず、あなたはあの夜、わたしがあなたを必要としたちょうどそのときに、どうして現われたの?」

それは彼女に聞かせたい話ではなかった。しかしアイリーンは聞く覚悟でいるようだった。

「あなたの家に電話したんです」ニコルソンは言った。「だれも出なかった。部下の報告によると、あなたはフィアンセの車で出かけ、お父さんがその後を追って出ていったという」

「『部下』って、どういうこと?」

「あなたの家の見張りをしていた男です」

「でも、わたしは頼んだでしょう――」

ニコルソンはちらと笑った。「ええ、見張りをやめてくれと言われましたね。もっとも」と彼はつけ加えた。「部下の仕事は、危ない訪問者を寄せつけないことだったんです。そのときは本当の危険がどこにあるのか、われわれも知りませんでしたからね」

「いつわかったの?」

「遅過ぎました」

ニコルソンは話した。イアン・プラットが水曜の夜に秘密めかして外出したのは、人の注意をほかにそらすためだった。彼の日記には、ブラッドレーも見たように、ゆすりの相手と会うのはそのときだとほのめかしてあった。また、レニー・ファーガソンたちもそれを裏づけるかに見えた。しかしそれは偽りだったのだ。

ニコルソンは、キングとその論文のことを知った時点で、水曜の夜にアリバイがあったという理由で消去されていた人たちを再度容疑者として検討しはじめた。

「とくにあなたのお父さんとあなたのフィアンセをね」彼は言った。

「なぜ?」

「なぜなら、海に突き落とした男を、あなたは思い出すことを拒んだ。心が閉じてしまったとあなたは言いましたね。それは、あなたが恐れていたからです。犯人がだれか身近な人であることを知っていたからです」

アイリーンはうなずいた。「ええ、そのとおりだと思うわ」

「トループが有望に見えました」ニコルソンは彼女をじっと見ていたが、その言葉への反応は認められなかった。「学校の教師ということで、彼なら死体を校庭に埋めることを考えつきそうだ。それに――」と口ごもった。「――彼はルシア・フィンゲッティを知っていた」

アイリーンは一瞬気色ばんで、言った。「わたしに気をつかう必要はないわ。ルシアはダグラスの愛人でした。すべて知ってます」

「そうですか……しかしそのとき、一つ二つ、思い出したことがあったんです。小さなことだが……」

「たばこをいただけるかしら、モーリス」彼女は口をはさんだ。

「どうぞ」彼は心配そうにアイリーンを見やった。「本当に話を続けてもいいんですね？」

彼女はたばこに火をつけながら、もどかしそうにうなずいた。

「では。それというのは、お父さんがグリーンのスーツケースについて言ったことなんです。彼はそれを二年間見ていないと言いました。大き過ぎるし、錠前《じょうまえ》の一つが壊れているからと。だから使っていないのだと言いました。でもきみの話では、去年の夏の休暇にそれを持ち出して、そのとき錠前を壊してしまったという。二年間見ていなかったら、壊れた錠前のことをなんで知っていたんでしょう？」

「なるほど……でもちょっと弱くない？」

「かもしれません。でもそれでまず疑念が湧いたんです。それから……彼が受けたという電話のことを覚えてますか？　わたしの名前を騙《かた》っただれかからの電話です」

「ええ」

彼は笑顔になった。「さて、よく聞いてくださいよ。これは論理の練習問題です。その電話が一一時五〇分に鳴ったとき、お父さんはベッドに入っていたと言った。彼はパジャマの上にガウンをはおり、階下に行った。あなたが帰ったときもその姿でしたね？」

「ええ」

「ところがあなたのお母様の話では、彼は二階に上がってきたばかりで、服も脱がないうちに電話が鳴ったそうです」

「でもそれは説明したでしょう、モーリス。母は自分が眠っていたとは絶対認めないの。不眠症は母の誇りとするものだったの。電話を聞いたふりをしたにきまってるわ。そして父がなにを着ていたか、あてずっぽうを言ったのよ。なにもあてにできないわ」

「そうでしょうね」ニコルソンは同意した。「ただし、お母さんが起きていた、と彼も言ったんです。そうするとその言葉はうそに違いありません。お母さんが起きていたら、彼の服装を見間違えるはずはありませんからね」

「では、電話があったというのはうそだったの？」

「そうです。考えれば妙な話でした――息子の死体が揚がったと伝言を受けたのに、あなたにそれを検分に行かせるとは」

「父を知っていればちっとも妙ではないわ」

「そうかもしれません。それにしても注目に値するのは、あの夜に限って車のバッテリーが上がったことです」

「本当ではなかったのね？」

「もちろんうそでした。彼はあなたより先に港に行くために車が必要だった」

アイリーンは身震いした。

「こんな話はいやですか、アイリーン」

「いいえ！」激しい口調が返ってきた。「父がなぜそんなことをしたのか、知りたいのです。始めから話して」

始めから？　どこが始めだと言えるだろう？　その根源を探ればずっと昔のことになる。

アンガス・プラットは長年にわたって二重生活を送っていた。彼にとって家族は無に等しかった。いや、無どころか、家族は足手まといの存在だった。彼が好んだのはただ一人、ジャネット・マクドナルドだった。

しかしジャネットは彼よりも年をとるのが速かった。やがて彼は肉の欲求をほかの場所に求めるようになった。ルシア・フィンゲッティに。ルシアは高価だったが、おそらく満足のいく買い物だったことだろう。

しかしルシアは妊娠した。彼女はこの状況を利用し、ちょっとしたゆすりめいたことをして、利益を得ようとした。実際、なじみ客の一人から金を絞《しぼ》り取った。しかしルシアがプラットを脅《おど》したとき、それは危険なゲームとなった。

ルシアが死んだ日、ルシアとアンガスは会って、その件を話し合ったに違いない。アンガスはいつものようにボアーズヘッド亭の近くでルシアを降ろし、彼女はポッター・ストリートを抜けて家に向かった。プラットは車で彼女を追い……。

「計画殺人とは思えない」ニコルソンは言った。「人けのない道路の暗闇で、ヘッドライトに浮かんだ女を見たのがきっかけとなり、とっさの衝動でやったのだろう。本当のところは――どうなんだろう？――事故だったのかもしれない。それにしても、彼は車を止めなかった……そして、道路は無人だったわけでもなかった」

「イアン？」

「そうです。想像するに、彼はクレイン・ロードの角に立っていたのだろう。たぶんカフェから出てきたばかりでね。イアンは起こったことを見て、車を見分けた。みぞれまじりのぬかるみのなかを、女が倒れているところまで歩いていき、女が死んでいるのを見た。彼はそれを警察に届けなかった」

「自分の父親なのよ」アイリーンはやっきになって言った。「それにきっとイアンは、女の子が殺されたとは知らなかったんだわ」

「そうかもしれない。しかし報告するのは彼の義務だった。それをしないで彼は父親に圧力をかけた」

「ひどい言い方ね」アイリーンは言った。「自分の父親を警察に引き渡さなかったからといって、イアンを責められないわ」

「イアンは父親から金をゆすり取った。その事実からは逃れられない」

しかし苦悩するアイリーンを見て、彼は優しくつけ加えた。「『ゆすり取る』と言ったのは言い過ぎだな。おそらくイアンは、父親が家族を不当に遇した罪を、自分が代わって償ってもらうべきだと考えたのだろう」アイリーンには多少の幻想を残しておいてやらなければ。彼女にはすがるものがほとんどないのだから。

「で、それから?」アイリーンはかすれた声で言って、また一本たばこを手探りで取り出した。

イアンと父親は取り決めをしたに違いない。イアンは最後にまとまった額の支払いを受ける。その代わりに家を出てどこかほかで新しい生活を始める。どっちにしても当時イアンは数か月というもの進退窮まっていた。

「例の二千ポンド?」アイリーンは言った。

「金額については日記に書いてあっただけなんです。しかしそれはかなりの額だし、殺すに値する額だったのでしょう」

プラットが逮捕されてから、彼の小切手帳に一一月二五日付の宛先が空白の控えが見つかった。どうやら彼はその日にイアンに小切手を与え、後で死体からそれを取り戻したと見える。

プラットはイアンの予定を知っていた。イアンが列車に乗るまえに学校に戻ってキングの論文を仕上げることを、知っていた。彼は学校でイアンを待ちぶせした。そしてイアンに打撃を加えてから絞殺し、ポケットから小切手とスーツケースの預り券を取った。死体を隠してから駅に行き、スーツケースを受け取った。日記を取り出して後で処分することにし、スーツケースは中身ごとクラドック埠頭《ふとう》で捨てた。それから学校に戻り、アイリーンの鍵を使って道具小屋から鋤《すき》と庭師の長靴を出して、死体を埋めた。

「これは大部分が推測です」ニコルソンはつけ加えた。「とはいえいくつかは彼も認めました」

「あの霧が、彼にとっては幸運だったのね」アイリーンは言った。

「条件が悪かったら、殺人まではやらずに払った金をあきらめたでしょう」

「道具小屋を思いつくなんて！　そういえば、そこを知ってたんだわ。父は庭師と仲良しだったのよ」

「それにあなたの鍵を取るのも簡単だったでしょうしね」

「たぶんわたしが夕食をつくっているときにバッグから取ったんだわ。でもなぜ家に戻ってからわたしのキーホルダーに戻さなかったのかしら？」

「機会がなかったか、単に忘れたのかもしれませんね。それが誤りだとすれば、彼の唯一の誤りでしたね」

それはひどく巧妙な殺人だった。アンガスは、こっそりいなくなるというイアンの計画を利用した――それどころか奨励したのではないかとも思われる。計画はあとからしだいに漏れるようにした。アンガス自身は多くを語る必要はなかった。ほかの人たちが彼の代わりにそれをやってくれた。しかも彼にとって願ってもない幸運だったのは、トマス少年がグラスゴーでイアンだと思われたことだった。

「きみがあんなにしつこくなかったら、彼はうまくやってのけられたかもしれない」ニコルソンは率直に言った。

「彼がなぜわたしを襲ったか、わかるわ」アイリーンは言った。

「きみが知り過ぎていたから？」

「わたしが知り過ぎてると、父が思ったからよ。わたしがグラスゴーから戻った夜、母にルシアのことを話してたの。父もそこにいたわ。わたしはダンスパーティーで彼女に会ったときのことを話してたわ。『あなたは彼に似てない』とルシアは言ったの。イアンのことを言ったのね。でも母にはそうはっきり伝えなかったの。父は立ち上がって部屋を出ていきました。父の様子はへんだったわ……それを思い出したのはつい先夜のことよ。それでなぜ父がわたしを恐れていたかがわかったわ」

「彼とルシアの関係をあなたが知っていると思ったんですね？」

「ええ」

「二度目の襲撃だが――きみがうっかり口をすべらすのを恐れていたからだろうか？」

「そうかもしれないわ……でも父があせったわけがあるの。父はわたしが電話でダグラスに、足音のことを話していたのを聞いたの。もう少しでだれの足音か思い出しそうだと言ったのをね」

「足音はどんな特徴があったんです？」

アイリーンは身を震わせた。「踵《かかと》から踏み出すような、慎重な歩き方からくるものだったの。あんなふうに歩く人を父のほかに知らないわ」

二人の言葉はとぎれた。アイリーンは、訪ねてきた本当の理由にはまだ触れていなかった。ニコルソンは待った。

「写真はどこ?」彼女は不意に問いかけた。

「ルースの?　降ろしました」アイリーンが答えないので、彼は言い足した。「ルースを愛してはいなかったんです」

「お手紙を受け取ったわ、モーリス」彼女は言った。顔は白く緊張していた。

しかし彼女は方向を変えて、ふたたび父のことに戻った。「彼は精神に異常をきたしていると思いますか?」

この質問が行き着く先がどこか、ニコルソンにはわかり、不安だった。慰めになる答ができないものかと思った。しかし彼は真実をもって彼女に報いることにした。

「法律的には絶対それは通りません」彼は言った。プラットは精神異常を言い立てるだろうが、それは死に物狂いの弁護策に過ぎなかった。「医学的にも精神異常は無理でしょう。人殺しはすべて異常者だと定義すれば別ですが」

いや、アンガスは、とっさに致命的な誘惑に負けてしまった、ただの利己的な男にすぎない。暗い夜、人けのない道路で、ヘッドライトの先に、自分に脅威をもたらす女を見た……。そして一度殺人を犯せば、二度目は簡単だった。

「ダグラスは危うく難を逃れたわね」アイリーンは言った。

「どういうことです?」ニコルソンは言ったが、なんのことかわかった。

「だって、わたしはちょうどいいときに、彼に指輪を返したわ、そうでしょう?　彼が婚約を破棄するわずらわしさをはぶいてあげたんですもの」

「ダグラスのことをまだ思っているんですか？」

彼女は強く頭を振った。「いいえ、終わったことよ。後悔はしてません……わたしはリヴァプールで職を見つけたの、知ってた？」

「いや」

「しばらくはアネットとピーターのところにいるわ」彼女は立ち上がり、手を差し出した。

「じゃあ、モーリス――」

「まだお返事をいただいていない」彼は静かに言った。

アイリーンは追いつめられたような表情になった。「ことばにしないで済めばと思ってたの。答はノーです、モーリス。わたしは結婚しません。今も、そしてこれからも。あなたとも、ほかのだれとも」

「なぜです？」今度も彼には答がわかっていた。

「遺伝というものがあるわ。わたしの片親は精神病院にいて、もう一人の親は殺人の裁きを待っているのよ」

「わたしが結婚したいのはきみの両親ではない。きみだ」

「彼らはわたしの一部だわ。親から逃れることはできません。でも感謝していることは覚えていてね、モーリス。あなたは弱い者の味方だそうだから」

「ばかを言うんじゃない！　きみをかわいそうだなどと思ってない、きみを愛してる。こんな簡単なことがわからないのか？」

「さよなら、モーリス」彼女ははっきり言ったが、彼のほうは見なかった。

「辛抱するよ」彼は言った。「待っている」

アイリーンは背を向けた。

ニコルソンは彼女が道を渡るのを窓から見ていた。アイリーンは肩にかけたレモン色のレインコートをなびかせ、頭を高く上げていた。

解説

楠谷　佑

「待望の刊行」と言っても、けっして大げさではないでしょう。とうとう、D・M・ディヴァインの全作品が創元推理文庫に入りました。

二〇〇七年に『悪魔はすぐそこに』が訳されて以来、順調に未訳作品が紹介されていったディヴァイン。かつて社会思想社から刊行されていた『兄の殺人者』と『五番目のコード』も、比較的早い時期に本文庫にて復刊されました。

しかし、社会思想社から出ていた残りの二冊――『ロイストン事件』と『こわされた少年』は、なかなか再刊の機会に恵まれませんでした。前者の邦訳刊行は一九九五年、後者は九六年。これらは絶版のため長らく入手困難となっており、二十世紀のディヴァイン紹介をリアルタイムで追えていなかったファンにとっては、つらい状況だったのです。最後の未訳作品だった『すり替えられた誘拐』が二〇二三年に訳された後、「どうかこの二作も復刊を」と祈っていた読者は少なくなかったことと思います。

そして昨年（二〇二四年）十一月、ついに『ロイストン事件』が復刊され、残る『こわされた少年』もこの度、めでたく創元推理文庫入りとなりました。

ディヴァインの第四長編である『こわされた少年』は、ある少年の失踪事件で幕を開けます。シルブリッジ高校に通う、十六歳のイアン・プラット。以前優等生だった彼は、最近は不良グループに属しており、保護観察中の身でした。そんなイアンが、霧が濃く立ち込める十一月の夜、自転車に乗り学校を出たのを最後に行方がわからなくなってしまいます。シルブリッジ署に着任してまもないニコルソン警部のもとにこの事件を届け出たのは、少年の姉アイリーン。しかし彼女は母の頼みでやってきただけで、むしろ弟が家出する勇気を持っていたことを称えます。プラット家の家族関係は冷え切っていたのでした。

ニコルソンが調査を進めるうち、イアンが不良たちと付き合うようになったのは家庭環境が原因であったとわかってきます。しかし、少年の行方は杳《よう》として知れない——。

ここまでが、ニコルソン警部の捜査を描いた「パートI」の内容。視点がアイリーンに移る「パートII」から、事件は大きく動き出します。前半部分は派手な事件こそ起こりませんが、関係者へのインタビューで少年の人物像が少しずつ浮かび上がってくる過程には、捜査小説としての面白さがあります。霧が立ち込めるシルブリッジの閉塞感も、これぞ渋い味わいの英国ミステリ、と思わせてくれるものです（ちなみに、シルブリッジという地名は『そして医師も死す』および『跡形なく沈む』の舞台と共通していますが、ディヴァインが同じ土地のつもりで書いたか否かは不明）。

半ば近くになると、ディヴァインの代名詞であるフーダニット（犯人当て）の興味も発生し、サスペンスが加速する中盤以降はのめり込まずにいられません。やがて辿り着く意外な真相も含めて、読み応え抜群の秀作と呼ぶべきでしょう。

全作品が紹介されたうえであらためてディヴァインの作品史を眺めてみると、『こわされた少年』がひとつのターニング・ポイントであったことが鮮明になったように思います。この長編でディヴァインは、それまでに発表した作品では見られなかったチャレンジをしているのですから。

その最たるものは、本編が三人称多視点で語られることです。本書以前の三作品――『兄の殺人者』、『そして医師も死す』、『ロイストン事件』――では、男性主人公による一人称の叙述を採用してきました。第四作目にあたる『こわされた少年』で、はじめて三人称の語りと、複数人物の視点を導入したのです。

誰の視点から物語るか、あるいは誰にフォーカスするかによって、読者が登場人物に対して抱く印象は変化します。ディヴァインのほぼすべての作品で、視点人物が周囲の人間に抱いている印象や偏見がミスディレクションとして機能していますが、本書以降のディヴァインは、視点の選択や構成にまでも、真相の意外性を最大化するための工夫を凝らしています（この「ミスディレクションの技巧としての多視点の導入」は、本文庫第一弾『悪魔はすぐそこに』の解説で法月綸太郎氏が喝破しておられたことですから、筆者がこれ以上言辞を弄《ろう》するよりもそちらをお読みいただくのが間違いないでしょう）。

ただ、『こわされた少年』の段階では、複数視点が導入されたのは必ずしもミスディレクションのためだけではなかったかもしれません。失踪事件という性質上、捜査官であるニコルソンの視点を入れなければ描けない情報や場面（とくにパートIの捜査行）もあります。また、悲劇的な事件への客観的な視点と、危険が身に迫る当事者のスリリングな視点の両方を取り込むことは、この物語をエンタテインメントとして昇華するために不可欠であったように思われます。しかしいずれにせよ、本作でディヴァインが挑んだ「三人称多視点」は、のちに作品を書くにあたって強力な武器となります。

もうひとつ付け加えるなら、プロローグでイアン少年の行動と心理にフォーカスしていることもポイントでしょう。これはミスディレクションというより、失踪前の少年がある秘密をいだいていることと、彼の不穏な先行きを暗示して読者の興味をかき立てる、小説としてのテクニックです。この技はのちに、『跡形なく沈む』でも用いられています（『紙片は告発する』の技巧もこれに近い）。

こうして見てくると、著者が作風の幅を広げるためのきっかけとして『こわされた少年』が果たした役目は大きなものであったとわかります。

そして「ディヴァインの新機軸としての『こわされた少年』」を語るうえでもうひとつ外せないのが、女性主人公を起用したことでしょう。

先ほど述べたように、これまでの著者の作品はすべて、男性主人公によって語られるものでした。しかし本作では、アイリーンというヒロインの活躍が生き生きと描かれています。

ディヴァイン作品の主人公は、職場や家庭で不当な目にあっている人物、挫折した経験を持つ人物であることが多く、そのことが読者の共感を呼びます。ディヴァインが描く女性主人公たちは、とりわけこの作風とマッチしており、つい感情移入せずにはいられません。

たとえば『災厄の紳士』のサラは、家庭を支えながらも顧みられず孤独感を抱えている女性として造形されています。『三本の緑の小壜』のマンディもまた、継母と微妙な関係にあり、家族の中に味方を作れずにいる人です。そして『紙片は告発する』のジェニファーは、職場でいわゆる「ガラスの天井」に苦しんでいる。

アイリーンも、きわめて過酷な状況に置かれた女性です。息子ばかりを溺愛する母と家庭に無関心な父に悩まされ、職場のシルブリッジ高校でも、厄介な同僚や困った生徒と格闘しています。そして、拠り所である婚約者ダグラスとの関係も、物語が進むにつれて変わっていってしまう。

不遇な人々に光を当てたディヴァインの作品群の中でも、とりわけ多くの苦難に見舞われる彼女は、のちの印象的なヒロインたちの祖型と言うこともできそうです。本書を読めば必ず、「アイリーンに幸多かれ」と祈らずにはいられないでしょう。

序盤から暗い悲劇の色をまとった『こわされた少年』は、読み終えてみてもなにからなにまですっきりする勧善懲悪のお話とはいきません（もちろんそれが作品の価値を損なうわけではありませんが)。そこで、右に挙げた印象的なヒロインたちが登場するディヴァイン作品を、続けて読んでみるのもいいのではないでしょうか。これらは、より多くの光や救いがあるルートに進んだアイリーンの物語のようでもあります。

この際、全作が創元入りしたディヴァイン作品を、すべて読み直してみるのも素敵な試みかもしれません。たとえば紹介順ではなく、原著の刊行順などで。

もとより、再読することでミスディレクションや伏線の妙味が楽しめるとの誉れ高いディヴァイン。全作の紹介が終わってしまいましたが、その十三作は、これからも我々を愉しませ続けてくれることでしょう。

本書は一九九六年、社会思想社から刊行された。

本書には、今日の人権意識に照らして誤解を招くと思われる語句や表現がありますす。しかしながら作品の時代的背景や歴史的な意味の変遷などをかんがみ、そのまま翻訳しました。

訳者紹介　1938年生まれ。東京外国語大学英米科卒業。翻訳家。訳書にリンスコット「推定殺人」、オームロッド「左ききの名画」、ディヴァイン「兄の殺人者」「ロイストン事件」「五番目のコード」、パーマー「ペンギンは知っていた」などがある。

こわされた少年

2025年2月21日　初版

著　者　D・M・ディヴァイン

訳　者　野《の》中《なか》千《ち》恵《え》子《こ》

発行所　(株)東京創元社
代表者　渋谷健太郎

162-0814 東京都新宿区新小川町1-5
電　話　03・3268・8231-営業部
03・3268・8201-代　表
URL　https://www.tsogen.co.jp
暁印刷・本間製本

乱丁・落丁本は、ご面倒ですが小社までご送付ください。送料小社負担にてお取替えいたします。

ISBN978-4-488-24015-8　C0197